深圳匠魂

旧风车书轩 编著
辜承福 主编

· 第一辑 ·
· 下 ·

深圳报业集团出版社

出 品 人：胡洪侠
责任编辑：彭春红　魏孜文
技术编辑：王　鹏　叶怨秋
装帧设计：弘言文化

图书在版编目（CIP）数据

深圳匠魂. 第一辑. 下 / 旧风车书轩编著；辜承福主编. — 深圳：深圳报业集团出版社，2023.8
ISBN 978-7-80774-069-8

Ⅰ.①深… Ⅱ.①旧… ②辜… Ⅲ.①报告文学－作品集－中国－当代 Ⅳ.① I25

中国国家版本馆CIP数据核字（2023）第115976号

深圳匠魂·第一辑·下
SHENZHEN JIANGHUN DIYIJI XIA

旧风车书轩　编著

辜承福　主编

朱熳青　执行主编

深圳报业集团出版社出版发行

（518034 深圳市福田区商报路2号）

深圳市和谐印刷有限公司印制　新华书店经销

2023年8月第1版　2023年8月第1次印刷

开本：787mm×1092mm　1/16

总字数：900千字　总印张：42.5

ISBN 978-7-80774-069-8 定价：153.00元（共两册）

深报版图书版权所有，侵权必究。
深报版图书凡有印装质量问题，请随时向承印厂调换。

以工匠精神铸就中华民族伟大复兴

——《深圳匠魂》丛书总序

王京生

闻悉深圳报业集团出版社等单位联合出版《深圳匠魂》丛书，甚感欣慰。深圳作为建设中国特色社会主义先行示范区，40年蓬勃发展的雄厚积淀中，涌现出这一批新时代的深圳匠人。为这些工匠精神的代表人物著书立传，也是贯彻习近平总书记在深圳经济特区建立40周年庆祝大会上重要讲话的精神，提升深圳文化软实力的需求。

习近平总书记强调，供给侧结构性改革的根本目的是提高社会生产力水平，落实好以人民为中心的发展思想。"要从生产领域加强优质供给，减少无效供给，扩大有效供给，提高供给结构适应性和灵活性，提高全要素生产率，使供给体系更好适应需求结构变化。"《中国制造2025》指出，没有强大的制造业，就没有国家和民族的强盛，打造具有国际竞争力的制造业，是我国提升综合国力、保障国家安全、建设世界强国的必由之路。

中华文明之所以在世界上广泛地为人所知并大放异彩，除了中华文化博大精深外，起初引起人们直接兴趣的，恐怕还是来自中国的产品。中国器物之精美冠绝一时，并长时间地引起世界震惊，由此世界便开始了对中华文明的尊崇，并引发了经久不衰的"东方热"。而工匠精神的可贵和对今天的重大意义也在于此。

无论是工匠所制造的产品，还是工匠精神所体现的职业道德，乃至背后人的素质，都与一个民族的尊严、生存与发展有着密不可分的关系。实际上，中华民族艰苦奋斗、坚韧不拔、追求卓越的民族气质，恰恰是工匠精神的重要内容。正是由于工匠精神的式微，才导致今天中国一系列的产品问题和社会问题。

工匠精神一直流淌于中华民族的血脉之中，一部中华文明史凝聚着历朝历代工匠们的智慧和创造，如同诸子百家造就了中华民族思想天空的群星灿烂一样，工匠精神也造就了我们民族的百业兴旺、空前繁荣，同样是星光璀璨。

工匠精神是一种在设计上追求独具匠心、质量上追求精益求精、技艺上追求尽善尽美的精神，蕴涵着严谨、耐心、踏实、专注、敬业、创新、拼搏等可贵品质。工匠精神体现于各行各业，体现在企业家和劳动者的价值追求与综合素质上，落实在产品的质量和生产的各个环节上。

工匠精神与创新精神并行不悖，既相互联系、相互统一，又相互平衡、互为补充。一方面，创新精神需要工匠精神作为支撑，另一方面，工匠精神以创新精神为动力。创新精神更强调灵动的思想、瑰丽的奇想和义无反顾的态度。而工匠精神更强调细节、锲而不舍和永不满足的审美意识。就商业价值而言，创新精神更多体现在商品的跨越式发展上，工匠精神更加强调产品的质量、稳定和完美。在创新创业浪潮下，工匠精神既能够很好地矫正其中的非理性、运动式的行为，又能够促进新经济实现跨越式创新发展，并促进传统经济增质、提效和转型。

一国之产品质量，往往被视为一国之文明程度；一国产品之信誉，往往体现一国之国民尊严。也许有人觉得，这是夸大其词。但纵观世界文明史，我们就会发现，在世界贸易中，那些生产的器物、艺术品被他国广泛使用、欣赏乃至推崇的民族，它的文明也在世界上占有一席之地。马克思主义观点也认为，消费不再是一种纯粹的经济行为，而是一种生活方式，一种具有象征意义的文化行为。

时任国家总理李克强同志代表国务院向十二届全国人大四次会议作政府工作报告时首次正式提出："鼓励企业开展个性化定制、柔性化生产，培育精益求精的工匠精神，增品种、提品质、创品牌"。在第二届中国质量奖颁奖大会上，总理强调，弘扬工匠精神，勇攀质量高峰，打造更多让消费者满意的知名品牌，让追求卓越、崇尚质量成为全社会、全民族的价值导向和时代精神。"工匠精神"一经提出，便引起社会各界热议，受到各行各业的一致认可。从推动"大众创业万众创新"到实施"中国制造2025"，乃至实现民族复兴，无不呼唤着工匠精神。

《增广贤文》有言："良田百顷，不如薄艺在身"。《考工记》记述："知者创物，巧者述之守之，世谓之工。百工之事，皆圣人之作也"。蜿蜒万里的长城、栩栩如生的秦陵兵马俑、被称为"臻于极致的青铜典范"的四羊方尊、绚丽神秘的敦煌壁画和彩塑、巧妙绝伦的赵州桥……这些珍贵的历史遗存无一不是工匠精神的化身。又比如中国红茶，曾经成为欧洲皇室贵族的标签。小仲马在《茶花女》中描述："你连中国红茶都喝不起，还算什么贵族？"现在国人一窝蜂地到国外去买奢侈品，殊不知历史上，中国的产品曾经被西方顶礼膜拜，我们曾是名副其实的奢侈品出口大国呢！

制造业是国民经济的主体，是立国之本、兴国之器、强国之基。

强国必须先强质。追求精益求精、质量至上的工匠精神是制造业的灵魂，必须把工匠精神与创新精神作为强国战略的两大支柱。唯有如此，才能实现中国制造向中国创造的转变，中国速度向中国质量的转变，中国产品向中国品牌的转变，才能完成中国制造由大变强的战略任务。

要营造精益求精的良好社会风尚。工匠精神不单要成为制造业的发展准则，也要成为社会文明的价值导向。政府要做好示范引导，让敬业执着、脚踏实地、精益求精成为个人和各行各业自觉的价值追求，为工匠精神厚植土壤，使其转变为每位公民安身立命的精神气质，锻造国家和社会的风骨与脊梁。要在全社会弘扬劳动光荣、技能宝贵、创造伟大的时代风尚，形成"崇尚一技之长、不唯学历凭能力"的良好氛围。要注重发挥市场的力量，完善市场监督和淘汰机制，实现优胜劣汰。

正所谓，合抱之木，生于毫末；九层之台，起于累土；千里之行，始于足下。天下难事必作于易，天下大事必作于细。从个人、社会到国家，无论是创新创业之路，还是民族复兴大业，都需融入务实求精的工匠精神。唯有如此，我们的民族方能赢得更多尊重，中华文明方能焕发出更加璀璨的光辉。

在此期待《深圳匠魂》丛书的编撰工作，能够贯注工匠精神，精耕细作，早日为广大读者奉献出一批时代感强、高度提升民族自豪感的读物，真正让工匠精神深入人心，并成为激励各行各业履行规范、持之以恒、守业创新的动力，让民众为中华民族伟大复兴而发愤图强。

（作者曾任中共深圳市委常委、宣传部部长，联合国教科文组织"孔子奖章"获得者，国家文化艺术智库特聘专家、深圳读书月组委会总顾问）

前　言

　　中国历史上工匠延绵不绝，技艺精湛的鲁班、"游刃有余"的庖丁、造纸的蔡伦、发明地动仪的张衡等，一直都是古代工匠的代表。近几年热门的纪录片《大国工匠》《我在故宫修文物》里，也介绍了不少拥有顶尖技艺的一线技术工人，介绍了那些从事珍贵古漆器、镶嵌、织绣、木器、青铜、瓷器、书画修复的技术人员，他们都有着手艺人的特质——耐心、专注、坚持。中国有着悠久的手工业传统，在科技高速发展的今天，有些技艺依然不能被替代，工匠从不曾消失，但工匠精神的式微和缺乏，成为当今中国社会稀缺和呼唤的东西。

　　工匠精神一直流淌于中华民族的血脉之中，一部中华文明史凝聚着历朝历代工匠们的智慧和创造。2016年，李克强总理代表国务院向十二届全国人大四次会议作政府工作报告时，首次提出："鼓励企业开展个性化定制、柔性化生产，培育精益求精的工匠精神，增品种、提品质、创品牌。"总理大力提倡"工匠精神"，强调要推动"中国制造"完成一场"品质革命"，确保中国经济保持中高速迈向中高端。让追求卓越、崇尚质量成为全社会、全民族的价值导向和时代精神，着力把"中国制造2025""互联网＋"和大众创业万众创新紧密结合起来，弘扬工匠精神将带动中国从"制造大国"走向"制造强国"。促进企业精益、提高质量，使认真、敬业、执着、创新成为更多人的职业追求。

2022年4月，习近平总书记致首届大国工匠创新交流大会的贺信提到："技术工作队伍是支撑中国制造、中国创造的重要力量。我国工人阶级和广大劳动群众要大力弘扬劳模精神、劳动精神、工匠精神，适应当今世界科技革命和产业变革的需要，勤学苦练、深入钻研，勇于创新、敢为人先，不断提高技术技能水平，为推动高质量发展、实施制造强国战略、全面建设社会主义现代化国家贡献智慧和力量。"

纵观当今世界，正处于大变局的时代，全球制造业一直竞争激烈，中国制造也不落人后。特别是深圳经济特区成立40周年后，深圳再出发，同时也面临新的挑战：企业转型升级、品牌价值重塑、精神文化复兴。唯有秉持"工匠精神"，做匠人持匠心，实现自我价值的同时实现社会价值，树立一种追求极致完美的人生态度和人格素质，方能成就卓越创造非凡。

深圳不是一天建成的，改革开放的40年令她成为处于前沿的国际化大都市。她的繁荣昌盛，离不开生活在这里每一个人的付出，其中就有这样一群人，在生产实践中怀匠心、践匠行、出匠品、做匠人，择一事终一生的"工匠精神"蔚然成风。他们精益求精的刻苦精神，充分展现着劳动之美、精神之美、时代之美，他们是这个时代最优秀的深圳匠人。这批涌现在不同领域的技术人才，个个身怀绝技，拥有家国情怀、高度的专业精神，崇尚极致，对美的执着追求。他们身上踏实坚毅的品格，代表着一个时代的气质，同时也代表了一种创新拼搏的深圳精神。他们的行为和信念值得抒写传颂，为他们撰写光荣的事迹，旨在弘扬工匠精神，营造崇尚技能、尊重人才的社会氛围。

时势造英雄，是这个城市高速的发展培养造就了他们，深圳市政府也特别重视嘉奖了这批为特区建设作出卓越贡献，具有高超技艺、精湛技能的特殊人才。从 2016 年开始，深圳市人力资源和社会保障局每年评选一届"鹏城工匠"，每次评选不超过 10 名，至 2022 年已连续评选了 7 届。我们从这 7 年评选的 68 位工匠中，鳞选 17 位有突出贡献的工匠代表，另外 3 位为传统工艺美术大师代表，他们是具有典型性代表特色的人物，以高科技为主，兼具传统手艺人为辅。工匠人物的选择，我们主要从几个方面来衡量：人格品德的优异，执着追求的专业精神，其行业学术界的创新性、引领性及原创性和社会的影响力。

这 20 位工匠人物中，既有扎根传统的工艺美术大师，如在陶瓷技艺上有着重要研发成果的詹培明、中国工艺美术大师裴永中和曹加勇、刺绣艺术大师黄伟雄、錾刻工艺美术师陈志忠、木雕艺术家胡冠军、玉石雕刻家伍辉；还有现代工业中科技能手专家，如从陆地到海洋的仪表维修技能大师邓祖跃、为地铁安全出行的使者唐智金、核电运行调试专家周创彬、为保燃气安全的安装技能师黄牛仔、继电保护高级技能专家王其林、集装箱岸吊操作师陈活常、道路行车安全专家贺鹏麟、国家级印刷技能大师高峰、汽修大师李明权、汽车钣喷维修技术能手凌云志、模具高级技师陈敏通、编程控制系统设计高级技师肖云辉、数控技能专家卓良福等。

这一群活跃在各个领域的行业精英，始终秉持传统工匠精神，忠实于自己的内心召唤，默默地在自己的岗位，用智慧和行动，为这个城市日新月异的发展，为了国家的繁荣富强，用毕生的心血倾其所有，全情地投入，让工匠精神深入骨髓、深入灵魂，成为一种奋发向上的指导意识，形成"深圳匠魂"的一股力量。大国有工匠，精工利器，匠心铸魂。榜样的力量是无穷的。为这些匠人著书立说，宣传他们的成功经验，旨在激励新时代的年轻人，倡导现代工匠精神，带来正面积极的社会效应，为了民族复兴、实现理想而奋斗！同时也为了结合粤港澳大湾区建设、深圳建设中国特色社会主义先行示范区及习近平总书记在深圳经济特区成立40周年庆祝大会上重要讲话的精神理念，提升深圳文化软实力的需求。因此初心出版《深圳匠魂》系列丛书，为这样一群人树碑立传，意义重大，非常有必要。

在岭南地区图书配送领域中，深圳市旧风车传媒发展有限公司（旧风车书轩），作为有情怀、有社会担当的图书出版公司，当为这座城市出版有纪念意义的书籍，既有社会价值又有正能量的图书。本着对这座城市的热爱，时代的使命感、责任感使然，为传播弘扬优良传统的工匠精神，担当社会道义和责任，特出资出版深圳工匠精神的代表人物传记——《深圳匠魂》丛书。

此书由出版界专家毛世屏先生组织发起，并得到深圳报业集团党组书记、社长丁时照先生，原深圳市政协副主席、深圳市企业联合会、企业家协会会长，现任《时代商家》杂志社社长吴井田先生的极力支持；最终我们还邀请到原中共深圳市委常委、宣传部部长王京生先生为本书撰写总序；具体工作得到深圳市职业技能培训指导中心主任凌远强、深圳市职工教育和职业培训协会秘书长樊玉林、深圳市工艺美术协会秘书长田勇的指导和协助；由深圳文化界资深的文学编辑、策划人、作家朱熳青担任执行主编，并组织优秀的创作团队进行采访撰写，其中参与采写的作家有舒蔓、海舒、郭洁琼、邵永玲、易芬、朱熳青、陈玺如、辜婧尧。非常感谢以上人员在新冠疫情防控期间克服重重困难，圆满完成采写任务。

经由深圳报业集团出版社、深圳市旧风车传媒发展有限公司、深圳市企业家联合会、深圳市企业家协会、深圳市职工教育和职业培训协会、深圳市工艺美术协会、深圳市高科技企业协同创新促进会等单位的通力支持合作，从策划选题到编撰，历时近2年的时间，才有了此书的顺利出版。

通过《深圳匠魂》丛书的学术研究和出版工程，了解这些工匠在平凡岗位的成长经历。这些深圳匠人看似平凡，实则工匠精神在他们身上体现得淋漓尽致，匠心铸魂，做出了利国利民的一番不平凡的事业。我们同时希望为更多中国企业汲取前行的智慧和力量，激励青少年树立正确的人生观、价值观，为这个喧嚣浮华的时代打开一扇精神文明之窗，建设知识型、技能型、创新型的劳动者大军，营造劳动光荣的社会风尚和精益求精的敬业风气。为了民族的伟大复兴，传承工匠精神，打磨事业的精工利器。深圳匠人，匠心铸就民族之魂，打造具有国际竞争力的制造业，提升综合国力、保障国家安全、建设世界强国之路而不懈努力！

2023 年 7 月 10 日

朱熳青于深圳怡心斋

目录

一、身正为范度匠心
　　——"鹏城工匠"卓良福纪事　　　　　　海　舒　003

二、"创新+科技"打造道路行车安全
　　——记道路行车安全专家贺鹏麟　　　　郭洁琼　041

三、愿力无边终超凡
　　——记可编程控制系统设计师高级技师肖云辉　海　舒　079

四、修出"匠"与"技"的荣光
　　——记汽修大师李明权　　　　　　　　郭洁琼　101

五、凌云壮志谱匠魂
　　——"广东省技术能手"凌云志的故事　　海　舒　139

六、用执着和专注成就追梦人生
　　——记模具高级技师陈敏通　　　　　　易　芬　165

七、在高空舞出漂亮的人生八段锦
　　——记深圳燃气集团的"鹏城工匠"黄牛仔　邵永玲　193

八、永不停歇的追梦人
　　——保障地铁安全出行的工程师唐智金　邵永玲　225

九、与核共舞的"创师傅"
　　——记中国广核集团核电运行调试专家周创彬　郭洁琼　251

十、不为繁华易匠心
　　——解码国家级印刷技能大师高峰
　　　　　　　　　　朱熳青　陈玺如　辜婧尧　289

跋　　　　　　　　　　　　　　　丁时照　326

卓良福

深圳匠魂

数控高级讲师、数控高级技师。曾获得"国务院政府特殊津贴""深圳市政府特殊津贴""国家教学成果二等奖""第五届黄炎培职业教育杰出教师奖""第三批国家'万人计划'教学名师""广东'特支计划'教学名师""深圳市高层次人才""指导选手获世界技能大赛第3名""指导学生获全国职业院校技能大赛优秀指导教师奖"等荣誉。获得国家4项实用新型专利。2011年经批准设立卓良福劳模创新、数控教学名师工作室，培养了来自全国校企师生200多人，总结出一套独特"六训练金法"，具有指导大赛的绝技绝活。2013年主持研制了多系统数控车、数控铣教学系统平台，目前全国有100多所职业院校使用该实训设备，合计有600多台套，直接创造经济效益经超千万元，为职业教育做出了贡献。

身正为范度匠心
——"鹏城工匠"卓良福纪事

海 舒

学以致用，挑战自我

看完卓良福先进事迹资料，在前往采访他的途中，脑海里不停浮现爱因斯坦的一句格言：一个人用一辈子的精力专注于一种事业的研究，没有不成功的！延伸至我们的先贤孟子及"天将降大任于斯人也"，良可浩叹！身处这个伟大的时代，涌现出像卓良福这样以平实无华的质朴与坚韧而创造奇迹的人，实乃民族之幸、家国之福。

与卓良福初识在一个暖阳普照的冬末，遵约在宝安区灵芝地铁站见了面。健硕的中等身材和极富亲和力的微笑，是他给我的第一印象，同时也消弭了陌生感，没有丝毫影响交流的感觉。在常人眼里，被称为大国工匠的人，一般会给人以居高临下的气态，而卓良福的言行，则彰显着平凡人生中频频迸发出的潜在智慧，坚韧不拔的品格和永不服输的拼劲。也就验证了路易斯·巴斯德所说的：成功是留给有准备的人，机遇是留给准备好的人。这不禁让我回到他的事迹资料上，那些令人目不暇接的荣誉和褒奖："全国技术能手""国家万人计划教学名师""广东省高层次领军人才教学名师""广东省五一劳动奖章""深圳市地方级高层次领军人才""享受国务院特殊津贴人员""享受深圳市政府特殊津贴人员""深圳市鹏城工匠""深圳市十佳青年教师""宝安区十佳杰出青年""全国机械行业职业教育服务先进制造专业领军教学团队""广东省优秀共产党员"等。继而想到时下,他担任深圳市宝安职业技术学校负责人,行政性事务多了,仍恪守初心,率领以他名字命名的"广东省职业教育卓良福名师工作室"团队,孜孜不倦追求着梦想。很难让人将这一切,与一个刚过不惑之年的人联系在一起。

  然而,就是这个从汕尾市陆丰市湖东镇曲清村走出来的少年,1998年因几分之差,与高中失之交臂,转而背上简单的行囊,迈进了广东省机械学校的大门,从此与数控技术结下了不解之缘。回想起求学之路,卓良福禁不住动容。就在他中考那一年,父亲做生意赔了个精光,家境中落,一家七口人的生计陷入困境。作为家里的长子,亲戚朋友劝他不要去读书了,去外出打工赚钱补贴家用,而父母坚持让他去读书。可当时家里的情况,父母实在拿不出学费给他,于是借了四万元的高利贷,偷偷交给了他,叮嘱他要争口气,好好学习。卓良福永远忘不了,父母送他出村时的情景,他三步一回头,望着父母渐远的身影,立志一定要干出一番事业来,否则枉为人子,对不起父母的一片苦心。在广东省机械学校就读期间,他几乎每天都是最后一个离开车间,最脏最苦最累的活抢着干。老师看他如此勤奋,遂将技术倾囊相授。当学徒期间,他常怀感恩,每天提前到办公室,给老师傅倒茶、打扫卫生;他虚心求教,百练不厌。

2018年获得深圳市"鹏城工匠"荣誉

他逐渐对数控技术产生了浓厚兴趣，课堂上专心听讲，实训时吃苦耐劳。到了晚上，别的同学去玩，他却独自返回实训车间，一遍又一遍操作，不厌其烦地重复着单一枯燥的动作，从没有过懈怠。对于一个充满幻想的青年来说，若没有坚定的意志，是绝对做不到的。他的求知精神与勤奋好学感动了老师艾雄，从那时起，艾老师将自己的技能毫无保留地传授给了卓良福，他的技术随之得到了迅速提高，毕业时成了前来招工企业抢着要的人才。可他觉得，自己的技术还不够过硬，还需要进一步通过实践来提升。他不假思索地婉拒了月薪2000元的高薪聘用机会，毅然去了他在佛山实习的那家模具厂。虽说每月只有450元工资，但他记住了老师的话，能力创造机会，不能贪眼前之福而放弃更高的追求。一年后，他的实际操作技能得到大幅提高，工作可以独当一面。2002年，他被返聘到广东省机械学校校办工厂，并正式拜艾雄为师，潜心钻研数控技术。师傅的言传身教，加上自己的勤奋努力，他在数控操作技能上有了质的飞跃。短短两年不到的时间，他从学生、学徒成长为技术员、编程师。

　　卓良福的成长与成才赢得了周围人的赞许。也有人觉得纳闷，同样的学习环境，同一个老师，他怎么就比别人进步得那么快呢？除了前面列举的勤奋好学，不得不说的是，他比许多同龄人更有一份担当。1999年，他入学的第二年，班里大部分同学都买了电脑，尽管他平时省吃俭用，还是挤不出买一台电脑的钱，便向父母流露出买电脑的想法。他也知道，家里生活过得清苦，可他按捺不住强烈的求知欲，还是向父母张了口。买回电脑之后，卓良福并没有像别人那样，把电脑当成娱乐工具，整天沉迷于玩游戏，而是如饥似渴地利用网上获取的大量信息，下载与专业相关的软件，综合课堂所学的知识，自学和钻研专业新动态。通过从互联网获取的信息，大大拓展了专业视野，增加了实训课程之外的更多技能技巧。学习有了明显提升，各科考试成绩平均都在80分以上，并获得了奖学金二等奖。由于在校表现优秀，他被推选为班长，还担任学校电视台台长、校学生会几个专门小组的干事，学业结束时，又被评为为数不多的优秀毕业生。

　　2001年，他利用假期和课余时间，积极主动走向社会，用自己掌握的知识和技能，在广州的数控培训机构做兼职教员，一来是锻炼自己适应社会的能力，可以展示和验证；二来是能赚些钱减轻家里的负担。过年回家，当他将做教员挣来的5000元钱交到父亲手上时，一家人都用惊奇的目光看着他，当他说明了原委之后，父母才松了口气，生怕他走了歪路，拿了不该拿的钱。也正是这段在培训机构做兼职教员的经历，奠定了他之后在学校当老师的基础。卓良福对自己的人生规划，不是按部就班，他总带有一种超前意识，好像有一种无形的推力，促使他跨越式前进。不论在教学上和实训辅导中，还是在自己参加比赛的准备过程，他目标性极强，而且围绕实现目标拼尽全力。

2003年8月，卓良福受聘到深圳市龙岗职业技术学校，当上了数控专业实训操作的辅导教师。从自己亲手操作到教书育人，社会角色的转变，给他提出了更高的要求：不仅要有诚心、爱心和相当的专业水准，还应具有丰富的知识储备。刚到学校不久，正遇上一个实训指导学生参加技能大赛课题，时间紧任务重。他每天两点一线，宿舍到实训车间往返，从早到晚，连吃饭也在车间。经过三个多月的努力，如期完成了课题攻关，并指导学生黄锦霞获得2003年第一届数控技能大赛数控车项目二等奖的好成绩。当有一次需要去接待一位专家来校指导工作时，他竟要去问同事海关大厦在哪里，同事愕然看了看他，"扑哧"一声笑起来，说：不到300米就是海关大厦，你当真不知道？他还真不知道，走进学校3个多月，他一次也没有出过校门。

又是两年过去了。这看似漫长的时间，在卓良福眼里却过得飞快，除了日常的教学，他的剩余时间几乎全部用在了教学课程的研发和编写上，就连和相恋的女友，也没见上几面。也就是在这两年里，他获得了2004年全国第一届数控技能大赛广东省选拔赛教职工数控铣项目第二名，全国决赛第四名，被授予"全国技术能手"称号。很快，他在数控实训辅导和专业教学上声名鹊起，几家学校抛来橄榄枝，想以优厚待遇聘请他。深圳市宝安职业技术学校更是捷足先登，以正式在编教师为条件诚聘他。俗话

2013年给学生讲学

说，人往高处走、水往低处流，那要看有没有驾驭高处不胜寒的魄力，有没有做一番大事业的胸襟。对卓良福来说，他需要一个能让自己施展技能的平台，只要认定有助于他在专业上的进一步提高；当然，他也需要一个能够保障自己生存无后顾之忧的立身之地。

2005年8月，他来到了深圳市宝安职业技术学校，负责数控专业建设和技能大赛。他走马上任时正赶上暑假，他一头扎进实训车间，只为辅导3名学生参加2006年第二届全国技能大赛广东省选拔赛。他们起早贪黑，苦练实际操作，天天吃外卖盒饭。他不仅要自己练，还要辅导3名学生。数控操作要求精度极高，刀具与设备的协调使用，要经过反复调试才能达到操作要求，有时候连续几天都毫无进展。他和学生一起，以锲而不舍的精神，不停查找原因，攻克一个又一个技术难题，直到符合规范所需要的精度。功夫不负有心人，他带领学生满怀信心地走进了赛场，通过激烈的角逐，他们力克群雄，一举夺得全国第二届数控技能大赛广东省选拔赛教职工数控铣项目第一名，还代表广东省参加全国决赛并获得第九名的好成绩。他带领参赛的3名学生分别获得两个第二名和一个第三名。在荣誉面前，他没有居功自大，而是以更饱满的工作热情，全身心投入学校的数控专业建设，去迎接新的挑战。

女朋友得知他获得大赛的第一名，主动约他出来庆贺。可天生不懂浪漫的卓良福，赴约时没有手持玫瑰，也没和女朋友去花前月下徜徉，只是就近找了家餐馆，简单吃顿饭便结束了约会。或许世上最甜美的爱情，莫过于彼此的相互理解。后来女朋友成了他的妻子，及至婚后十年，卓良福也没有让她感受过别人眼中的浪漫，她却无怨无悔，默默陪伴他，一步步走向人生的一个又一个高度。

学校的数控专业从无到有，从简陋的两间破旧教室到具备相当规模的宽敞车间、完备的配套设施，无一不凝聚着卓良福及他所带领团队的辛勤付出。在数控专业上，他就是一个"痴人"。而教学要求的不断提升，使他感觉到自身的能力与时代发展的步伐出现了脱节，他如不及时补上短板，就无法施展自己的梦想。他选择了在不影响工作的同时，学习与成长并举，分别完成了中央电大计算机信息应用（大专在职学习）、华南理工大学机械电子工程（本科在职学习）的全部学业。在这期间，他以吃别人不愿吃的苦、忍别人所不能忍之寂寞，砥砺前行，勤奋忘我，愣是把有限的时间榨出"油"来。

从2008年至今的十多年间，卓良福与学习相伴成长而乐于其中。也是这十几年，除了工作，他从只身一人，变成为人夫、为人父的一家之主。他的妻子张丹娜，一个朴实的客家女子，是卓良福读中专时低他一届的学妹，现在同一个学校工作。讲起他与妻子从相识相爱到结婚的经历，卓良福不免露出些许愧意。9年的马拉松式恋爱，没有像现在的年轻人一样，整天腻在一起，变着花样地玩。他们恋爱的9年间，连一起看电影、逛街，都屈指可数。一来因他工作实在太忙，二来他的家境客观情况，没有达到能够建立家庭的条件，一对相爱的人，只能把彼此放在心里。结婚之后，张丹娜除工作之外的几乎所有时间都用来操持家务，卓良福依旧是早出晚归，家就像宾馆，什么锅碗瓢盆、柴米油盐、洗洗涮涮之类的家务事，他根本就没沾过边。也许，"成功男人背后总有一个默默支持他的女人"这句话，在一般人看来只是一句箴言，对卓良福而言，那是实实在在的身在其中、切知其味。孩子两岁那年，他报考了中央电大计算机信息应用专业在职学习的大专班，白天在学校忙，晚上回家一学就到半夜，很少有夫妻说说话的时间。好不容易熬到孩子上学，他也取得了计算机应用的大专文凭，本可以有空闲享受家庭生活的快乐，可是，他又继续报考了华南理工大学机械电子工程专业在职学习的本科班。与此同时，他带领团队连续3年参加全国数控技能大赛，忙得恨不能一天当两天用。

随着社会经济的发展，人民生活得到了大幅改善。而卓良福的家境虽有所改变，但是由于他是长子，尚有3个妹妹和1个弟弟不能独立生活，都需要他来扶持。而他深知，这不单是出几个钱就能解决的事情，他深知没有文化，不具备适应时代发展的知识，就很难在社会上立足。他把两个妹妹接来深圳读书，承担了所有费用。新婚不久的妻子，不但没有埋怨他，处处做得细致入微，比卓良福想得更周全。拖着身怀六甲的身体，给两个妹妹当起了"保姆"，日常生活的烦琐事务远不止这些，弟弟想来深圳创业，卓良福又给凑本钱，自己没有那么多余钱，便向朋友借。还有一个妹妹在老家，也需要他在经济上给予支持。面对这一切，作为妻子的张丹娜，从没有一句埋怨的话。就连他俩买房子，还是娘家资助了一笔钱。她内心很平静，因为她知道卓良福在事业上打拼，也是为了这个家，为了以后过上更好的生活。夫妻间也有过小小的不愉快。孩子很小的时候，卓良福因工作需要，时常会有应酬，而张丹娜顾得上哄孩子，就顾不上做家务。时间长了不免出现一点烦躁情绪，看见老公喝了酒回家啥也不管，一头扎进卧室呼呼大睡，她的心里很不是滋味。可她天生是个不会吵闹的人，最多是等他醒了，与他"冷战"几个小时就算过去了。实在忍不住，就耐着性子劝说他几句，动之以情，晓之以理，卓良福觉得老婆说得有道理，表示以后不必要的应酬坚决回绝。从这之后，卓良福回到家，也开始帮妻子分担一些家务活。等妻女睡了，他再把教学和实训辅导中的体会、经验等，分门别类编写成册，为之后的教材编撰打下了基础。

卓良福最郁闷的事情，莫过于带领团队参加全国职业院校技能大赛，连续3年都是获得二等奖。是技不如人，还是努力不够？他百思不得其解。春去秋来，整整三个年头，他几乎把空闲时间都"耗"在了实训车间里。辅导参赛学生，不计其数地反复试验，仍旧没有突破。特别是2010年参加比赛，本以为各方面的准备工作都做得很充分了，参赛中，也是万分仔细地做好每一个步骤，生怕因操作失误出现丝毫的偏差。当听到组委会宣布比赛结果后，卓良福就像泄了气的皮球，又得了个二等奖。离开比赛场地，和同去参赛的同事和学生一起回到住处，每一张脸都阴沉着，失落、懊恼一起涌来。可不管怎么样，饭总是要吃的，他们一行人来到海河岸边，找了家河堤上的大排档。桌上的菜肴，被堤岸上不停变换的景观灯映照得鲜亮诱人，可每个人都没有动筷子，只是一杯接一杯地喝起闷酒。且不说学校为他们参赛给了多少支持和配合，耗材等花费了多少钱；就说参赛团队三个暑期放弃休假，没日没夜地苦练，流了多少汗、被蚊子叮了多少口。最让他们受不了的是，每次比赛回校之后，都会遭到来自各方面的压力。卓良福作为领队，他承受着无形的压力，内心比谁都不是滋味。几瓶啤酒一股脑喝下肚，不一会酒劲就顶上了头。他站起来，摇晃着带了几分醉意的身体，走到河堤边，俯身在大理石护栏旁，望着河面上层层微澜泛起的波光，他滋生出片刻迷惘，自言自语说了句，跳河死算了。并不是输不起，是他苦思冥想不得其解，同样的设备、同样的工艺、同样的刀具、同样的操作，怎么就总是输在毫厘间？难道超越这毫厘之差，真比登天还难吗？是自己辅导不到位，还是别的什么原因？他迎着晚风，在海河岸边站了很久，他不缺面对失利的勇气，他缺的是为失利找出一个说服自己的理由。

　　短短几年时间，卓良福一次次挑战自己，先后完成了两个学科的大专和本科的在职学习课程。凭借自己丰富的实训辅导经验和教学实践，结合学到的专业知识，纵览全国职业院校数控教学现状，他主编并参与编写了《全国数控技能大赛丛书》及15本专业教材，获国家级教学成果二等奖、省级教学成果一等奖，主持省级以上专业课题3项，开发多系统数控机床等专利8项。很多人都对此有过疑问,他是怎么做到的?一个原本只有中专学历的数控实训教练,是怎样一跃成为全国职业教育数控专业的领军人物的呢?这些以往连他自己都仰止兴叹的高度,就凭他孜孜以求的韧劲,不停挑战自己的极限,攻克一个个难关。漫长的学习探索过程中,他遇到的困难数不胜数,就凭着强烈的求知渴望,对事业精益求精的恒心,在与全国同行在相互交流中,抓住重点,力求突破。一路走来,那些令他的警醒明志的事、那些让他难以忘怀的人,是他在学习与成长中,一点一滴积累起来的宝贵财富。即使现在有了阶段性的成功,走上了领导岗位的卓良福,还是没有放松对更高目标的追求。用他的话说,不学习就没有成长。做个有情怀的人,就要心有大爱,身体力行去做国家需要和社会发展的先行者,他感到无上光荣。作为一名共产党员,要坚守使命,永恪初心,积极践行社会主义核心价值观,矢志不渝为振兴经济、服务大局,发出自己的光和热。

身正为范,铸就匠魂

求真务实,是身边人给卓良福贴上的做人标签。从接手学校数控专业建设和负责组织参加全国各级职业技能大赛的工作起,除了完成正常教学之外,卓良福把几乎所有时间,都用在了培训参赛学生的技能辅导、落实学校数控专业建设的发展布局上。连续三次参赛未夺冠,是他挥之不去的痛。在总结经验教训时,他先从自身找原因,不论是操作流程和技能,还是参赛队员临场的随机应变,可以说已经具备了一定的水平,失利的原因到底出在哪里?他痛定思痛,有时候独自来到实训车间,面对机器设备和刀具看到出神,

2017年卓良福老师正在指导学生操作三坐标机

问题到底出在哪里呢？他不厌其烦地亲手操作，仍没有发现症结所在。在这种煎熬中，每一秒都是漫长而痛苦的。

一天黄昏，卓良福在小区的空中花园跑步健身，路旁石桌围坐着老人和孩子，正为一件什么事情争论。老人对孩子说了一句："你不能去问比你厉害的人吗？"这句点醒了卓良福。他转念一想，既然人家能够拿到冠军，就一定有比自己技高一筹的地方，为何不能主动上门去求教呢？有了这个想法，他调整好心态，精心准备与同行交流所涉及的技术参数，几经北上，去天津、北京等地取经，虚心向同行学习。特别是在操作细节上，刀具与加工部件触面的精确度，往往只有几微米，就是在这微米上，卓良福发现了玄机。回到学校之后，他先是自己试着去做，再将要领传授给参赛团队的每一个人。功夫不负有心人，终于在2011年的全国职业院校技能大赛中，团队成员通过努力拼搏，一举获得了第一名。比赛结束回到住处，参赛团队所有人那种喜悦之情难以言表，他们再次到海河岸边，还是那家大排档，把酒狂欢。倒不是只因为得了第一名，而是回想起为此荣誉所付出的艰辛，那种不折不挠的枯燥实训，真非一般人所能坚持下来的。所以，酒喝到七分，他们抑制不住激动的泪水，为自己醉一回，只当是在追梦的路上，又朝前迈了一步。

而卓良福虽已有三分醉意，但他心里明白，这仅仅是一个新的开始。他坐在海河岸边，迎着吹来的阵阵晚风，回想着往事：站在村口送他上学的母亲、给他谆谆教诲的恩师、求知路上的苦与乐，仿佛放电影一样，一幕一幕浮现眼前。他深知人生的路还很漫长，如何让自己活得更有意义，才能不负父母亲的养育之情，不负党和国家对自己的再造之恩。他从走上教师岗位的那一刻起，就已立下誓言：爱心育人，匠心铸才。他扎根一线教学，精准指导学生参加国际、国内各项数控技能大赛，并多次获得大奖。作为一名具有工匠精神和高超技艺、丰富经验的优秀教师，坚持因材施教，关心学生成长、成才，注重培养学生的职业道德、敬业精神，引导他们开发创造性思维，发掘他们身上的潜力。从2006年起，卓良福连续多年被广东省教育厅、深圳市聘为数控竞赛总教练，累计辅导200多名师生参加国际、国内数控技能大赛，共荣获国家级以上奖项68个。其中，2013年参与指导选手谢海波获世界技能大赛数控铣项目第三名；2011年来，指导梁洁、周荣辉、杨睿、文治涌、梁宏超等13位同学获全国一等奖或前三名。累计培养了冯秋明同学等1200多名中、高级技能人才，服务于深圳200多家企业。先后被授予"全国优秀指导教师奖""深圳市十佳青年教师""宝安区第二届感动教育人物"。在成绩和荣誉面前，他不骄不躁，总是淡然一笑，觉得自己所做的一切，还远远不够，与党和国家的需要，还有很大差距。他爱岗敬业，严于律己，始终以一名优秀共产党员的标准要求自己，专注技术，精益求精，在平凡的工作岗位上，做出了不平凡的贡献。他2次参加全国数控技能大赛获得了广东省第一名，全国决赛第四名。自2012以来，在多次受聘担任世界技能大赛中国技术专家、全国职业院校技能大赛专家或裁判期间，他乐于帮助每一个学生，以高尚的道德情操和人格魅力，为学生树立了一个成才、成功的榜样，他所培养的学生梁洁等工匠人才，成为龙华区十大工匠之一、大师工作室主持人。

俗话说，"一枝独秀不是春，百花齐放春满园"。他谙知，个人的命运与国家的发展强盛息息相关，他把为国家培养更多技能人才，助力科技兴国，作为自己始终如一的使命。他先后担任全国模具教学指导委员会委员，广东省职业教育加工制类教学指导委员会主任、全国数控技能大赛专家，深圳市模具技术学会副会长，主持广东省卓良福数控名师工作室、劳模创新和工匠人才工作室。为发挥名师的骨干、示范、辐射、带动作用，工作室主持开展企业培训10余次、解决企业技术难题100多项，生产企业产品12000多件。2013年，他主持研制的多系统数控车、数控铣教学系统平台，取得2项国家实用新型专利，填补了国内多系统教学实训平台设备的空白，目前全国有近百所职业院校使用该实训设备用于实训教学，直接创造经济效益超千万元，同时也产生了良好的社会效益，培养了一支高水平教师团队和一批技能人才。2018年，经批准设立广东省数控教学名师工作室，先后组织了多次全国技能大赛教练及骨干专业教师的培训班。3年来，累计培养来自全国企校学员和徒弟200多人，其中，欧阳笑梅获"全国技能能手"称号，张义武等8人获全国技能大赛金牌教练；邱道权等2人获评"南粤优秀教师""广东省技术能手""深圳市高层次人才"；王佳等7人被评为"宝安区高层次人才"，累计获得政府1000多万元奖励。他在社会服务工作中发挥骨干作用，受到《中国教育报》《深圳特区报》等多家媒体的报道，成为行业公认的技术专家。

家人、同事和朋友对卓良福有着不同的解读，但有一点是所有人的共识：卓良福是一个脚踏实地的人。童年记忆的烙印磨砺了他坚忍的秉性，培育了他改变命运要靠自己的初心。他11岁那年的春节，看到别人家的孩子都穿上新衣服，欢天喜地地过年，可他连一条出门穿的裤子都没有。这对一个天真活泼的少年而言，心里的纠结与煎熬，以及无力改变现实的无奈，都深深刺痛了他的心。他第一次领悟到，贫穷有多么可怕。但他，没有记恨父母，只盼着自己快点长大，做个有能力的人，才有能力改变贫困的家境。而现实并非遂了他的愿，在他去广州读中专之前的几年间，弟弟妹妹还小，相继上学，家里的经济负担很重，不但没有丝毫起色，反倒越来越差，若不是父母辛勤操劳，日子真的是难以维持。在他是辍学打工还是继续读书的事情上，父母坚持让他继续去读书，不惜去借高利贷供他上学。一个尚被温饱问题困扰的家庭，做出这样的决断，可想而知意味着什么。每当卓良福在学习和工作中遇到挫折时，就会想到父母送他到村口的情景。于是他就再大的困难也要去攻克。时至今日，他事业有成，仍然用母亲的一句话鞭策自己：好事没有做到头的时候。

同事和学生眼里的卓良福，也是一个从不居功自傲的人。担任学校负责人之后，他对自己的专业依然是一往情深，坚持做一名数控专家。但是方式上随着身份的改变而有了改变。之前是直接指挥，直接示范辅导，发现问题当即亲自解决。他在每个环节上都力求做到极致，对专业团队成员的顾忌没有那么多。这是卓良福做事强势、快人快语、对事不对人的性格，有时候发现了问题，他的语气和态度不够温和，不注意说话场合，经常针对团队成员的不足，上来就是一通批评，一点情面不留，为此伤了不少同事的自尊心，导致他和同事之间的关系有些紧张。这在当时并没有出现明显的分歧，毕竟他一直专注于工作上的事情。但他走上领导岗位，不再担任机电部部长之后，在处理同样问题时，大家显然不像以前那么配合，感觉卓良福已经不是他们的直接行政领导了，所以表现出一副爱答不理的样子。卓良福感触很深。在他看来，自己的工作是为了大家发展和促进学校多出好成绩，又不是为个人，他们怎么可以这样？心里有点凉凉的感觉。卓良福通过冷静而深刻的反思，迅速调整心态，主动改变因过去考虑不周而导致人际关系不良的被动局面，而应以一种专家引领者的姿态，做好指导专业建设、技能大赛等各项工作。自己不再亲力亲为，而是让出位置，给团队人员留出展示水平、提升能力和发挥特长的空间；让数控专业慢慢去"卓良福"化，期待有更多人成为优秀的专业人才，而自己的主要精力集中到学校高水平建设及分管的其他事务上。通过这番反思，卓良福完成了工作上的角色转换，但没有放弃对数控专业的关注，当同事遇到解决不了的困难和问题时，他还是积极协助解决，主动提供行业内的各类前沿信息。经过一段时间过渡，原来的误解也好，人与人性格导致的认知差异也罢，都在一点点地消弭。

他与原来所在专业的师生之间，再没有出现丝毫的距离感，而是站在新的起点，将数控专业引领至国内同行领先水平的高度。每次组队参加各类专业技能比赛，他还是亲临实训车间，身教言传，

2013年卓良福教练（左二）与获奖周荣辉（右一）等学生合影

把自己掌握的技能，毫无保留地传授给每一个学生。在他培养的学生中，最具代表性的是梁洁和周荣辉。梁洁从一个朴实腼腆的少年，一跃成为全国数控行业的"武状元"，除了他自己的刻苦努力和勤奋好学，更离不开培养打造他的卓良福。身为专业负责人的老师兼教练，在选拔参赛选手进实训集训队时，不但要从平时学习和实际操作的表现中，去考察进入参赛集训队的学生，还要独具慧眼去发现，学生是否具备成才的潜质。梁洁进入集训队后，面对又脏又累的数控铣工，没有任何退缩和畏难情绪，因为有卓良福这样的工匠大师不厌其烦地悉心辅导，他从心里萌生了要像卓老师一样，做一名对国家有贡献的工匠的想法。在平时的训练中，每天六七个小时的实训操作，手上留下一道道被铁屑划伤的疤痕，他从不叫苦叫累。2011年参加全国职业院校技能大赛，他以78分的成绩夺得第一名。走上工作岗位之后，他更是凭自己过硬的技术，入选深圳市龙华区"十大工匠"。回顾走过的路，梁洁念念不忘的是，他有卓良福这样一位爱心育人的好老师。周荣辉也是卓良福的学生，后来留校任教，做了他的同事。其成长和成功的经历，同样离不开卓良福及教练团队的培养。周荣辉于2012年进入宝安职校数控模具集训队，在集训队教练的悉心栽培下，入围了比赛人选。通过卓良福、张义武等教练的精心指导，日夜陪伴，以及层层选拔的考验，他在2013年参加全国职业院校技能大赛（中职组）模具制造项目竞赛获得一等奖、全国职业院校学生技能作品展获得二等奖；2014年参加全国职业院校技能大赛（中职组）数控铣加工技术竞赛再次获得一等奖，并通过"三二分段"考试方式进入深圳职业技术大学。他先后获得"广东省技术能手""深圳市高层次人才""深圳市技能菁英""深圳市技术能手""深圳好技师""宝安区高层次人才""宝安区技术能手（宝安工匠）""宝安区优秀教师"等荣誉。不论是做学生时，还是当了老师，周荣辉逢人便说，卓良福是他永远学习的榜样。

　　卓良福的朋友，大多是因工作上的交往而结识的，并建立了良好的关系。深圳市宝安区汽车维修协会会长黄少光就是其中的一位。他对卓良福的评价就八个字真抓实干，为人诚信。宝安职业技术学校与深圳市怡丰汽车维修综合服务有限公司，有着多年的校企合作关系。在技术人才培训和专业技能人才输送等方面，双方发挥自身优势，互利共赢，取得了一系列职教实训、企业人才优化等实际成果，达到了因需执教、促进精准就业的社会效益。特别是在定向扶贫上，双方以助力贫困地区发展职业技能教育为抓手，注入脱贫"造血功能"，从根本上消除贫困地区"等、靠、要"的依赖性观念。校企各显其能，精准施策，先后对广西大化、广东龙川等5

所教学条件较差的职业技校进行对口帮扶。卓良福还针对5所学校的不同状况，有针对性制定了相应的帮扶措施。深圳市怡丰汽车维修综合服务有限公司也发挥自身优势，将汽车维修专业所需的实训室办到校园里。开办汽车校园服务店，为师生提供零距离接轨实习实训的机会，为广大教职工提供汽车维修保养美容方面的服务。

作为世界技能大赛中国数控专家成员、全国数控技能大赛裁判的卓良福，纵观国外职业教育的发展趋势，结合国内职业教育院校数控专业水平的现状，他开始考虑如何促进职业教育迈进国际化行列，培养更多中国工匠走出国门。而这方面的国际交流并不多，没有现成的经验可寻。2019年，机会终于来了，卓良福和3名同事一行，受邀赴德国研修职业教育"双元制"教学组织、课程实施、校企合作等内容，开展为期14天的调研学习。他们近距离、全方位、多角度、深层次地了解德国"双元制"职业教育办学情况，参观了"双元制"教育的多家职业院校和企业。每到一处，他都仔细看、专心听、认真记，写下了几千字的参观交流心得。

他们先后参访Wilhelm-Maybach职业学校、SRH集团职业学校、Adviva公司、Heidelberger啤酒厂、SERO PumpSystems inc等公司，以及手工业协会，还专访德国培训师海丁格老师。Wilhelm-Maybach职业学校已有200多年历史，办学水平很高，在德国中等职业教育院校中享有盛誉。学校的创始人迈巴赫是著名汽车设计师，也是奔驰汽车的创建人之一。Heidelberger啤酒厂建于1753年，迄今已成为海德堡市的龙头企业。目前拥有38名员工，年产量为10万吨。这家公司拥有高度的互联网自动化生产线，是德国"工业4.0"实施企业，只拥有2各技术、2个技术人员、2个学徒（每三年保证有2个职业"双元制"教育学徒）。对于此特殊工种，不是采用家族父传子的传承模式，而是采用"双元制"师徒培养，可见德国企业家的责任与情怀。SERO是德国著名泵业制造商，一家中型家族企业。成立于1894年，1929年更名为SERO，是国际著名泵类生产供应商，目前拥有1个金属加工"双元制"员工。至于手工业协会（简称HWK），影响力很大。HWK是德国"双元制"职业教育的发源地、手工行业职业培训标准的制定者，其作用是为相关企业参与"双元制"培训提供指导、支持和监督，主持职业资格证书考核，连接手工业领域与教学资源，为中小型企业培养合格的员工。凯泽斯劳特市手工业协会跨企业培训中心，有机械加工、建筑施工、木工、美容美发、汽车维修、管道维护等项目培训，主要职能是为中小企业开展"双元制"职业教育提供补充，另外提供职业继续教育等。德国海丁格老师，曾通过"双元制"学校学习过金属加工和康复教育两个专业，工作后又参加了很多职业培训。现在他有自己的小型企业，生产定制木器、家具。他有着20多年的培训师经历，到过中国四次，为中职学校师生授课。

　　此次出国参访研修，使卓良福感悟颇深。在他以往的想象中，以精密制造著称的德国应该是高端人才聚集的地方，而事实并非如此，"双元制"才是助力企业发展的不可忽视的因素。所谓"双元制"，和国内倡导职业教育中的校企合作、为培养企业所需的定向技能人才的模式相似。所不同的是，德国是以法律制度的方式，对这种校企合作予以规范和监督。特别是他们的职业学校实训实验场所，以人为本的安全保障细节，令卓良福一行感叹不已。实训室都配有急救贴图、医药箱，贴图上明确告诉你发生意外事故时如何得到救援，应该报告生命信息，如何开展自救。在有些学校，医务室就设在实训室旁。实训室门口会有安全要求，对鞋子、手套、护目

2019年卓良福（左三）在德国学习时与教授合影

镜、安全帽、服装等都有详细的规定。

通过这次赴德国参访研修，卓良福感悟到职业教育中，只有校企加强深度合作，才能对实现我们这个制造大国迈向制造强国的行列，产生现实而深远的影响。他深切地感到，在职业教育的人才培育中，要让参与者知道，不是要不要做和如何去做的问题，而是必须有一种融进骨子里的本能行动。也可以把它看成一种情怀，一种社会责任，或是一种企业担当。身为国内职业院校公认的"工匠之师"，卓良福想到的是，尽自己所能，带出更多能够走出国门的中国工匠。

师德高尚，匠心育人

卓良福始终坚持以爱心育人、匠心铸才的师德风范，把师生的成长、成才、成功视为自己最快乐的事情。2017年，卓良福成功当选第三批国家"万人计划"教学名师,并成为全省中职学校该批次中的唯一获奖者,以专家身份,享受国务院特殊津贴。省教育厅2018年11月向社会公布"中职名师工作室"评选结果,共评定11个名师工作室,其中全省首个数控名师工作室花落宝安职业技术学校,卓良福任工作室主持人。做个有担当的人,不是一句随口而出的空话,往往要付出常人想象不到的努力。何况他是从一名中考落榜生,硬是靠坚韧不拔、知难而上的拼搏精神,登顶全国数控技能比赛和职业技术教育的巅峰。他总能让人想起那首《真心英雄》歌里唱的"没有人能够随随便便成功"。在连续三次全国数控技能大赛失利时,针对他的质疑声四起,什么"骄傲了、退步了"之类的话,频频传进他的耳朵。实训实践与教学辅导遇到的难题,真的是数不胜数。所有这些,丝毫没有影响他锐意进取的决心和意志,反倒成为他不断挑战自我的无穷动力。15年来,他不计个人得失,以教师专业能力建设为核心,重点培训中青年骨干教师,为每一位教师量身定制培养方案,建立教师成长档案,编制教师成长手册,累计培养来自全国的校企学员50多人。

走上领导岗位的卓良福,处处以保持普通一兵的本色要求自己。不忘初心,合理调整行政性事务与教学、实训辅导等方面在时间上出现的冲突。坚持在教学一线,每逢学生参加各类技能大赛的集训,他还是像平常上下班一样来到实训室,亲自给学生示范,传授操作要领,经常一站就是一天,有时候还忙到深夜。成年累月的忙碌,使他倍感对家人的亏欠太多,虽说妻子能够理解,可孩子需要父亲的陪伴。记得女儿很小的时候,常常会把他当成"陌生人",见了他就躲到妈妈身后,扭着头用异样的目光看着他。每当此时,卓良福都会心里发酸,再硬的汉子,内心也有柔情万般。他蹲下身来,做了调皮的鬼脸逗孩子,张开双臂,摆出抱抱的姿态,不一会儿女儿就扑进他怀里。站在一旁的妻子看到此情此景,感叹这世上,唯有血缘的力量能化解无奈。

深圳市宝安区职业技术学校,从一所名不见经传的普通技校,现已成为首批国家中等职业教育改革发展示范学校、全国重点中等职业学校、广东省高水平中等职业学校建设单位,是响当当的品牌学校。这其中,有制造业更新换代引发的专业技能人才短缺的原因、有国家对职业教育的重点扶持性投入、经济结构变化产生的产能真空期等原因,有当地政府对职业教育高度重视和学校领导办学水平等原因。而卓良福"工匠之师"的金字招牌,特别是他挂帅的数控专业名声在外,也是促进宝安职业技术学校加速发展、打造成品牌学校不可或缺的动因。他参与研发的600多套实训设备,已被全国100多所职业院校使用;他倡导坚持产学研结合,先后为省、市数控企业解决技术难题50余个,创造直接经济效益逾千万元。不仅是那些有工匠梦想的学子,因为卓良福的名气而踏进宝安职业技术学校,许多企业也纷纷找上门来,主动寻求与学校发展校企合作。在学生就业、企业员工技能培训、科研共享等方面,达成了多项共识,很大程度上解决了学生就业难、企业求贤难的两大社会问题。很多用人企业感叹,宝安职业技术学校培养出来的学生,就是为他们企业量身定制的专业人才。经卓良福教过和亲手辅导的数控专业生,进工厂就成了"香饽饽",不少学生走上工作岗位不久就当上了部门负责人。卓良福拥有以自己姓名命名的市级数控技术名师工作室,这是深圳市教育局确定的首批名师工作室之一和全市唯一的中职名师工作室,也成为他发挥辐射引领作用、促进师资队伍建设的大舞台。

职业学校的教育属性，很大程度上是针对相应的社会需求设置专业，培养企业急需的有技能的短缺人才。而卓良福所主导的宝安职业技术学校数控专业，时逢国家倡导从制造大国向制造强国转型升级迈进的大背景下，许多企业面临因设备提档更新，传统机械工艺适应不了精密制造要求，所出现的技能员工"断档"现状，智能数字化应用势在必行，职业技术教育就成为这种社会供需的必然产物。但是，由于传统观念作祟，尤其在城市，很多学生和家长对职业教育的认知，还停留在为文凭而读书的旧观念上，忽略或漠视职业教育，从而导致职业技术学校出现生源不济、职业教育资源闲置的尴尬局面。卓良福的成功之路，在一定程度上起到了对这种局面的破冰作用，也从一个侧面验证了"榜样的力量是无穷的"这句话。每年给新生上第一课时，他都会以自己的经历勉励学生，告诉同学们"落榜并不意味着人生就此失去希望"。学会一技之长，一样为社会做贡献，是金子在哪里都会发光。十几年来，卓良福累计培养的1300多名中、高级技术人才，服务于深圳200多家企业。

作为学校负责人，卓良福分管广东省高水平中职学校建设、国际交流与合作、就业培训、校企合作、教育帮扶及机电部等工作。许多走出去、请进来的事务性对外交流工作，占去了他不少的时间。但这并没有影响他发挥专业优势，坚持在教学一线，包括以他名字命名的数控技术名师工作室各种科研攻关项目，依旧正常有序地开展。他笃行信念，把师生的成长、成才、成功永远视为他人生的首要事情。在他的精心主持下，其工作室先后研制《多系统数控车、数控铣教学系统平台》等数控领域专利发明应用，并荣获4项国家实用型专利证书。由于业绩突出，名声远扬，他经常受邀到全国各大职业院校，介绍技能大赛辅导、如何启发学生发挥主观能动性、培育学生的职业操守等方面的工作经验。他分管的对口帮扶的职业技术学校多达5所，有省内外贫困地区的，也有深圳乃至他们学校所在宝安区的，最远的是新疆喀什的。按深圳市宝安区扶贫办和区教育局的帮扶要求，宝安职业技术学校重点帮扶广东省河源市龙川县技工学校、深圳市奋达职业技术学校、广西河池大化瑶族自治县职业技术学校，对广西河池市巴马民族师范学校和新疆喀什职业技术学校。扶贫帮困过程中，遇见的许多事和看见的场景，深深触动了卓良福的内心。

　　记得第一次去广西河池市大化瑶族自治县职业技术学校，刚进学校大门，卓良福被眼前的一幕惊呆了。空荡荡的校园，静如死寂一般，操场上长满齐腰深的荒草，就像被遗弃的一片废墟。陪同前来的县教育局领导，以及早已等候在此的该校校长脸上，都写满了无奈。卓良福面对这种情形，已猜出几分学校的现状。这是一所濒临倒闭的学校，但其具体原因还不清楚，需要做进一步了解，才能研判该如何实施帮扶。该校校长介绍学校情形时，表情凝重，他告诉深圳市宝安职业技术学校一行人，学校走到现在这一步，有师资严重缺位的原因、有招生难的原因、有作为职业技术学校没有特色专业的原因、有缺乏专业教学相应软硬件配套的原因。说到底，就因为是贫困县，财政支出顾不上学校完善办学条件的资金投入。听完该校校长的介绍，卓良福等人进一步了解与之相关的情况，在他看来，校长说的都是客观原因，主观上还存在"等、靠、要"的依赖思想。而扶贫不是给予，是向他们输入一种摆脱贫困的观念，并在他们醒悟到自我振兴时，因需施策，关键是让他们动起来，真抓实干，再予以精准帮扶。为了达到这个目标，卓良福一行对当地开展了职业教育相关的调研。

同行的还有宝安区汽车维修行业协会会长黄少光，该协会是宝安职业技术学校的校企合作单位。此次响应宝安扶贫办的号召，双方一拍即合，既然校企能在教学与技能如常培训、学生就业等方面合作，帮扶贫困地区职业教育振兴，同样可以利用双方的优势资源，携手并肩同行。黄少光会长和卓良福有一个共同点：自己过好了，看不得别人穷。广西大化之行产生的心理触动，很快转变成了帮扶的具体实施行动。回到深圳后，卓良福制定了几套帮扶方案，在整合帮扶资源、解决学生家长担心因孩子上学导致贫上加贫的担忧、解决教学实训设备和相关师资配置等方面，在与广西大化职业技术学校沟通期间，力求制定出切实可行的帮扶办法。让卓良福和黄少光会长感到欣慰的是，当他们第二次来到大化技校时，校容校貌比他们第一次看到的情景大有改观，操场上长满的荒草不见了，院墙和教室粉刷一新，霎时让人觉得有了"烟火气"。在和校长交流实施帮扶方案时，首先谈到的是生源问题，学校没有学生还能叫学校吗？深圳市宝安区汽车维修行业协会作为定向用人单位，运用学生入学即就业保障性机制，开启职业教育帮扶模式。先从汽车维修专业入手，深圳市宝安区职业技术学校负责师资建设，对该校原有教师进行专业技能教学、实训辅导等方面培训；黄少光会长名下的深圳市怡丰汽车维修综合服务有限公司，为汽车维修专业的学生实行就业兜底。不到3年时间，广西大化职业技术学校从名存实亡到2020年开学季在校学生近千人，被广西壮族自治区评为三星级职业技术学校。通过宝安职业技术学校和深圳市怡丰汽车维修综合服务有限公司的联袂帮扶和助推下，该校汽车维修专业获得专项建设资金500万元，建设了多间理实一体化实训间，大大提高了专业办学水平，毕业生的就业率达到90%以上，而且大部分毕业生被安排

2018年，卓良福（左二）参加广东省名师工作室颁牌仪式

在深圳等地区工作。

卓良福设定的帮扶模式的实施，并不是一帆风顺的。首先，使贫困地区职业技术学校回归教育常态化，要有能够满足教学的相应师资、技能实训所需的设备等先决条件。俗话说，要吃饭就得先砌灶，否则就是空谈。再者，学生来到深圳进入职业技能实训，按卓良福的帮扶设想，不但要免除他们的学费，还要发给每一个学生基本生活费。这笔资金从哪里来？带着这些问题，他奔走在宝安区教育局、宝安区扶贫办等相关部门，往返不下20趟，一一解决了帮扶中遇到的实际问题。每当谈起这些，黄少光会长都深有感触地说，论做事，他就服卓良福，因为他不仅心有大爱，而且充满智慧。

在对广东省河源市龙川县技工学校进行帮扶时，他所在的宝安区职业技术学校刚好搬迁新校区，数控、汽车实训的机器设备也随之重新购置，老校区原有的机器、设备，要么当废铜烂铁卖掉，要么放在远处闲置，任由它们生锈变成一堆堆废铁。卓良福觉得把这些旧设备用于帮扶再合适不过了。虽说这些机器旧了点，但不影响正常使用，真当废铁卖，值不了几个钱，若用在扶贫助教上，所产生的价值就不是用钱能够计算的了。但要处理这些机器设备，不管它的用途是什么，都不是一句话那么简单的事情，毕竟这是几百万元的国有资产，学校没有处置权。自从实地考察过龙川县技工学校的实际情况之后，卓良福就动了这些旧机器设备的心思，在他看来，龙川县技工学校的数控、汽车实训课程，若能用上这些机器培训学生，等于与宝安职业技术学校在这个专业的教学实现无缝对接。一是加快了学生的成才和成长，二是扶贫工作能够尽快落到实处。想是想好了，可做起来就不那么容易了，几百万元国有资产的处置事情，说大不大，说小不小，它牵扯到政府各相关职能部门。卓良福是个说干就干的人，先是跟校长及相关领导汇报并得到支持，就为了这批旧机器设备能够在扶贫帮困派上用场，而不至于沦为一堆废铁，他上上下下跑了八九次，不惜被人冷落、推诿。看到这些机器被安装在龙川县技工学校的数控、汽车实训室，卓良福感慨万千，就像有句谚语说的：只要心诚，石头也能开花。

远的要帮，近的也要扶。在同属宝安区的石岩街道所辖内，有一座深圳市奋达职业技术学校，由于种种原因，学校陷入师资和生源两难的困境，长期得不到很好的改善。2020年，为响应深圳市教育局关于公民办高中学校结对帮扶的相关文件精神要求，卓良福所在的宝安区职业技术学校接下了帮扶任务，签署了为期3个学年的结对帮扶协议书。深圳市奋达职业技术学校,属于民办全日制中等职业技校。根据该校实际状况,双方积极探索,从奋达职校实际出发,结合宝安职业技术学校多年的帮扶经验,采用"1+6"个性化帮扶、订单式服务的精准帮扶模式,即突出以党建为重要引领的中心思想,集中火力围绕奋达职校的领导干部能力提升、教师教学能力培养、德育干部和班主任能力培养、实习实训基地共享、技能大赛培训和省级重点中等职业学校创建6大方面,开展对口精准帮扶工作,力争以高质量党建引领学校高质量发展。作为帮扶工作负责人的卓良福,清醒地知道,与奋达职校的结对帮扶,不同于以往对贫困地区的做法。因为该校同样在深圳,办学的基本条件等方面与自己所在的宝安职业技术学校大致相同,这就要求在这项帮扶中找准要点,避免走弯路。他采取查找现有短板、因地制宜的帮扶策略,经双方校领导多次座谈沟通,明确了帮扶目标。拟定了领导干部培养帮扶,以点带面提能力、省级重点创建帮扶,牵线搭桥助发展、班主任能力提升帮扶,经验分享重交流、教师教学能力提升帮扶,项目引领强业务、专业技能大赛帮扶,深入教学建平台、深化校企合作帮扶,广聚合力拓渠道等六步走的帮扶基调,逐一推进落实。卓良福从自己做起,以"工匠之师"的影响力,亲自给全体师生做了《走好成长路,实现人生梦》的专题讲座,又根据帮扶中遇到的实际问题,多次以请进来、走出去的方法,先后邀请了4位权威培训专家,采用团队集中封闭式培训,以"赢在中层"为主题,以提升"教导力""创新力""执行力"和"凝聚力"四个维度为中心,对奋达职校16名中层领导干部进行了为期10天的统一培训,丰富了该校领导干部的业务知识,进一步拓宽了工作思路。他一方面对奋达职校林龙强、陈伟杰2位专业教师进行一对一的培训指导，另一方面对奋达职校2020班44位学生进行统一集体培训，培训结束后根据学生表现，选取6名优秀学生到校外专业实训基地进行封闭式培训，为日后参加各类技能大赛打下坚实基础。为推动奋达职校与汽车维修企业合作，提高教师专业水平和学生实操技能，双方决定采用"以点带面、先试先行"的方式，针对汽车应用与维修专业进行深度校企合作帮扶，充分利用宝安职业技术学校与深圳市宝安区汽车维修行业协会的友好关系，联合奋达职校和其他帮扶学校组织开展区级汽修技能竞赛，并将比赛地点设在奋达职校。确定了比赛方案，他多次主持比赛前期协调会。根据方案，比赛于2021年11月27日开始，历时15天，分为赛前集训、赛前赛、正式比赛和归纳总结四大阶段。大赛达到了预期效果，多平台联动，行业、企业、学校、政府共同推进帮扶工作，有效地促进了专业建设和师生专业技能的提升，强化了学校与企业的校企合作能力，为汽车行业提供了更多优秀的技能人才。

　　卓良福带领帮扶干部、教师团队乐此不疲地忙碌在扶贫帮困工作一线，但也从未影响职责内的工作，不论是教学培训还是行政性事务，只要是他该去做的，一件也没落下。有人质疑他又没有分身术，在遇到几件事在时间安排上出现撞车时，是怎么做到面面俱到的？合理安排所能支配的时间，不计个人得失，除了吃饭睡觉，工作几乎就是他生命的全部。作为一名优秀的共产党员，他时刻铭记入党誓词，以为大多数人谋幸福为己任，不但自己在工作上成绩卓著，还坚持不懈用自己的一技之长带动和影响周围的人。他所主持的数控专业建设被评为"国家级示范校重点建设专业""国家数控实训基地"，广东省重点专业、深圳市品牌专业。但他没有躺在功劳簿上睡大觉，而是把它当作自己向更高水平迈进的动力。在

卓良福正指导学生操作

他看来，每前进一步，都是一个新的起点。校企合作是职业技术学校提升自身专业水平的重要渠道，学生在校的实训课程，只有通过与所学专业对口企业的有效衔接，才能达到真正的学以致用。换句话说，就是为社会培养出合格人才。卓良福就是抓住这个环节不放手，先后与深圳市银宝山新科技股份有限公司、深圳市怡丰汽车维修综合服务有限公司、深圳市金三维模具有限公司、宝安区汽车维修行业协会等多家单位开展了校企合作，并取得了多项成果。尤其是与深圳市银宝山新科技股份有限公司的合作，体现出高效精准的专业对接。该公司是一家以大型精密模具为核心，集汽车模具及零部件、3C产品结构件、热流道控制系统、工业设计为一体的全球化一站式制造服务的上市公司。出于行业特点，该公司提出的"双元制"校企合作愿望，刚好与卓良福赴德国参访研修所得到的启示不谋而合。经过对深圳市银宝山新科技股份有限公司和宝安职业技术学校的双向需求评估，卓良福精心设计出一套德国"双元制"概念的"中国本土化'双元制'1+1+1模式"，迈开了中国职业教育与国际接轨的脚步；并将对口帮扶的广东省龙川县技工学校，一并纳入校企合作的框架，形成了宝安职业技术学校独创的"校校企"三方合作模式。即学生入学，首先在龙川县技工学校进行一年的文化课强化学习，第二年到企业和宝安职业技术学校进行为期一年的专业技能学习和实训、考证，第三年直接到用人企业顶岗实习一年。到深圳宝安职业技术学校学习减免所有费用，并在第三年去企业实习给予650元/月的实习补贴。进入企业后，企业按行业等级标准支付薪酬。此举开辟了职业教育为贫困家庭智力扶贫、实现精准脱贫的有效途径。"校校企"三方合作模式，很快受到深圳其他名优企业和行业协会的青睐。从2019年8月以来，先后与深圳市金三维模具有限公司等多家企业设立"双元制"订单班，向企业输送一批又一批学生；按照校企共同制定的课程方案，宝安职业技术学校定期组织骨干教师和企业专家到龙川技校开展各类教学活动，提升了龙川技校模具专业建设水平和宝安职校社会服务能力，也为宝安区乃至深圳的制造业升级拓宽了人才渠道。

看似动动嘴、跑跑腿的事情，做起来并非那么简单。这其中不但蕴含着卓良福作为一名共产党员和人民教师的社会担当，而且突显了其爱心育人、匠心铸才的师德风范。在落实校企合作，构建中国本土化"双元制"职业教育模式，搭建"校校企"机制实施平台等诸多环节上，有政策层面的考量、有帮扶对象与校企合作中的资金来源考量、有招生到就业的考量、有可操作性和复制性的考

2018年广东省职业教育卓良福名师工作室挂牌仪式合影

量等，这些都需要情怀和智慧的融入。卓良福为此付出了大量心血。他提出了与企业合作开办"订单班"，让学生具有"学徒"和"学生"双重身份。继续按照"1+1+1"模式的人才培养方案、课程体系和管理模式，走出了一条校企共同招生、双元培养、共同管理，实现招生即就业的职业教育新路子，解决了学生就业和企业用工的后顾之忧。有一位叫邹志敏的学生，家境一般，只能维持温饱所需，因中考失利，转而到龙川技工学校学习，并进入校企合作的"订单班"。在既当"学徒"又做"学生"期间，他无论是专业知识学习，还是实训操作，成绩都在中上等；到了银宝山新科技股份有限公司实习后，月薪6000元左右。有了固定收入，不但解决了家里的负担，家庭一跃迈进了小康生活，还在老家镇上按揭买了商品房，每月除去还房贷，剩余的钱用于支配日常生活，再没有像从前那种拮据感。像邹志敏这样的学生有很多，尤其是一些来自宝安职业技术学校对口帮扶的贫困地区的学生，进了"校校企"合作的专业"订单班"，就等于搭上了脱贫的直达快车。在与银宝山新科技股份有限公司完成"校校企"双元制订单班，并进入校企合作良性循环的局面，显现出职业教育确实可以成为提升企业发展的中坚力量。为了让更多学生有好的前程，遵循这种模式的可复制性，宝安职业技术学校和深圳市金三维模具有限公司以同样的方式签订了"校校企"双元制"订单班"的合作协议。深圳金三维公司成立于1996年，为客户提供全面硬件解决方案。下设4个工厂，包括塑胶模具制造及注塑成型加工、五金模具制造和五金产品加工、压铸模具制造及压铸产品加工、各种喷涂、丝印、喷粉等表面处理及装配。企业的服务方向与宝安职业技术学校的专业课程和实训操作科目有吻合之处。公司实行ISO9001:2000管理体系，同时推行质量持续改进（CQI）的活动，提倡以高品质来降低成本的理念，将持续改进的精神融入每一位员工的灵魂。公司建有宿舍、食堂，球场、阅览室等文化娱乐设施齐全，还公司为员工提供有计划的培训，并提供职业生涯规划。公司内部晋升机会多。这些先进的管理机制和优越的软硬件设施，正符合双元制订单班入学即就业的校企合作初衷。

看到他亲手带出来的学生，从一个个青涩少年成长为有志青年，一批批走上工作岗位，以自己的一技之长贡献国家，成为科技强国的生力军，卓良福感慨万千。在难得的闲暇时分，他偶尔临窗远眺，顿然从这些学生身上搜寻到自己当年的影子，回味起成长、成才之路，虽没有跌宕起伏的惊骇时刻，但没有顽强的意志力和锲而不舍的坚持，没有崇高的人生信仰和质朴本色的情操，根本不会有今天的卓良福。而社会的发展与时代的进步，使得当下学生的生长背景、信息获取量、人生观、价值观，在不同程度上存在着差异，在某些方面，甚至是他们的父辈都难以置信的。而职业教育的不少专业，在实训科目训练中，要想出成绩，就得吃苦耐劳，不怕脏和累。如何才能让学生从社会大环境的影响中转变观念，树立起正确的世界观，给他们阐述个人价值与社会需求之间的关系，告诉他们怎样才能做一个对国家有用的人？与自己生长的年代相比，现在孩子的优越感来自许多可以共享的社会资源，而自己那个年代处于传统意识与新观念产生裂变的时期，没有经历过这种裂变阵痛的新一代，因为社会发展太快，在面临人生选择时，有些迷失感也是正常的。卓良福用自己的亲身体会，以最朴实的道理教育学生，只有具备一技之长，才可能在社会立足。面对有些学生厌学懒学、不思进取的现象，他不是用简单粗暴的批评说教，而是通过专业实训，将搬来搬去零部件、索然无味的机器往复运动、刀具与加工件的触面精度，以及操作机器这些机械的枯燥程序，一一转换成触发学生兴趣的拟人比喻，让冰冷的铁块和机器有了可以对话的灵性和温度。因此，卓良福被评为"宝安区第二届感动教育人物"。用平常心做平常事，这句话人们喜欢挂在嘴边，不过其中想达到的某种境界，真正做到的又有几人？而卓良福则用平常心，做了不平凡的事。

由卓良福主持的广东省卓良福数控名师工作室、劳模创新和工匠人才工作室，为发挥名师的骨干、示范、辐射、带动作用，主持开展企业培训10次、解决企业技术难题100多项。凭着爱岗敬业的满腔热情和坚实过硬的职业技能，在历届全国、省级各项专业技能大赛上，过五关斩六将，取得了骄人的成绩。2004年，工作不到两年的卓良福，已被劳动和社会保障部授予"全国技术能手"称号。对于一个当时只有23岁的年轻人来说，卓良福已让行业同同行们刮目相看。之后的近20年时间里，他一直默默专注数控技术的产学研赛等工作，凭着精湛的专业技能和工匠精神，在本职岗位上永不停歇地去开创中国职业教育的新篇章。用他自己的话说："站在新的历史起点上，必将不忘初心，匠心永恒，不负光阴，为国家培养出更多高水平的数控人才，为职业教育做出应有的贡献。"

老话说，工匠乃精雕细琢之人，一颗细腻心，一双勤劳手。而现代意义上的工匠，仅有这些诠释远远不够。在卓良福身上，我们首先认识到他的专业技能，是源自对党的忠诚和满腔的爱国情怀迸发出来的创新精神，体现在他以工匠品格践行社会主义核心价值观的行为表达、行稳致远的务实奉献和殚精竭虑的钻研。他依然在追求极致途中，为助力科教兴国发出自己的光和热。

圳匠魂

贺鹏麟

深圳匠魂

道路行车安全专家。湖北汽车工业学院车辆工程专业，曾享受国务院政府特殊津贴，拥有全国技术能手、深圳首届"鹏城工匠"、第三届南粤技术能手奖、深圳市地方级领军人物、汽车工程高级工程师、汽车维修高级技师等多项技术职称和荣誉。获得国际PCT专利、国家发明专利、软件著作权等60项。他研发出"A5汽车黑匣子"，使车队管理者可以随时随地了解车辆和司机的情况，提高了车辆的精细化管理水平；自主研发出泥头车盲区辅助预警自动刹车系统，解决了重型货车盲区伤亡交通事故全国性的行业痛点难题；研发了"防追尾自动刹车系统软件"，可对自动刹车系统驱动电机进行控制，以达到防追尾自动刹车的目的；成立了深圳第一个国家级技能大师工作室"贺鹏麟国家级技能大师工作室"，积极培养技能人才。

"创新+科技"打造道路行车安全
——记道路行车安全专家贺鹏麟

郭洁琼

一座繁华现代城市的兴起过程是迷人的，纵横交错的道路和鳞次栉比的建筑构成城市的血脉和骨骼，砖、瓦、钢筋、水泥、玻璃等就是它庞大的细胞群。每天，这些构成城市的基本细胞由一辆辆在城市干线奔跑的钢铁"巨无霸"——工程车辆所运输，抵达各个建设工地，进行着一趟又一趟的城市建设接力赛。

随着国家经济的发展和城市化进程的加快，渣土车等工程运输车辆成为城市建设不可或缺的"搬运工"，在城市的建设和维护中起着重要作用，却也造成极大的道路行车安全隐患。曾几何时，渣土车等大型工程车辆开始让人望而生畏，因它们车身高、大、长，在右转弯过程中前内轮与后内轮形成内轮差，这一大面积驾驶人视线盲区因形似弯月被称为"死亡弯月"。这"弯月"似一个黑洞，人卷进去，车碾过去，鲜活的生命就此消失，涉事家庭陷入长久的痛苦。频频在这个位置发生的安全事故更一次次引发全民关注。直到2019年，一个人的发明改变了这一切。

那一年，一位深耕汽车电子行业30余年的汽车工程技术专家，因深受现实生活中一桩桩渣土车盲区事故触动，立志改变盲区导致的道路行车安全问题，让工程车辆事故率和致死率下降甚至变为零。经过三年余艰苦卓绝的潜心研发和多次以身犯险的真实场景实验，他成功推出全球首创的"渣土车盲区主动刹车系统"。这一"大车盲区"克星，经深圳数百台渣土车两年的实际行驶及数据算法的精准校对、多种实际场景的打磨完善，技术已完全成熟，并成功在衢州、杭州、宁波、苏州、滁州等城市安装应用。同时，针对以渣土车为代表的特种车辆信息服务系统智能化水平低、可信性不足、数据融合和分析不足、主动防控缺乏、安全监管弱的痛点，通过物联网等软硬件技术，着力解决特种车辆安全智控服务系统中的系列问题，让首个全区域应用的城市浙江衢州，渣土车亡人事故同比下降100%。而这一切的缔造者，就是深圳智慧车联科技有限公司总工程师——贺鹏麟。

农村伢子闯深圳，一头扎入汽车世界

享受国务院政府特殊津贴专家、国家级技能大师、全国技术能手、汽车工程高级工程师、教授级高级工程师、汽车维修高级技师、南粤技术能手、深圳市技术能手、深圳首届"鹏城工匠"之一、深圳市地方级领军人物……从湖南一个偏远乡镇的农村伢子，到特区深圳一家国家级高新技术企业的创始人；从以汽修谋生，到为社会的道路行车安全贡献出独一份的力量，今天的贺鹏麟，名字后面有着一长串的头衔和荣誉。而每每被人问起这其间走过的路和吃过的苦，贺鹏麟总是憨厚地笑着，从容平静却若有所思，然后眼尾弯出许多纹路，略带点儿感慨地对人说："没想到，真的没有想到。"

是啊，没有想到，因为贺鹏麟最初来到深圳，只是为稻粱谋而已。

20 世纪 70 年代初,贺鹏麟出生在湖南娄底市双峰县一个叫三塘铺的乡村,前面有哥哥姐姐,作为老三的他后面还有一个弟弟。

家在边远山区,父母务农,家里日子清贫,供四个孩子的学业更是艰难。贺鹏麟兄妹也很懂事,帮父母干农活、忙家务都是日常,能在生日的时候吃上一个鸡蛋都觉得是莫大幸福。

日子如果能平淡顺畅地过下去也好,却往往平地有惊雷。在贺鹏麟 12 岁的时候,父亲因慢阻肺逝去,没过多久,母亲也因病去世,兄妹四人一下子成为孤儿,靠年迈的奶奶抚养。

穷人的孩子早当家。为了维持生活,为了延续学业,贺鹏麟兄妹除了喂猪种地,还会在业余时间去附近的水泥厂做装卸、搬运工作。每每放学后或休息日,他们就奔去水泥厂工地,那一车车水泥、砂石或木材,一次次沉甸甸地压在兄妹四人稚嫩的肩膀上,和汗水泪水混在一块,满溢成长的苦涩。

艰辛的劳动换来微薄的报酬,贺鹏麟就这样自食其力,念到了高中。高二那年,靠业余搬运赚来的微薄酬劳已经供不起学费,贺鹏麟无奈地告别了校园,经亲戚介绍来到深圳,进入一家汽修厂做学徒。

深圳,可是一座乡人口里的传奇城市。未来到这里之前,贺鹏麟曾从村里在深圳务工的人那里了解到有关它的一鳞半爪,据说这城市好得不得了,美得不得了,到处都在搞大建设,缺劳动力,钱好赚得很,等等。贺鹏麟也是亲眼看着在深圳打工的乡人们家里的生活日渐得到了改善。他想,自己能不能先去深圳赚钱,拿到工资后继续读书呢?

怀揣美好憧憬,1991 年,不到 20 岁的贺鹏麟在元宵节的晚上只身抵达深圳。走出火车站后,他搭上 8 路公共汽车去往汽修厂。

途中，少年满目皆是马路两边林立的高楼和五彩缤纷的霓虹。那从未见过的繁华美丽闪耀着贺鹏麟的双眼，让他在心底感叹，这就是自己梦寐以求的地方啊！那美好景象在他心中激荡起一种自己并不明确的叫"梦想"的东西，让从小面朝黄土背朝天的贺鹏麟决定留在这里，赚钱，养活自己，生存下去，以后在老家盖个房子……

一切是那么的不明朗，却是那么的有激情，贺鹏麟顺利进入了亲戚介绍的位于深圳八卦岭的一家汽修厂学习汽车维修技术，开始在这座城市工作、生活。当时的修理厂主要修理轿车类小型车，师傅们的技术也都不错，贺鹏麟的学艺开端算是平稳顺当。但是，初入汽修门的贺鹏麟面临许多的困难。从未接触过汽车的他，最初只能跟在师傅后面看，有样学样，却并不知道每天拿在手里的汽车部件都起什么作用，工作原理是什么。

没有学历，技能几乎空白，但贺鹏麟天资聪颖，也爱琢磨。虽然当时的进口车型很少，资料很是稀缺，偶尔有些相关维修资料，售价也很昂贵，但已沉迷于汽车世界的贺鹏麟还是找到了属于自己的学习方法。一心想尽快掌握知识、提高技术的他，晚上下班后，要么就是前去图书馆，查阅汽修、汽车相关资料，要么留在车间，把拆卸下来的汽车零部件一一对照着资料摸透，常常一个人拆了又装、装了又拆，以此熟悉汽车构造和零部件功能。

初出茅庐，工作困难重重，生活直白现实，但贺鹏麟不怕苦不怕累，他常常钻进车底转动扳手拆卸部件，浑身沾满油污，汗水从头发中淌下，淌进眼睛，又辣又涩。但是，他想精进汽修技术的愿望非常强烈，"如果知识面足够广、技术足够好的话，维修起车子来就能事半功倍，比如发动机没力到底是点火系统还是喷油系统故障，若熟悉原理，两三个步骤就能找到故障点，但如果不懂的话，

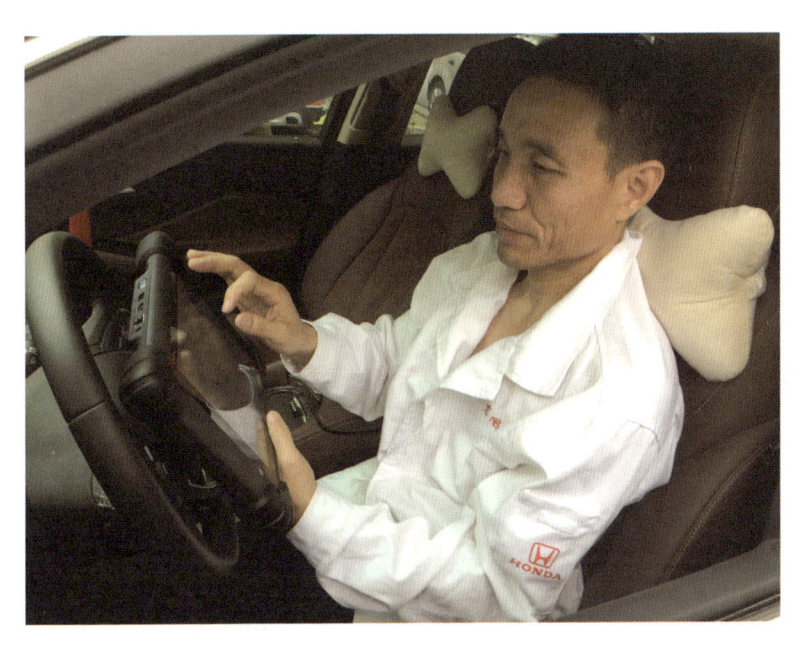

维修汽车中的贺鹏麟

就只能一个个部件换,这是非常浪费时间的"。当然,贺鹏麟也有出于现实的考虑,"技术好了的话就能当师傅,当上师傅的话工资能涨不少"。多年后,贺鹏麟回忆起那段学徒时光,那时的愿望是如此的真实、朴素。

可以说,贺鹏麟的运气还算不错,来深圳任职的第一家汽修厂包吃包住,给予他稳定的生活和学习环境。但这家汽修厂贺鹏麟在某种层面来说变成了温水里的青蛙,如果一直这样继续下去,也许他可能不会取得后来的成就。好在,这装温水的锅在某天忽然破了。

那是1993年底,贺鹏麟所供职的汽修厂因为改制承包给了个人,老板一夜之间换了人,原来的员工几乎都被清理,贺鹏麟一夜之间失去赖以安身立命的工作和居所,被推到了特区竞争激烈的人才市场，开始自谋生路。

原来的修理厂包吃包住，贺鹏麟从不用担心居所问题。自己出来找工作后，比原来还低且不稳定的收入让他不敢考虑租房事宜，常常只能在同乡或朋友处借住，要么就待在修理厂车间，睡在维修车辆座椅的"床铺"上，忍受着深圳闷热的夏天和密集汹涌的蚊虫。

吃着常人不能吃的苦，贺鹏麟并没有泄气。他知道，要改变窘迫的现状，只有一个办法，那就是更勤奋地学习，更努力地提高技术。他心里有着坚定的目标，艰苦的环境并没有消磨这目标与斗志，在不断失败的过程中，他不断地学习和总结。在没有汽修厂要的期间，他就去开大卡车，攒够生活费后，又去找汽修厂应聘，进入汽修厂后就继续认真学习，全力提高自己的汽车维修技术。

为了在汽修行业站稳脚跟，拥有一份稳定的工作及收入，贺鹏麟付出了加倍的努力。别人不想加班，他加。别人不愿干的活，他干。一天，暴雨滂沱，一位客户来电话说车坏在路上，急待救援。恶劣的天气里，没有人愿去，贺鹏麟却毫不犹豫，冒着大雨赶到客户所在位置，钻到车底忙活了一个多小时，成功排除车辆故障。满身泥水似落汤鸡的他，以吃苦耐劳的工作态度深深感动了客户。

将别人觉得不划算的工作当做提升技能的机会，贺鹏麟的技术进步飞快，终于在1995年下半年固定在一家汽修厂工作。当时，他供职的汽修厂员工宿舍是铁皮房，台风天大雨天，房子被吹得吱吱嘎嘎地响；太阳天，房子就是一个大蒸笼，蒸得身体汗油交织；冷天，房子里就变得冷冰冰的，连被褥都渗透着凉意。但是，贺鹏麟骨子里流淌着的是湖南人"吃得苦、霸得蛮"的血液，他常常在酷热难当时接下一桶自来水，在房外由头顶浇下，然后抬头看这城市上空流离的星光，环顾四周街道璀璨的灯火，感觉充满了希望和干劲。

好学之人总能找到学习进步的途径,从而不断地实现自身成长。1995年,工作稍稍稳定的贺鹏麟发现深圳开始出现专门的汽车维修培训机构,且要求高、质量高,培训内容丰富实用,简直是为自己量身定做的。他很快去报了名,除了汽修培训班外,还积极参加其他各类培训沙龙,以此开拓视野,提高自己的综合素质修养。

把辛辛苦苦挣来的工资都交了学费,分分秒秒不让自己停歇,下班后就去培训班,回宿舍后再复习消化,很快,贺鹏麟就拿到了"汽车维修上岗证"。取得初级汽车维修技术资格后,他再接再厉,接受了中、高级技术培训并取得相应资格证书。持续的学习加实践,让贺鹏麟的汽修理论知识突飞猛进,维修技术也实现质的飞跃,得到公司和客户的认可和肯定,收入也有所提高,生活终于逐渐稳定下来。

GPS、解码器,与汽车工程技术亲密接触

机会总是留给有准备的人。1998年,在贺鹏麟进入汽修行业的第七个年头,一位老客户因很欣赏他的服务态度和维修技术,便热心介绍他去一家做 GPS 的科技公司做 GPS 安装、调试。

GPS 这一于 1996 年前后发明问世的高精度无线电导航定位系统,因在全球任何地方以及近地空间都能提供准确的地理位置、车行速度及精确的时间信息,在汽车行业推广运用具有巨量的市场前景。何况,当时 GPS 技术才传入国内不到一个年头,国内市场几乎空白,亟待开拓发展。

贺鹏麟对新事物新技术有着狂热的兴趣,他便随客户前去那家

公司一探究竟，发现其与汽修厂的工作环境截然不同，公司环境整洁干净，工作看起来似乎更轻松，而其科学技术含量更与汽修不能同日而语；自己的汽车维修技术还能应用于这一新的汽车技术领域，这家公司便一下子牢牢吸引住了他。

贺鹏麟很快从汽修厂辞了职，进入了GPS设备公司，深入其中开始工作后，他感觉打开了全新的视野。原来做汽车维修时，每天与车辆打交道，而车辆是沉默的、没有思想的，工作起来枯燥无趣。加入这家公司后，面对的是一个全新的行业、全新的技术，他第一次使用电脑，第一次面对职场中出现的形形色色的情况，这一切都需要与同事们进行密切的沟通交流。而公司的同事多是本科、研究生毕业的高学历人才，老总更是北京航空航天大学的硕士高才生，在与他们的探讨沟通过程中，贺鹏麟学到了很多从书本和维修培训班上无法学到的知识。求知若渴的贺鹏麟十分珍惜机会，时常向同事们请教学习，"以前遇到问题总要跑去图书馆翻书，那时候只要请教同事们就能知道是怎么回事"。而在年轻同事心中，贺鹏麟积极好学、谦逊吃苦、汽修技术好、工作认真，大家对他都十分敬重。

科技产品需要安装师们将其安装调试好，才能让用户有美好的使用体验。当时，贺鹏麟在公司的工作就是负责GPS设备的安装和调试，包括软硬件的安装、调试和拆除。但是，当时引入国内的GPS技术还处于推广应用初期，一开始产品安装到车上会产生各种故障，贺鹏麟的工作内容除了安装GPS系统，还负责解决这一设备和车辆的兼容性问题。从工作中贺鹏麟学习到，汽车GPS定位系统具有里程统计、ACC检测、断电报警等功能，能有效实现车辆调度、防盗防抢、数据采集、视频监控等，这要求安装师十分熟悉不同品牌的车辆及其电路系统。因为如果没有丰富的技术经验，可能就测

贺鹏麟讲解汽车电子设备

试不出设备存在的问题。

认真学习，充分发挥自己的技术经验，贺鹏麟很快适应了新公司、新工作，并能独当一面。在实际工作中，贺鹏麟扎实的汽车维修技术派上了用场。有一次去甘肃出差，安装了设备后的一辆车，车上电台一启动就带动雨刮，他凭借自己的维修经验，给车辆加了一个滤波电路，最后解决了这一问题。像这般一次次成功地解决问题后，贺鹏麟总能收获满满的成就感。

原来的汽修工作不仅辛苦且收入来源有限，加入GPS设备公司后，掌握了安装、调试技术并能独立解决各种疑难问题的贺鹏麟得到公司信任，公司将一些城市的车辆安装项目交托给他，除了工资，他还能收获一定的项目提成，这让他的收入显著提高，生活也慢慢改善。

是人才在哪里都有市场。2003年，贺鹏麟所供职的GPS设备公司老总去了元征科技，这家位于深圳龙岗坂田的公司是当时国内最大的解码器制造企业，在国内行业内很有影响力，后来于2012年在香港成功上市。去了半年后，老总因一直欣赏贺鹏麟的为人，他的技术，便问他是否有意愿跟随自己去新的公司发展。一向喜欢认识新事物、学习新技术的贺鹏麟便从原公司辞了职，随老总去了元征科技。

加入元征科技后，自此与龙岗结下不解之缘的贺鹏麟对汽车工程技术又一次有了全新认知。当时的元征科技主攻汽车诊断技术，研发制作的新型便携式仪器可自动检测汽车故障，用户只需通过液晶显示屏就可即时读取故障信息，迅速查明车辆发生故障的部位及原因。

在元征科技，贺鹏麟担任的是研发助理工程师一职，主要工作是辅助工程师进行产品开发。因扎实的维修技术和车辆设备安装调试经验，贺鹏麟成为修理厂和工程师之间的桥梁，他常常辅助工程师找到"症结"所在，配合技术人员提出相关功能需求，在产品出样后，由他进行测试并提出需完善的地方，供技术人员参考改进。

让贺鹏麟欣喜的是，元征科技与各大汽修厂之间有密切合作，这让他有机会接触到更多类型的车辆。对车辆疑难杂症一直十分感兴趣的他，常常在工作之余主动为汽修厂提供修车服务，勤劳刻苦的他在日积月累中练就更过硬的修车技能。

勤于学、善于思、敏于行。除了精进自己的汽车维修技术，贺鹏麟还以各种方式延续自己的求学之旅，努力提高自身的文化水平。2007年，欲在汽车工程技术方面有所突破的贺鹏麟觉得自己的专业知识需要恶补，他开始修习湖北汽车工业学院的汽车技术服务工程专业的大专课程。2010年,他在取得大专文凭的基础上继续修习车辆工程专业的本科课程,并通过全部课程考试,于2014年拿到本科文凭。

辅助研发加修理,理论熏陶加实践,那段时间堪称贺鹏麟理论知识和实践操作进步最快的时候。为挑战自己,与众维修高手一决高下,验证自己的理论及实践能力,贺鹏麟还积极参加各项汽车维修赛事。2005年,他报名参加了深圳市劳动和社会保障局、深圳市交通局联合举办的"汽车维修企业技术竞赛暨汽车维修技师职业技能竞赛"。当时的赛事包括理论考试、实操考试两部分,全市共有3000多名汽车维修技工报名参赛,牛刀小试的贺鹏麟在决赛中勇夺总分第一名和汽车电工第一名的好成绩,获得"深圳市技术能手"荣誉称号。

能维修,能辅助研发,对汽车工程技术痴迷狂热的贺鹏麟还能创新、创意、创造出一些实用的汽车电子产品。21世纪初,他很多的湖南娄底同乡在广州、深圳等地开出租车,经常碰到抢劫,往往不仅车费无法收到,辛辛苦苦跑的车钱还可能被洗劫一空,甚至还有生命危险。知道贺鹏麟在做汽车技术方面的工作,从事出租车行业的亲人和老乡就开玩笑说,鹏麟你能不能给弄个产品,让我们在搭载了感觉不对的乘客时,让车出现故障熄火停摆,规避因拒载被举报和被劫持的风险。

贺鹏麟想了想,说这个容易啊。很快,他就设计出一个电路板,只要将其安装在汽车上,司机师傅在碰到相关情况时按程序操作,即可让车抛锚停摆,从而规避危险乘客。贺鹏麟为这个小发明取名"汽车防劫器",推出后便得到出租车司机的欢迎。供职于科技公司的贺鹏麟很有知识产权意识,他为这个发明申请了专利,至今仍清楚地记得这第一个发明获批专利的日期——2004年12月1日。这也成为他一路走来取得数十项专利成果的重要开端。

在元征科技，公司软件开发需要懂汽车工程技术、维修技术的辅助人员；产品研发推出后，需要懂调试的技术人员；产品推出市场后，需要技术服务人员和培训人员；而这些，贺鹏麟皆可胜任。在元征科技工作期间，贺鹏麟经常需要在产品推出市场后，去全国不同的城市开展培训和技术服务。那段时间，他几乎跑遍了全国的省会城市和多个地级市，也结识了国内的多位汽车维修高手，积攒下丰富的汽修技术人才资源以及4S店、汽修厂资源，除了维修技术得到极致的发挥之外，对行业的了解认识也达到前所未有的高度和深度。

因贺鹏麟出色的工作表现，元征科技以他为中心组建了一个技术团队，由他带领团队为全国有业务往来的汽修厂、品牌4S店等提供专业的汽车远程故障诊断、疑难故障咨询、汽车维修资料查询等服务。在2003年到2009年的6年多时间内，贺鹏麟在全国各大城市主办"汽车电控系统维修技巧"培训百余场次，累计培训汽车维修工8000多人次。在培训中，贺鹏麟将理论培训和技能训练相结合，其中理论方面包括汽车解码器、汽车专用示波器、汽车尾气分析仪的使用操作培训，及如何快速利用这些先进诊断检测设备判断、排除汽车故障等；技能训练则通过帮助众多X431用户解决技术难题的机会，引导受训人员如何根据故障现象分析、判断、排除故障等。理论与技能训练的有效结合，让受训汽车维修电工使用解码器排除汽车故障的能力迅速提升。在此期间，贺鹏麟还为广大客户解决各种车辆技术难题1000多台次；撰写的维修案例发表在《汽车维修技师》《汽车维护与修理》《汽车驾驶与维修》等多家报刊杂志。

不骄不躁，不忘本业。在 GPS 设备公司工作也好，加入元征科技也好，拥有自己的发明专利也好，贺鹏麟一直没有放下自己的汽修本业，一有空就去"过一把瘾"。当时，全国各地经常有修理厂、4S 店或车主打电话向他咨询各类车辆修理问题，很多汽修厂碰到疑难问题也会找他帮忙。2008 年，龙岗某修理厂收了一辆无法启动的别克 Gl8 型七座商务车，找遍了深圳多个行家里手，修了两年还是没修好，最后找到了贺鹏麟。经过仔细检查，贺鹏麟发现故障原因其实很简单，是汽车发动机的防盗控制线插错了孔位，经过修理改正，一辆长期闲置的故障车辆恢复正常使用。"许多人碰到赚不到钱的活就不愿意接，但我觉得能解决这些难题就很自豪和开心。"

技术过硬、资源丰富，不怕吃亏、热心助人。贺鹏麟在深圳汽车技术服务行业里混得如鱼得水，一些培训机构邀请他去为学员授课；汽修厂找他前去解决疑难问题；圈内企业、个人需购买诊断设备首先想到联系他。此外，因为工作，贺鹏麟能收集到很多大品牌新车型的维修资料，而这些资料正是汽修行业同仁渴求而无渠道可得的，他就将这些资料汇总，制成电子文档以友情价出售。维修、培训有收入，卖设备有提成，卖资料还能挣点小钱，头脑灵活的贺鹏麟开始拿到前所未有的两三万元月收入，成为同乡、亲人中的致富小能手。

逐梦商海，实现技能创业的华丽转身

学习不停步，技术日精进，收入渐丰裕，在深圳打拼了 10 余年的贺鹏麟事业渐上轨道，成为亲朋眼里的打工人典范。

那段时间，贺鹏麟的工作十分忙碌，但成家立业也没落下，一切似乎都井然有序、欣欣向荣。但是，贺鹏麟从不是个安于现状的人，在生活上摆脱了窘境的他一直在思考，能不能依靠自己掌握的知识和技术自主创业，推出更多的汽车技术产品，为更多的人提供服务，也让自己的人生变得更有价值和意义。

当时，贺鹏麟的维修技术和业务能力颇受行业里很多老板的关注，悦达起亚4S店的老总更直接找到他，向他提出了两个问题：一是车辆售出之后，怎么远程掌握客户的车跑了多少千米，从而知道该什么时候通知客户来4S店做保养；二是客户车辆若在路途中抛锚，怎么及时了解出现了什么故障，在去救援时清楚该带什么设备和配件，从而让4S店为客户提供更为精准的售后服务。该位老总还说，如果贺鹏麟能够研发出相关设备解决这两个实际问题，即可考虑投资给他，二人合作创业，由贺鹏麟负责技术研发，他负责市场销售。

贺鹏麟听完后，当即自信满满地表示，要解决这两个问题其实很简单，只需将汽车解码器的小部分功能拆分出来，研发制作专门的远程诊断盒。该老总被贺鹏麟的自信所触动，也十分了解他在行业内的口碑，欣然投入5万元启动资金，支持贺鹏麟创业。

2010年，贺鹏麟辞去元征科技的工作，拿着5万元原始资本，拉着一位软件开发师同事，创立了自己的第一家公司——深圳市鹏奥达科技有限公司（简称鹏奥达），踏足商海，开启了创业旅程。

贺鹏麟提需求，同事负责编程，两人合作一起研发新产品。产品出样后，由贺鹏麟进行实验测试，验证产品功能是否符合技术设定和客户需求，根据实验数据再行优化改进。一年多后，鹏奥达成功研发出远程诊断模块——OBD诊断系列。经4S店应用后，该产

贺鹏麟在培训课堂

品得到认可，很快被推向市场。当时的贺鹏麟却不知道，自己带领开发的汽车 OBD 远程诊断项目在国内车联网行业成为首创，甚至引领了中国汽车后市场产业的革命。

一套设备两三百元，合作的 4S 店一年就下了两万多套的订单，第一次创业的良好开局让贺鹏麟信心倍增，他就这样和 4S 店愉快地合作了近两年。

在这个过程中，贺鹏麟再接再厉，主攻汽车故障远程诊断设备和系列监测产品的研发，先后主持研发了深圳市新一代信息技术六大战略性新兴产业项目"基于物联网及 Canbus 总线技术开发的汽车智能控制模块"和"智能车载 Canbus 总线安全舒适远程控制系统"等。他的系列研究成果涵盖汽车远程故障诊断、车况动态监测、远程导航等汽车技术领域，并与业内汽车电子企业在互联网云平台共享相关数据信息。

新能源、电气化、互联网，层出不穷的新事物推动着汽车产业飞速发展，继互联网、物联网之后，车联网业已成为智能城市的重要标志。2012年，随着国内车联网概念的火爆，鹏奥达的OBD汽车故障诊断模块和汽车Canbus总线数据采集模块等主要产品作为行业内的优秀知名产品，被国内多家知名汽车电子企业采用，业务成倍增长，年营收达700多万元，公司也被授予国家级高新技术企业和深圳市双软企业资质。

　　在创业渐入佳境的同时，贺鹏麟作为技术人才得到深圳市多项政策扶持和资金资助：2010年获得节能人才技改项目补贴8万余元，"远程汽车故障诊断系统"获得深圳市人社局高训中心8.75万元的技术改造资金；2013年获得深圳市科创委的研发资助资金100万元等。因推出的系列杰出技术成果，贺鹏麟更于2012年成为享受国务院特殊津贴的汽车工程专家。

　　"没想到，只有高中文化的我能得到这份殊荣。"作为一名出身农村、从普通汽车维修技术工人成长起来的汽车工程技术专家，贺鹏麟觉得这些扶持和荣誉是他从来想都不敢想的。他也自此笃定了一个信念，只要自己勤奋努力，成为行业的专业人士，只要自己不断创新，推出适合市场需求的科技产品，就能够得到深圳的肯定，得到政府的各种鼓励支持，这可是其他多数城市所没有的。

　　扎根深圳，探索努力，贺鹏麟的鹏奥达运行良好，发展势头强劲，正实现着自己以技术和产品让更多人享受到汽车高科技服务的梦想。由于车联网概念的火爆，2012年下半年找贺鹏麟合作的人越来越多，一些大的上市公司想开拓车联网方面的业务，也纷纷朝他伸出橄榄枝。此时，贺鹏麟正干劲十足，擅用新平台的他做网站，做产品信息发布和网络推广，公司业务蒸蒸日上。而此时，意欲进军车联网业务的老东家元征科技，正在网络上四处搜寻远程诊断相关产品；在找到贺鹏麟公司研发的产品后，意识到贺鹏麟可能带来的市场威胁，便找到他，提出以千万元价格收购鹏奥达，另给出让人诱惑的条件。那就是另成立一个新公司，新公司以贺鹏麟为中心建立一个专家团队，为全国30万个修理厂提供咨询服务，解决市场上别的公司解决不了的技术难题。

老东家给出的条件，让一贯对解决技术难题抱有高度热情的贺鹏麟很是动心。于是，贺鹏麟在2013年8月31日将自己的第一个"孩子"鹏奥达出售给了元征科技，同时签下3年的禁业条款，回到元征科技转做设备技术服务。

二度创业，转战道路行车安全领域

商场浮沉，在里面游弋了一番的贺鹏麟，对怎么在商海里弄潮搏浪有了一定的感悟。

2016年，贺麟鹏3年的禁业期到了，想再度创业的他拒绝了老东家的加薪挽留，来到龙岗区的大运软件小镇，在政府提供的20多平方米的孵化场地里，创立了深圳市智慧车联科技有限公司。

作为一名资深的汽修技术人员，一名颇具成果的汽车工程技术专家，贺鹏麟却一直保持着自己朴素的愿望和善良初心，觉得应该要充分发挥自己的技术才能，为社会做点有意义的事情。深潜汽车行业的他总结后认为，90%的交通事故皆来自人为因素，如果能通过相关设备远程监测驾驶员的驾驶状况，通过采集行驶数据来分析驾驶员的驾驶行为，得出结果并及时提醒，就可以规避很多交通事故的发生。

因此，经过深思熟虑的贺鹏麟在二度创业时，决定避开熟悉领域，开始进军客车、货车的安全系统领域，力争以自己的技术、创造让道路行车变得更为安全。

不同于第一次的势单力薄，这一次，贺鹏麟的智慧车联引入了八九位汽车工程技术和大数据方面的实力派成员。在贺鹏麟的主导下，公司成立不久就开发出一套核心产品——"5A智慧车脑"，只要把这套系统外接到汽车上，就能自主收集车辆车速、转向、刹车、油门、离合、挡位、油耗、车辆姿态等多项参数，通过数据分析，从而对疲劳驾驶、超速、碰撞危险等危险驾驶行为实施有效监测，并能在发现问题后通过系统声音、图像、微制动颤振等方式提醒驾驶人，极大限度地保障行车安全。除此之外，在急加速时，该系统还可依据驾驶员动力需求控制发动机扭矩平滑上升，避免发动机燃油过分浪费，而在稳定工况时，又可依据行驶工况主动予以修正和优化，自动平滑油门波动，纠正不良驾驶行为。

"简言之，有了这套系统，你若在开车时打盹或开小差，系统都会立刻提醒你。""5A智慧车脑"就如汽车的黑匣子，以小小的"黑科技"为汽车插上安全翅膀。该项发明还能让车队管理者随时随地了解车辆和司机的情况，实现对车辆的智能调度管理，提高车队的精细化管理水平、降低运输成本等。

产品研发成功后，在深圳市龙岗区委组织部的牵线下，被运用到了公交车、搅拌车、巴士车等车辆上，让司机的行车违规行为一月内下降了70%。但因为安装费用和影响车辆外观等原因，"5A智慧车脑"在很长一段内无法得到市场的认可和接受，未能成功开发市场及产生经济效益。

虽开局不利，但贺鹏麟没停下创新创意的脚步。有人提出，能

贺鹏麟在讲解汽修知识

不能发明一种装置防止汽车碰撞，贺鹏麟从房屋装修时装修师傅使用的激光测距仪上找到灵感，设计推出汽车碰撞预警装置，经测试应用，此设备准确且实用。针对有人提出的，能不能发明一个装置解决司机把刹车当油门的问题，贺鹏麟从某进口车的一则误踩油门广告中找到灵感，通过改良传感器，并结合汽车算法，设计了防误踩油门的控制系统，实现了技术革新……

"研发并不难，只要把客户提出的难题装在脑子里，认真观察、仔细研究、优化程序，就能找到解决方案，就能解决别人解决不了的问题。"就这样，成立仅两年的时间里，贺鹏麟的智慧车联就拥有了专利及软件著作权70余项。只是，贺鹏麟不怕研发产品，却怕辛辛苦苦付出人力、财力研发出的产品得不到市场的认可。让他倍感无奈的是，智慧车联前期研发推出的系列产品，因种种原因，市场效果皆不理想。

2017年下半年，贺鹏麟的智慧车联运营十分困难，一些员工因觉得看不到希望，纷纷选择离去。那段时间，贺鹏麟每每在深夜里辗转反侧，想着公司要不要继续下去。就在他陷入艰难困境的时候，一次调研为他开启了新的思路。

力破"渣土车盲区"之藩篱

2019年的一天，一条新闻进入深圳人的视线，一辆渣土车因为安装深圳智慧车联的"渣土车盲区刹车系统"，在事故即将发生时及时刹住了车，让车前方的行人幸免于难。这条消息引起了深圳市、龙岗区相关部门的重视，相关领导很快率领交通、交警、渣土车协会、运输企业等多部门来到大运软件小镇的智慧车联，现场调研和体验贺鹏麟研发推出的"渣土车盲区辅助刹车系统"，了解这一系统的工作原理、安装条件、实际效果等，希望将其推广应用到更多的车辆上去。

在调研中，他们了解到，贺鹏麟最新研发推出的"渣土车盲区辅助刹车系统"可以主动探测车辆右前方"盲区"范围的障碍物，实现主动刹车，从而避免渣土车视野盲区或驾驶员的疏忽造成的意外事故。而通过调研，贺鹏麟研发这一系统背后的艰辛曲折也渐渐广为人知。

2016—2018年，创立智慧车联的贺鹏麟虽然推出了系列研发产品，却并没有得到市场的认可，经济效益很不理想。二度创业开局艰难，但贺鹏麟没有放弃，他笃定信念，在道路行车安全方面继续深耕。

某天，龙岗区委组织部原部长、现龙岗区政协主席龚祖兵带领队伍来大运软件小镇调研，了解技术人才创新创业情况、企业发展情况和困难问题。来到智慧车联，龚祖兵等了解到公司的技术创新成绩斐然市场效果却不理想的情况后，为了帮助人才、企业发展，不久后又组织了交警、住建、渣土车协会等单位过来交流，探讨贺鹏麟公司系列科技产品的推广应用及新产品的开发方向。交流会上有人提出，渣土车等工程车辆事故多发，涉事人员很少生还，如果能研发推出相关设备或软件解决这个问题，这可是功德无量的事情。

交流会上的提议让贺鹏麟叹遇知音，因为这正与他一直的想法不谋而合。多年来，深潜汽车行业的贺鹏麟关注到，在渣土车等工程车辆数量众多的城市里，惨烈的交通事故频频发生。全球每年因道路交通事故导致的死亡人数是125万—130万，其中渣土车的事故亡人率又是所有车型里面最高的，全国每年因工程车辆事故造成死亡的人数在6000左右，其中最令人闻风丧胆的便是"大车盲区"。

"大车盲区"一旦事发即是恶性，至少会有两到三个家庭破碎，造成的社会影响、经济损失更是巨大。曾经做过大卡车司机的贺鹏麟深知，城市中的工程车辆司机多和自己一样来自农村，经过艰难的驾照考试进入行业，就是想平平安安地工作，改善全家老小的生活。工程车辆司机群体工作辛苦，作息时间颠倒，而因为驾驶技术不熟练、车辆盲区等各种因素涉及事故的话，司机师傅不但要面临巨额赔偿，还可能再也无法从事这一行业，甚至要承受刑责，而国内行业主管部门和运输企业都因没有好的预防解决方案而苦恼。贺鹏麟便一直有个想法，那就是能不能以自己的专业技术，解决这一社会"顽疾"。

思路在交流会中得到肯定，贺鹏麟坚定了继续研发道路行车安全相关产品的决心。他开始多方走访工程车辆司机和运输公司，大家都说这是个"老大难"问题，视觉盲区事故已成为司机师傅和运输公司的噩梦。而贺鹏麟在查阅了国内外所有汽车品牌网站，分析多种大型车辆技术参数后，发现只有高级轿车才有盲区探头，不论国内还是国外，市面上都没有大型车辆辅助刹车相关产品或技术。

"如果我不去做，这件事在国内或国外可能都要推迟很多年。"贺鹏麟觉得，这一市场空白具有巨大的社会价值，也有广阔的市场前景。2018年4月，经过充分的调查研究和数据分析，贺鹏麟决定向"大车盲区"发起挑战，誓要以自己的技术和智慧，在这个最难最凶险的课题上有所突破，甚至彻底解决这一问题。

说干就干，贺鹏麟开始组织人员、统筹资金、着手研发。可理想很美好，现实很"骨感"，研发目标前方一片空白，一切都得从零起步。贺鹏麟便找了很多资料回来研究，反复播放渣土车事故视频，研究事故是怎么发生的，期望从中找到一点思路。

贺鹏麟最初的设想是，给渣土车装上智能大脑，在检测到有行人或障碍物进入"死亡弯月"区域的时候，就立刻自动刹车，借此规避盲区事故。但是，要准确有效地刹车，首先当然是要能准确检测出进入盲区范畴的障碍物，这就需要高效敏感又准确的雷达设备。然而在开始的时候，贺鹏麟找遍全国却找不到适合自己产品需求的雷达，因为一般的小车上使用的超声波雷达在大车巨大的噪声干扰下，根本达不到预期的探测效果，毫米波雷达则主要针对高速行驶的车辆，对大型车辆盲区这种近距离的动态识别精确度要求远远达不到。

既然市场上没有，那就去做一款新的。贺鹏麟找到一家雷达企业，经过多次谈判，终于说服该企业同意配合研发制作贺鹏麟辅助刹车系统所需的近距离感应雷达。

雷达问题解决了，并仅限智慧车联独家使用，但渣土车类车辆行驶的地方通常路况复杂，而系统的技术预设是刹车有效准确，绝不能漏刹、误刹，对传感器的选择业内却没任何参照。贺鹏麟又开始冥思苦想，最终完成了传感器的研发。

雷达、传感器、电机……设备研发的过程如游戏闯关，一关又一关，但贺鹏麟从没有因为短暂的困难就放弃，他坚信自己做这个研发是有必要的，是有意义的。颇具大智慧的妻子也没有因为积蓄耗尽而埋怨他，而是在背后默默支持他，鼓励他将这件事情做下去。

在这样的动力下，贺鹏麟咬牙坚持，经过近两年的重重闯关后，他的"渣土车盲区辅助刹车系统"终于初具雏形。这个"小家伙"只有巴掌大小，却集盲区智能检测和主动刹车于一体，当车辆停车、起步、转弯及正常行驶时，系统能自动侦测到车辆周围的障碍物，并迅速作出主动刹车反应，让渣土车等"大家伙"说停就停。正常人驾驶时发现危险的反应时间是 1.5 秒左右，而该系统从发现目标到自动刹车仅需 0.3 秒。

产品研发制作出来了，接下来就是实验的检测和论证。贺鹏麟又带领团队搭建实验场景，却发现要找到合适的实验模拟对象很难。开始，他在车辆相关区域置放一根杆子，在车辆启动后牵引杆子开展实验，效果却并不是很理想。于是，贺鹏麟采购了一些人体模特道具，将之置放在车辆实验区域，一次次地反复试验。当道具人撞坏报废了一堆后，系统技术渐渐成熟，贺鹏麟却觉得实验还要更真实更深化，毕竟假人移动起来比较生硬，用真人来实验才能确保系统效果。

"不愿去冒险，没一点牺牲精神，产品是做不好的。"准备亲自上阵进行实验的贺鹏麟说。当实验真的开始时，大家都十分紧张，有的同事甚至吓出一身冷汗。贺鹏麟却淡定地戴上安全帽,骑上单车。实验中的巨型货车在路口缓缓前进,贺鹏麟骑着单车从货车旁擦肩而过,马上就要进入盲区了,此时车上的司机是看不到贺鹏麟的,眼看两者距离越来越近,贺鹏麟猛地左转弯,在即将撞上去的瞬间,货车系统主动刹车,车辆稳稳当当地停在了原地。众人才都松了一口气,欢呼实验成功。

在弯曲的转角,在湿滑的雨天,在泥泞的路面,贺鹏麟一次次地上场实验。如今,他已经记不清究竟有多少次,自己如同"碰瓷"般,跑在大车的前头。那时的他真的是在和死神赛跑,和死神掰手腕。

成千上万次的"人肉实验",只为把距离精准缩小到 0.1 米,让误判的次数无限趋于零。除了"人肉实验",贺鹏麟还想着泥头车等车辆经常出入工地,车身通常沾满泥土,他就在设备上涂上厚厚的泥土,测试系统在各种实际应用情况下是否准确有效。经过万余次的实验,贺鹏麟的系统终于达到了 1% 的误刹率,于 2018 年 12 月开始正式装车。

开始装车的时候,很多司机对这个新事物尚不理解,意见很大,反抗情绪强烈。为了引导司机使用系统,检测系统实际应用效果,公司所有技术人员都去安装现场跟车,一个个地为司机培训,安装好设备后进行检测、调试。贺鹏麟自己和公司所有人一样,经常黑白颠倒去跟车,为司机买烟买盒饭,收集司机使用系统的反馈意见,以改进技术。他甚至开发了一个手机小程序,便于现场调试。

一条没有人走过的路,必定诸多坎坷。系统在初装期,因雷达感应灵敏,让车辆在经过狭窄路段时出现较多误刹,司机投诉多,贺鹏麟便修改系统参数,告诉司机在碰到此类情况时怎么处理,让系统更符合实际应用需求。然而,虽贺鹏麟和他的员工付出了十二分的努力，系统的市场接受度还是有限，安装节奏还是不紧不慢，每个月只有十几辆车应用该系统。直到一些事件的发生，才让广大司机和行业人士发现了贺鹏麟呕心沥血研发出的系统的宝贵。

那是 2019 年 6 月的一天，深圳七大洲汽车运输公司乔师傅驾驶车辆在龙岗某路段十字路口欲转弯时误入直行道，绿灯亮时他临时急变道到右转弯道。此时刚好有人骑着电单车在右转弯道行驶，并处于驾驶员视线盲区，乔师傅当时并未发现该电单车。眼看事故就要发生，旁边的车辆驾驶人和行人忍不住惊呼，千钧一发之际，车上所装"渣土车盲区辅助刹车系统"探测到障碍物，车辆及时刹停，一桩事故得以避免。下车查看的乔师傅吓出一身冷汗后直呼幸运。同年 11 月的一天，深圳市来逞安运输有限公司一辆渣土车在 G15 高速龙岗同乐出收费站时，右侧有辆载客大巴正在放客下车，突然有个行人进入渣土车头右侧区域，该车辆当时已是起步直行状态，但车上系统及时探测到行人，车载设备紧急主动刹停，一场亡人惨剧得以避免。

事实胜于雄辩。类似事件很快引起了深圳民众热议和社会关注，生动的案例证明了贺鹏麟的渣土车盲区辅助刹车系统的精准有效。广大司机这才意识到，这个系统是真的能够帮助到他们，他们的态度因此也来了个 180 度大转弯，不再抗拒安装和使用。2019 年底，在龙岗区交通局、交警大队的支持下，贺鹏麟带领团队为深圳近 500 台工程车辆安装了系统，使用至今已至少成功规避 7 起事故的发生（有视频记录）。

成功突破"大车盲区"之藩篱，贺鹏麟以技术攻克危险盲区的美好愿景在 2019 年渐渐变为现实。当年 11 月 1 日，"渣土车盲区辅助刹车系统"通过国内顶尖、权威检测机构——长安大学和交通运输部汽车运输安全保障技术交通运输行业重点实验室检测论证：

"该系统可以有效降低渣土车盲区事故发生，建议在渣土车和重型货车上安装使用"。2020年，贺鹏麟的系统在得到深圳市场的认可后，又接到了杭州市场200余台车的安装订单。贺鹏麟与公司技术人员前往杭州，在安装完成后开展跟车培训，几个人在杭州服务了大半年时间，经检测系统几乎没有漏刹，误刹概率也在司机可接受范围之内。

2021年7月，浙江衢州因渣土车事故高发，当地相关部门和企业邀请贺鹏麟公司前去安装了300多台车。安装后，只要打开衢州市渣土车安全监管智控平台，就可实时监测到300多辆车的运行状况，包括转弯速度、主动刹车次数、刹车雷达位置等。在未安装该系统之前，衢州前7个月的渣土车事故造成5人死亡，安装系统之后6个月内仅有1例轻伤事故发生，全市车辆事故亡人率降低了40%。衢州相关部门召开了总结会议，充分肯定了贺鹏麟的辅助刹车系统。

"工程车辆一旦发生事故，产生的都是百万级的赔偿，其中的法律、经济风险让企业、司机、保险公司谈'死亡弯月'而色变。"贺鹏麟常算账给人听，"智慧车联的'渣土车辅助刹车系统'在紧急时刻不仅能救命，也能为运输企业规避巨额经济损失，解决的不仅仅是安全问题，产生的不仅仅是社会效益，更有巨大的经济效益"。目前，贺鹏麟正在和保险公司谈合作，争取将系统纳入保险种类。

贺鹏麟的辅助刹车系统，让"死亡弯月"不再可怕。如2022年1月10日的上午，一辆渣土车辆刚起步时，有骑行者闯入驾驶员视觉盲区，而正在回避前方小车的驾驶员未发现该单车，因为安装有贺鹏麟的辅助刹车系统，车辆得以紧急刹车，避免了重大伤亡事故的发生。

贺鹏麟研发的系统，一次次成功地挽救生命，也越来越受到政

贺鹏麟在工程车上现场调试设备

府和行业的关注。在深圳市、龙岗区政府的扶持和帮助下，智慧车联的刹车系统被安装运用到越来越多的工程车辆上，运输公司管理层、渣土车司机都觉得这个设备值得。国内更多城市的行业人士也关注到该系统，2021年，智慧车联受邀到宁波打造道路行车安全样板城市，另将在宁波、滁州、青岛、云南等地推广落地，获得行业人士的欢迎与好评。

"我们的系统目前已经比较成熟，但好的产品需要持续的技术改进，我会在市场应用过程中不断改进改善系统。"贺鹏麟说。如该系统现在就多了一个功能：监测泥头车右转弯行驶速度。这一功能在约束驾驶员规范驾驶的同时，其结果还能作为交通违规处罚依据，若驾驶员违规多，就会被交警要求参加培训学习，这样一来就会耽误驾驶员赚钱，安装了系统的驾驶员自然会自觉遵守驾驶规则。

未来，贺鹏麟觉得应该将人脸识别、情绪反馈等人工智能在大型车辆的管理应用上开展得更为深入，对车辆、司机实施全流程监控，以求把事故风险度降至最低。

"我希望，以后每台重型车辆都能安装上我的辅助刹车系统，让'大车盲区'再无死亡。"贺鹏麟信心满满地说，"这很难，但应该可以做到。"

高瞻远瞩，在深圳打造"防御性驾驶"培训样板城市

从汽修工人到汽车工程技术专家再到道路行车安全专家，贺鹏麟30余年来倾注心血与汗水，围绕钟爱的汽车技术，以工匠精神成就事业，实实在在为客户带去价值。其"渣土车盲区辅助刹车系统"更解决了重型车盲区交通事故频发的全国性行业痛点难题，为深圳和更广阔地区的人们带去安全。

车与路、车与人、车与城市，不管处于与车有关的什么维度，贺鹏麟身上始终不变的是对行车安全的关注与执着。这个"围着汽车搞发明"的工匠一刻没有停下自己创新的脚步，带领着他的智慧车联致力于以卓越的汽车IT产品为千家万户的行车安全保驾护航，同时以人为本，颇具前瞻性地酝酿开展"防御性驾驶"实训项目。

"驾驶在于眼睛和头脑。"防御性驾驶是美国在1960年前后提出的一种保障驾驶员远离险情、提前做出应对的安全驾驶理念，是一种先进主动的安全驾驶技能，其包含了系列预防事故的技术方法，能帮助驾驶员建立危机意识，在繁忙复杂的交通环境中提前观察、警觉，做出准确分析、判断及合理反应，从而预防事故的发生。

贺鹏麟一直认为，大型车辆的监管是社会性难题，因为其中涉

及道路、交警、住建、企业等多个部门。就如他自己，1993年拿到驾照，1994年因为暂时找不到汽修厂工作曾去开过几个月的大卡车。他那时就了解到，渣土车驾驶员招聘难，入职门槛低，驾驶员流动性大，安全培训流于形式、成效差。而现实中，事故大多是因驾驶员交通安全意识淡薄、企业安全主体责任落实不到位、GPS监管流于形式、安全教育培训缺失等人为因素造成的。

深圳市交通警察局对近5年涉泥头车的亡人事故进行分析，发现驾驶员有责任的占90%以上。换句话说，只要提高驾驶员的防御性驾驶技能，这些亡人事故是可以预防和避免的。"所以，在解决车辆本身的安全问题后，对不具备安全驾驶技能的人员开展防御性驾驶训练，可以更好地规避其道路行车风险，从而大幅降低事故率。"贺鹏麟说，"因为，防御性驾驶是最高安全级别的驾驶技术，其核心理念是'预防'，包含一系列预防事故的技术和方法。培训除了可提高司机驾驶技能，促司机在驾驶过程中保持从容镇定和愉悦情绪，还可提高通行效率和节约车辆开支等。"

要做就做别人没有关注的领域，解决没有被解决的问题。目前，贺鹏麟的"防御性驾驶训练计划"已得到龙岗区支持，相关部门已经联络落实项目开展所需用地。贺鹏麟正在招募具培训资质人员，在龙岗区筹建防御性驾驶训练基地。

培训就应该要深度改变驾驶员的思维和技术，收到实际的效果。贺鹏麟认为防御性驾驶培训过程中应该有令人记忆深刻的路况训练环节和奖惩措施，比如转弯时可以突然出现假人，受训的驾驶员一旦碰到就要扣分惩罚等。深耕道路行车安全领域的他很清楚需要在训练场地设置什么障碍，目前，他正模拟城市驾驶各种危险路况科学设计训练场地，并系统规划制定防御性驾驶培训相关理论课程。

为了更好地开展防御性驾驶培训项目，贺鹏麟携智慧车联与长安大学汽车学院达成合作。这家学院是长安大学"211工程"、985优势学科重点建设学院，是全国汽车交通高级科技人才和管理人才的重要培养基地，拥有交通运输部行业重点实验室——"汽车运输安全保障技术交通行业重点实验室"，在汽车安全技术和驾驶行为安全领域承担了国家重点研发、国家自然科学基金、国家科技支撑计划等项目，有授权发明专利100余项。

在贺鹏麟的"防御性驾驶"训练基地的蓝图上，这应该是龙岗也是深圳首个专业的防御性驾驶训练基地。基地将利用强强联合的技术资源，通过科学的训练手段，让龙岗区乃至深圳市每个工程车辆驾驶员、运输公司管理人员、新照司机接受防御性驾驶技能训练，掌握防御性驾驶技能，从源头上降低重型货车伤亡事故，保障人民生命安全。"我们力争在训练基地开展常态化运行后一年内，将全区的工程车辆驾驶员轮训一次，将违章多、事故多的驾驶员进行多次训练，提高他们的防御性驾驶技能，一年内将全区涉工程车辆亡人事故降低60%以上，两年内降低80%以上。"

是的，道路行车安全关系着你、我、他在内的每一个人。安全责任重于泰山，人民群众任何幸福感、满足感的获得，都是建立在人身安全、交通安全等切身权益得到保障的基础之上的。让贺鹏麟欣慰的是，因为道路交通事故在广东安全生产中的占比较大，为了解决群众的"揪心事"，政府部门直面事故总量最大的道路交通领域，把系统防范化解道路交通安全风险作为为群众办实事的具体举措，全链条、系统化解决道路交通安全问题。

扬帆破浪正当时，贺鹏麟对自己即将推行的防御性驾驶培训项目信心十足。在他眼里，政府要求运输公司对渣土车驾驶人员开展

"龙岗工匠"贺鹏麟宣传照

岗前培训；运输公司需要有效、低成本的安全驾驶培训；保险公司希望为购买车险的重型车辆驾驶人员提供专业培训；驾校学员拿到驾照后需要后续实践式训练……只要训练基地建成，除了针对上述需求开展培训项目，还可联合相关部门、企业举办渣土车驾驶技能竞赛等，在提高驾驶员驾驶技能的同时，可以促行业崇尚安全、文明驾驶，从而改善渣土车的飘洒扬尘、超载超速等混乱局面，遏制"钢铁巨兽"的违法违规行为，切实保障道路行车安全。

"我常年关注渣土车道路交通安全问题，如今渣土车多已更新换代，更加绿色环保，但仍会发生交通安全事故。"贺鹏麟深情寄望，"车辆更新换代不能从根本上解决安全问题，因为如果人的思想不转变，如果渣土车企业负责人的安全意识、责任没有到位，就没有办法对驾驶员、车队长进行有效的安全管理。"他认为，深圳有200多家运输企业，班组长就有200多人，如果能通过培训首先提升这部分人的防御性驾驶技能，再由班组长培训驾驶员，就会事半功倍。"因此，防御性驾驶培训是可长期持续、意义非凡的项目。"

道路行车安全是我毕生追求的事业

研发系统、筹备培训基地，贺鹏麟的智慧车联渐渐走出"盲区"，开始稳步前行。如今，贺鹏麟国内首创的"渣土车盲区辅助刹车系统"市场拓展顺利，防御性驾驶培训基地即将开建，一路辛勤跋涉的贺鹏麟在有关于汽车的每一项工作都做出了成绩，为行业乃至整个社会做出了突出贡献。

立足岗位、钻研技术，31年如一日，今天的贺鹏麟是一名弄潮车联网的技术型企业家。他早已落户深圳，有幸福的家庭，有创立的企业，还有一个用自己名字命名的国家级技能大师工作室。他以个体历程书写的草根逆袭故事，如此生动而真实。

广获行业和社会认可后，贺鹏麟说是因为自己在深圳，是因为深圳、龙岗区方方面面的扶持。"深圳是一座不看你背景、身份的城市，只要你有能力、肯付出、能坚持，就一定有回报。"贺鹏麟说。

贺鹏麟很感激自己遇到了一个好的时代。2014年，他作为广东省唯一的技能人才代表，走进中南海，受到国家领导人的接见。同年，"深圳市贺鹏麟汽车维修技能大师工作室"被批准设立，至今先后累计培养了800多名高技能人才。

2015年，贺鹏麟成功申办成立深圳第一个国家级技能大师工作室——"贺鹏麟国家级技能大师工作室"。工作室成立后，针对深圳市每年有一定的技改项目扶持补贴，但很多行业人士有技术却没项目经验的境况，贺鹏麟就在自己的工作室指导汽修行业技术人员参加技改，带领大家共同进步。2017年，贺鹏麟依托工作室平台，充分整合业界资源，由龙岗区人力资源局、老东家元征科技提供技术支持，举办了"好技师"全国远程诊断技能大赛，赛事共产生6位深圳市技术能手，有力推动汽车行业远程诊断技术的进步。目前，"贺鹏麟国家级技能大师工作室"共获得国家发明专利授权3项，在专业期刊发表论文2篇，在相关论坛发帖8181篇，解答技师问题50259个，电话咨询30799人次，远程诊断19539例，向研发部门提供技术指导和反馈意见763次（个）。

2016年，在深圳市高技能人才认定暨技能大赛总结大会上，贺鹏麟被授予"鹏城工匠"荣誉称号，成为当时龙岗区唯一获此殊荣者。先后获得多项鼓励和荣誉后，贺鹏麟更以服务社会为己任，多年来，他为深圳人力资源和社会保障局组织的汽修技能考试、竞赛担任评委；为深圳市科技局、财政局等政府机关担任项目评审专家；在深圳技师学院、深圳信息职业技术学院担任特聘老师；在深圳电视台、深圳市消委会担任特约汽车专家等，为社会及汽车后市场行业做出突出贡献。

31载风风雨雨，31载起起落落，贺鹏麟在岁月里沉淀下丰富学识、精湛技艺和至纯匠心。至今，贺鹏麟羞于谈钱，"我只会谈技术，不会谈商务。我对人性的判断远远低于对汽车的判断。"因为知道自己的这一弱点，为了让公司更好发展，贺鹏麟正在物色专做市场开拓的职业经理人。"技术做好了，市场也得做好。这样公司才能长久稳定经营，才有机会服务更多的人。"

拼搏之路艰辛曲折，但贺鹏麟对未来始终充满信心，因为无论是在公司务工也好，还是独立创业也好，他无时无刻不感受到深圳良好的营商环境。如智慧车联初创时，就是原龙岗区人才工作局联系解决了办公场地；2020年疫情防控期间，大运软件小镇为智慧车联减免了3个月房租；2021年，龙岗金控积极对接银行，为企业提供低息贷款等。此外，龙岗区还为贺鹏麟的创业提供了许多便利，如小孩入学、就医等都能享受技能人才优惠政策。种种温暖扶持让他摒除后顾之忧，专心研发创新，公司也因此熬过重重困境，得到长足发展。

"处于好的时代、好的城市，享受好的政策，更应该持续学习、与时俱进。"出身寒苦的贺鹏麟一直有强烈的危机感，"深圳是一片创新创业的热土，每天都有来自全球不同肤色的年轻创业者，来到这里激情逐梦。在这座城市里，如果你不学习、不进步，那简直是一种耻辱，也很快会被淘汰出局。"

坚持学习、不断创新、超越自己，贺鹏麟除了在早年先后取得汽修各资格证书和大专、本科文凭，还在创业后参加了天津财经大学EMBA高级工商管理硕士的深造，及中国汽车工程师学会组织的高级诊断工程师技能培训，获得了"高级诊断工程师"资格证书。

更值得一提的是，贺鹏麟还创下了一个业内奇迹，那就是获得了"教授级高级工程师"职称。2018年11月，为在工程技术领域实现高技能人才与工程技术人才职业发展贯通，促进技能人才与专业技术人才融合发展，人社部印发了《关于在工程技术领域实现高技能人才与工程技术人才职业发展贯通的意见（试行）》，支持工程技术领域高技能人才参加职称评审，并在江苏、广东等13个省市开展了高技能人才职称评审试点。贺鹏麟作为第一批吃螃蟹的人，在面对面答辩现场，自信地站在来自华南理工、华南农业等高校的7位教授面前，就自己的"渣土车辅助刹车系统"项目进行了精彩答辩，对教授们的提问对答如流，成功征服了现场所有考官，成为广东省第一批、深圳市第一个拿到"教授级高级工程师"职称的技能人才。

因突出的技术成就和社会贡献，贺鹏麟于2018年当选为龙岗

贺鹏麟在"贺鹏麟技能大师工作室"

区人大代表,2021年当选为深圳市人大代表。在其位,谋其政,在担任代表期间,贺鹏麟积极履行人大代表的权利和义务。十分关注"平安深圳"建设的他先后就汽车道路行车安全方面提出提案,如加强渣土车驾驶员防御性驾驶技能训练,将工程车辆纳入建筑工地危险源清单进行管理,对渣土车驾驶员、渣土车企业进行分级培训管理等。

做研发不遗余力,做企业专注安全,做代表履职尽责。此外,贺鹏麟还积极参与社会公益培训工作。他的智慧车联成立6年多以来,累计培养汽车维修技师23名、汽车电子产品开发工程师15名,其中2人被授予"深圳市高层次领军人才"的荣誉称号。

自2020年始,贺鹏麟多次受邀参加社会公益培训课程,授业解惑、解决疑难、培养专业人才。仅 2020 年 4 月，他就为深圳运输行业的工程车辆安全员、车队长、驾驶员、安全经理等 1000 余人开展防御性驾驶公益培训，结合案例、数据、视频的培训课程生动、深入浅出，让行业人士受益匪浅。

在这个时代，贺鹏麟的蜕变之路显得越难能可贵。从与车结缘起，贺鹏麟就再也没离开过这一行业，他从司机身边来，又回到司机身边去，在波澜壮阔的时代画卷里翻涌浪花，进行着艰苦卓绝的拼搏探索，并以个体的经验告诉人们，成功是多种多样的，在平凡的岗位也可以有闪闪发光的人生。

在贺鹏麟心里，深圳就是一张可滋生梦想的温床，城市里满是成功机会，只要足够努力就有机会得到。"只要你有技术，你做的事情有社会价值，政府就会给你支持，给你牵线搭桥，提供各种便利发展条件，引流相关资源来找你。这城市给予我太多，我必须为这城市做点什么。"贺鹏麟说，"接下来，我想在深圳打造一个全国工程车辆事故死亡率为零的样板工程，这很有难度，也很有意义，我将为之不懈努力。"

是的，这或许就是贺鹏麟不停奋斗的终极目的和自我价值的实现，因为这保护的是每个人的平安，牵涉的是千万家庭的幸福，影响的是城市的平安，构筑的是世界的美好。

深圳匠魂

肖云辉

深圳匠魂

可编程控制系统设计师高级技师。曾获得"广东省技术能手""2016年深圳市技能大赛——广东省可编程序控制系统设计师职业技能竞赛深圳地区选拔赛获一等奖""深圳市五一劳动奖章""深圳市高层次专业人才"等荣誉。被聘为中国国防邮电职工技术协会机电一体化专业技术委员会委员。积极参与企业自动化技术改造,先后推动自动化项目49项,节省成本数百万元。

愿力无边终超凡

——记可编程控制系统设计师高级技师肖云辉

海 舒

勤勉不仅仅是一种坚持不懈的劳作，更是一种至高无上的精神品格。认识了肖云辉，对"勤勉"一词才有了更深层的诠释。看过他的履历发现，他在成为工匠之前的 10 余年里，除了工作，几乎所有业余时间，他都用来参加各类专业技能培训班、大学专业（在职教育）的学习，从没有间断，有时还同时穿插上两个培训班。正因为对知识的孜孜以求，原本只有中专文化水平的肖云辉，凭着一股韧劲，诠释在平凡的工作中，创造出不负于时代的骄人业绩。

肖云辉从一个普通打工者，成长为一名可编程控制系统设计师高级技师、电工技师，历经十几年不折不挠的求索，坚定人生信念，满怀家国情怀，爱岗敬业，不求索取，只讲奉献，积极投入本职工作，勇于挑战自己，攻克多项技术难关。在富泰华工业（深圳）有限公司工作的 12 年间，改善设备存在问题 400 多项，推动自动化项目 49 项，为企业节省成本近 600 万元。先后获得"Mac Ⅲ 工匠之星"、"富士康之星——优秀技能之星""富士康工匠之星""富士康模范员工"等荣誉称号。

走近肖云辉，从他的样貌上，似乎看不出他的过人之处。沉默少语,甚至略显木讷,但他那双对事物专注的眼睛,瞬间给人一种坚实与执着的感觉。这是日积月累的工作中,面对一个个有待破解的技术难题,看设备手册、翻阅各种资料、对照机器运行参数,心无旁骛地盯着设备,反复查找问题练就的一双慧眼。肖云辉深知,技术来不了半点含糊,没有对工作的满腔热情和痴迷钻研的韧劲,别说掌握一技之长,恐怕连本职工作都难以胜任。从走上工作岗位那一刻起,他就暗暗告诉自己,要干一行爱一行,而且要干出名堂来。机器人、自动化数控设备,这些之前只是听说过,别说亲手操作,连见都没见过的东西,一下子出现在眼前,除了满是心奇地左顾右看,其他的真是让他茫然失措。这和在技校学习时掌握的知识,有太大的落差,虽原理上有相通的地方,却没有可比性。他转念一想,再精密的机器设备,不也是人造出来的吗,既然别人能造,说明就有破解和驾驭的路径。肖云辉动了这样的心思,随即就开始行动,开启常人难以坚持的漫长探索学习。真可谓"十年磨一剑",他像个驯兽师,再顽劣的机器设备,在他手里也要就范。

  说起肖云辉的学习经历,不禁令人赞叹。2000年,他毕业于湖南衡东县职业技术学校电子电器班。为了生计,他先后到广州、深圳等地打工。虽说工作多少与所学专业有关联,但那些企业使用的机器设备,还属于传统机械加工,尚停留在数控机器的初级阶段,智能含量不高,操作起来难度不大。直到2010年3月,肖云辉入职富士康集团,从事自动化设备维修和技术改造工作,才真正遇到了前所未有的挑战。学校里学的那点东西,根本无法应对这份工作的要求,知识储备严重匮乏。要说跟在比自己经验丰富的同事后面,当个帮手,混一份工资,也能过得去。可肖云辉偏偏不是那种甘于人下的性格,湖南人骨子里的那份倔强,再次涌上心头,已近而立

2008 年，刚来到深圳的肖云辉在深圳华强北

之年的肖云辉，从此扎进了探寻自动化设备奥秘的激流中，搏击风浪，奋力前行。看到他十年间的学习经过，都觉得眼晕：2009 年参加观澜成校中级电工培训（业余学习），2010 年参加深圳市第二高级技工学校高级电工培训（业余学习），2012 年参加西南交通大学机电一体化技术大专班学习（在职教育，2015 年 1 月毕业）。2014 年参加深圳市第二高级技工学校电工技师培训（业余学习），2016 年参加深圳市高技能人才训练中心西门子可编程高级培训（业余学习），2016 年参加深圳市第二高级技工学校电工高级技师培训（业余学习），2017 年参加深圳市高技能人才训练中心组态技术高级培训，2018 年参加华中科技大学—机械设计制造及其自动化本科班学习（2020 年 7 月毕业）。这可不是几行简单的文字描述，在深圳这样的大都市里，一个正值韶华的年轻人，每天紧张的工作之余，

不为灯红酒绿的花花世界所动,换下工装就背上书包,直奔各类培训课堂。且不说生活简单枯燥,日复一日、年复一年的周而复始,能坚持下来的又有几人?

为了方便上班,他租住在离单位不远的龙华地铁站附近,而培训班则在上梅林。每天晚上下了班,随便吃点饭,就要赶着去培训班上课。有时下课晚了,赶不上末班公交车,就改坐地铁,出了地铁站,步行走回家时已是午夜时分。肖云辉坚持学以致用,体现在一个"钻"字上。他们所负责维护和改造的设备,都是自动化的智能机器,流水线运行,如果一个环节出现故障,整条生产线都要停下来。传统机器的零部件组装,拆卸一遍很容易找到故障,哪里坏了就修哪里,修不了直接换配件;而自动化机器设备一旦出现故障,首先要翻阅设备使用手册,一一排除手册提示中可能出现故障的技术参数,碰上手册里没有提示的故障,就是一件很麻烦的事情。因为自动化设备的故障,不是肉眼可见的机器劳损或残缺,而是运行路径的某个环节,在没有提示征兆情况下的运行终止,或者不遵循运行规则,使得产品达不到设计要求。这有点像我们平时使用的电脑出现乱码,需要重新编程,忽略引发故障的原有代码。要做到这一点,需要有两个先决条件,一是熟练掌握自动化设备运行规律,二是具有解读自动化设备的专业支持。对只有中专学历的肖云辉来说,开始遇到这些问题的时候,简直像看一本天书。或许正因为这种看似神秘却极具挑战性的工作,激发了他潜在的智慧动能,促使他像一个征服者一样,大步迈进这个未知领域,知难而上,从不气馁。

据他所在岗位团队的同事陈其生说,有一次,"色差光泽自动检测线",自动线、4台机器人、检测机之间都需要通过PLC进行控制通信,试运行的时候,总是达不到生产的要求,产品偶尔有叠料现象。团队中几个同事都束手无策。刚刚出差回来的肖云辉，没顾得上休息，第一时间赶到现场进行处理，从午饭后一直忙到晚上9点，晚饭只是随便吃了几口，其间，不知经过了多少次的调试，终于带领大家修改完所有的"BUG"，顺利地交付生产。"BUG"就是缺陷，自动化设备运行时出现与实际需要不匹配的原有编程设置。出现这样的问题，一般是该设备与同一生产线上相关联的其他设备，在控制通信工程出现冲突或不协调所致。这就需要对故障设备的编程代码进行修改，修改往往要通过无数次调试，短则几个小时，长则几天或更长的时间，而且光凭耐力是远远不够的，要有发现症结所在的知识支撑和对设备运行规律以及整条自动化生产线所有机器设备通讯衔接状况谙熟于心的了解。肖云辉坚持以学习伴随成长，他买了大量的工具书，收集与行业相关的自动化机器设备资料，在自己的电脑上建立所辖生产线全部机器设备数据库，充分利用业余时间，刻苦研读数据，做到发现问题，及时找到症结所在，并设定解决预案。

2013年，肖云辉调至龙华园区E1栋，负责阳极C线、D线自动化设备维修与技改工作。刚刚上任就听说，阳极C线、D极各有两台冰水机进行冰水副槽循环制冷供阳极线使用，因阳极线全天24小时运行，冰水机只能在周日停线保养，任何一台冰水机出现故障时，所供的阳极线冰水无法满足生产实际需求，影响生产运行。冰水机恢复故障后，也需要较长时间对冰水副槽冰水进行制冷降温，不能快速投入使用。肖云辉经细致观察分析后，认为可以将两个冰水副槽合并成一个大的冰水副槽，4台冰水机直接对冰水副槽进行制冷，可快速对冰水进行降温，待冰水降低至生产需求温度后，可停机一台进行保养作业，3台冰水机可满足阳极C/D线正常生产，可达到节能目的。经过前期分析研判及备品请购作业,他决定在周日生产停线保养时,对冰水副槽及管道进行改造,冰水机启停改为触摸屏、PLC控制,这样一来,可根据水温及生产需求,自动控制冰水机的运行。肖云辉带领他的团队,紧张有序地忙碌了一天时间,顺利完成了这项技术改造,一次性测试成功,并交付生产使用。通过这次技术改进,不但解决了降温慢、冰水机故障时影响生产的问题,还实现了4台冰水机可轮流保养作业,极大提高了设备的稼动率,有效达到了节省电能的目的。经电度表测量,每天可比原有方式节省电能1000千瓦。仅此一项技术改造,每年可为企业节省电费近300万元。

也是在同一年,龙华园区E7栋成立新产品制程,涉及显影、UV固化、超纯水清洗制程。上级领导指派肖云辉负责设备规划、安装调试及问题改善任务。为学习UV固化设备维修保养技术和设备及时交付,肖云辉驻东莞UV固化设备厂商半个月。从早上8点上班就到设备生产车间,一直到晚上10点工人下班,肖云辉从钣金制作、电箱配线、设备组立、运行调试等,每一道工序全部熟练掌握。他细心向设备工人学习,发现可能造成维修时不便的结构及时提出来,与UV固化设备工程师检讨更改方案。驻厂学习的过程很辛苦,既是对自己技能储备能否胜任这项工作的检验,也是磨砺意志的机会,在累并快乐着的学习中,他不但较好地掌握了设备原理、结构及维修技术,自身的技能水平也得到了较大提升。超纯水清洗设备进场安装时,肖云辉全程在现场跟进,确保所有设备按标准进行作业,在整个安装过程中,发现并提出设备问题点30余项,及时一一进行改善,确保了设备如期交付使用。当新产品顺利投产,得到客户认同时,肖云辉脸上露出了欣慰的笑容。在他的心里,每

2017年，肖云辉在集团为单位自动化储备人员进行自动化授课

一次的成功，都是一次新的起点，他不断挑战自我，不辱使命，锐意进取，用实际行动践行爱岗敬业的工匠初心。

　　自动化生产线的机器设备维修，不是常态化的生产，谁也不知道设备什么时候会出故障，加班加点进行设备维修是常有的事。肖云辉经常被从睡梦中叫醒，匆匆赶到厂里处理设备故障。2015年1月，肖云辉拿到了西南交通大学机电一体化技术大专学历毕业证，加之5年不间断的各类专业培训班学习，他已经是非常熟练的自动化设备维修技师，并担任了富士康集团的助理讲师。2017年开始担任富士康集团专业技术类自动化讲师，累计授课200多小时，培训人数达6500人次。2018年获富士康C次集团优秀讲师称号，建立了劳模创新工作室，并于2019年被深圳市总工会命名为"深圳市劳模创新工作室"。在肖云辉的带动下，他所在的团队形成了人人搞创新、赛技能、比贡献的工作氛围。对肖云辉来说，每一天都是新的开始。大专文凭拿到后,他又报考了华中科技大学的机械设计制造及其自动化专业本科班。在职学习不同于脱产全日制,他白天要正常上班,晚上回家后,一学就到半夜。家里的家务事一点指望不上他,好在他有一个支持和理解他的妻子。

肖云辉有一个幸福的三口之家,妻子是一位知冷知热的川妹子,对他体贴有加,操持家务和带孩子也是一把好手。两人在工作中相识相知,特别是肖云辉那股刻苦学习、持之以恒的精神,深深吸引了她,觉得他有追求,诚实可靠,比起那些油头粉面的年轻人,肖云辉更值得托付。婚后的生活平静而充实,有了女儿之后,妻子做起了全职太太。而肖云辉依旧全身心投入在工作中。妻子常说他是个"痴人",满脑子都是工作和学习,聊起工作上的事情,会兴奋得不得了。尤其是攻克了某个技术难关之后,简直像个孩子一样,不知道如何表达是好。有时候会拉着老婆、孩子去外面吃上一餐,以庆祝成功。看似简单而朴素的形式,不过分追求仪式感,奋斗不是做给别人看的,应该是听从内心的初衷,活得充实而富有真切的人生意义。当肖云辉在工作中遇到难题时,妻子会静静地陪着他,从不因家庭琐事分散他的精力。端上一杯茶,或削一个苹果放他面前,也都是默默不语地去做,生怕一出声就会打断他的思路。有了孩子之后,她也会抱着孩子到外面,给肖云辉创造一个安静的空间。他们用平淡生活诠释着幸福的内涵,通过肖云辉在工作中的出色表现,回报给日新月异的时代和欣欣向荣的国家。

因单位组织管理架构变更,2015年肖云辉接手龙华园区E10栋机器人与自动线设备维修,包括近60台机器人、200多条各类大小的自动线、6条视觉校正上胶塞线。突然接手新设备,要保证生产的顺利进行,他的工作压力非常大。首先面临的困难是维修人力紧缺，当时维修的团队，只有1名刚大专毕业的同事和肖云辉两个人，根本无法跟进全天候的维修保障，因为机器设备是24小时不间断运行。紧急情况下，肖云辉找领导协调，从另外的维修组中抽调1人，从生产作业员中找到1名有维修基础的员工加入团队。4个人的团队组成后，肖云辉自己加强学习的同时，对团队人员进行突击培训。先组织大家进行理论强化训练，保证团队所有人对机器人及机器设备工作原理及结构做到谙熟于心；再利用闲置设备的间隙，对团队人员加强实操培训，确保每个人都能单独进行维修作业。就这样，肖云辉带领他的团队苦熬了3个月。他从早上一直跟到晚上9点才下班。当发生设备故障夜班人员无法解决时，半夜两三点经常打他的电话，他从被窝里爬起来，就直奔车间去处理问题，以至于到现在，只要睡觉时听到电话铃声，就马上从床上坐起来，落下了睡眠不好的毛病。后来，团队维修人员增加至6人，大家越来越熟悉所有设备的性能和故障处理方法，偶尔还是会有解决不了的难题，肖云辉依旧是第一时间赶到现场。

　　担任厂里自动化设备组组长以来，肖云辉更加勤奋学习，严于律己，敢为人先，而且率领团队所有成员，对他们所负责的机器设备的性能、可能出现故障的原因、应急处置规则以及相关运行数据等方面，做到跟踪保养日清化、处置故障及时化、保障生产常态化。肖云辉为单位创先争优、技术攻关、技能人才培养做出了贡献。在他的影响和帮助下，团队已有4人获评深圳市龙华区C类优秀技能人才。肖云辉带领着这个技术过硬的团队，攻克过不少技术难关，有手到擒来的瞬间，也有一筹莫展的煎熬。自动撕膜擦残胶生产线，是产品流程中的关键一环，由激光切割、4台撕膜机器人、撕膜输送自动线、1台冲LOGO冲床，冲床自动上下料机构，冲压后换料机器人、擦残胶输送自动线、4台擦残胶机器人、控制柜等组成。在方案规划、治具加工、设备安装、程序编写、机器人调试阶段，肖云辉一马当先，认真负责，与团队同事一起钻研。没想到设备在最后试产时，发现产品表面膜撕的过程中总是容易断开。从治具顶针动作时间控制、产品吸盘结构、膜的黏性改善、激光切割、机器人的程序优化，一直持续了半个月，虽然断膜现象较之前大为减少，但还是有5%的产品膜在撕的过程中断开，造成整条自动线运行不连续，需要人工进行处理。肖云辉和团队同事经过2天的仔细观察，发现机器人撕膜的路径与产品的形状相同，且呈螺旋上升会对断膜有极大改善。经调试1台机器人进行撕膜验证，终于找到了更好的机器人运行路径。改善完成后，断膜率由5%降到0.1%，大大提高了设备稼动率，有效地提升了生产效率，得到了上级领导的一致肯定。在改善自动撕膜擦残胶生产线的半个多月里，肖云辉吃饭、睡觉都一直在想改善断膜的方法，有时他会在睡梦中突然坐起来，这种煎熬的过程一直伴随着他，直到所有问题得到了解决。看到这套自动化设备交付生产使用，大大降低了流水线员工的劳动强度，有效节省了人力成本，团队所有同事心里像乐开了花。肖云辉远远注视着这套生产线在行云流水般地运行，百感交集，有战胜挫折后的成就感，也有任重道远的使命感。

　　肖云辉的技能在行业内产生了较大影响，工作能力突出，表现优异，逐渐受到集团内外的关注，他的事迹也被多家媒体报道。先后获得"龙华区技术能手""深圳市技术能手""广东省技术能手"称号。这些荣誉的获得，是鼓励他对技术锲而不舍追求完美的褒奖，也是鞭策他再攀高峰的动力。2013年以来，肖云辉踊跃参加省、市、区以及国家级行业技能大赛，曾夺得2013年龙华区电工竞赛第二名、

2015年龙华区电工竞赛第一名、2016年龙华区可编程控制系统设计大赛第二名、2016年深圳技能大赛——广东省可编程控制系统设师职业技能竞赛深圳地区选拔赛第一名、2016年中国技能大赛——可编程控制系统设师（工业机器人技术应用）职业技能竞赛团队第二名（个人第八名）2017年龙华区可编程控制系统设计大赛第二名。

"低调做人、高调做事"是肖云辉一贯秉持的品质，在同事眼里，他没有因为技高一筹而瞧不起谁。肖云辉乐于帮助他人，积极做好"传帮带"，组织团队经常开展技术交流会。不管是刚进单位的大学生，还是从产线调过来的自动化小白，他都，很热心地教导。马方文以前是生产线的一名普工作业员，2015年调入肖云辉的团队后，肖云辉积极教他设备维修、自动化编程、机器人调试等技能。在他的帮助下，马方文先后考取了焊工操作证、电工操作证、可编程控制中级、中级电工资格证，正在考高级电工资格证。马方文由一名流水线上的小白，迅速成长为掌握了一定技能水平的维修员，从内心里感激肖云辉。

在肖云辉心里，帮助他人是快乐的。平时不善言辞的他，碰上工作中需要和团队同事交代交流时，他会不厌其烦地从各个角度，对需要解决的问题提出解决路径，和大家一起讨论，并通过实际操作，反复进行论证。这个过程中，肖云辉会说个不停，仿佛只有工作才能激发他语言的兴奋点。团队中不管是谁，只要工作上碰上难点，第一反应就是去找肖云辉。即便他出差在外，也会通过电话向他咨询，有时一次通话长达两个小时。肖云辉的语调不高，语速略慢，让人觉得他说出的话，是经过思考并通过自我检索，认为没有问题后，才回答对方的。对工作认真负责，已成为肖云辉的行动自觉。自动化设备的维修，需要有严谨缜密的思维，在查找故障原因的过程中,数据研读与过往经验对比,如果没有超常的记忆和扎实的基本功,是很难排除故障的。正是有了这样的超凡技能,使得肖云辉被评为首届"龙华区十大工匠"。称之为工匠的人,就是在平常人眼里看似平常的事中,创造了不平凡的"神话",而非惊天动地的壮举。这是坚忍、智慧、忘我、勤奋在一个人身上的融汇。"有付出才有获得",这是人人都明白的浅显道理,而真正做到极致的人少之又少。只有那些不满足现状,敢于挑战极限,执着于改变命运,胸怀大志的人,才能领悟其中的内涵。

肖云辉和所有来深圳打拼的人一样,都是为了使自己生活得更好。不一样的是,从离开湖南衡东小山村那一刻起,他就下定决心,打消掉"等、靠、要"的念头,一边讨生计,一边通过学习专业知识,忍别人所不忍的寂寞与枯燥,就这样坚持数年。当工匠称号落在他身上时,他依旧淡然一笑。追溯他一路走来的成长轨迹,除了"平凡",几乎找不到更恰当的形容词。在肖云辉身上,我们可能会联想到古往今来的工匠和模范人物,他们身上无一不具备超出常人的"初心、恒心、信心、虚心、耐心、巧心和进取心"。做一个匠人,炼一颗匠心。从他们的成功中,可以看到令人羡慕的手艺本身,就是专注精致背后存有宁静和坚守。贵在坚持是工匠的本色,肖云辉认准了的事情,他会一条道走到"黑",他的誓言是无声的,他的奉献却掷地有声地渗透在工作中。

保障每一条自动化生产线的正常运转,是他工作的职责所在,但要让这些机器设备如同己出,甚至像自己的身体部位,哪儿痛、哪儿痒都能够找到应对自如的办法,就不是那么简单的事了。一条自动化生产线由150多台机器设备,几十台机器人组成,它们之间的相互协调,是通过无线通信系统编程输入,按产品要求下达运行指令。不管是哪个部位出现异常，整条生产线都会受其影响而停下来。作为设备维修部门，首先要能够判断出故障出在哪里，其次能够制定维修方案。难就难在这种判断上。每当这个时候，肖云辉会通过因机器故障导致的产品残缺程度和状况，迅速锁定是哪个环节出了问题。100多台机器设备，且不说有多少个零部件组成，要真的是零部件磨损，倒是简单了，一换了之；问题是整套生产线的通信系统，都是些看不见摸不着的东西，只要出现故障，查找起来就不那么容易了。但肖云辉对自动化生产线各组合之间的通信状态、运行规律，可以说了如指掌。就连一颗螺丝松动导致的通信中断这种最容易被人忽略的细节，都在他分析故障原因的考虑之中。

对本职工作的热爱，是肖云辉成为工匠的主要原因之一。他的朋友圈里，基本上都是与他有相同志向的人，他是一个"三句话不离本行"的人。有时候和妻子聊天，聊着聊着就拐到工作上去了，好在妻子原来同在一个单位，对他聊的事情多少能听懂一些，不至于听得云里雾里。肖云辉对物质要求不高，他们一家三口至今还租住在一房一厅的农民房。就是在这间既不宽敞又不明亮的出租屋里，他用工余时间，不但读完了大学专科、本科的课程，还研修了自动化编程、高级电工技师等相关专业知识。出门就是繁华的街市，他却安守僻静一隅，与枯燥乏味的公式、数据厮守。在深圳这样的地方，如此沉迷于钻研业务、满脑子都是工作的人，虽不乏其人，但为数不多。在工匠这个称谓下，是常人无法感受的苦与乐。为了让肖云辉能安下心来学习，他的妻子时常带着孩子到外面去玩，有时孩子睡了才抱回家。每当遇到这种情景，肖云辉心里满是愧意。然而，随着产业不断升级换代，知识结构也要跟上时代发展，才能经得起新的挑战。肖云辉勉励自己，爱上这一行，就没有停下来的时候。

舍小家为大家,即便有些无奈,也是暂时的。

揣摩细节,是每一个能成为工匠的人的天性,肖云辉自然也不例外。自动化生产线的运行,少则几十台,多则100多台机器设备,加上几十台机器人的联动,可想而知,作为维修部门,对这些机器设备的机械性能、电子通信的路径,光有一般性的了解是远远不够的。在工匠眼里,冰冷的机器也是有感情的,每一个零部件,每一处通信链接点,只要你用心关注它,了解它的性能和用途,与它保持一种无声对话的默契,就一定会有神奇的遥感。一旦哪里出了故障,便可以精准地找到原因所在。肖云辉在这个岗位十多年,和自动化生产线上每台机器设备在内心的对话,比和人说的话还多。有一次,阳极线天车运行总是不稳定,运行时好时坏,因为故障不明显,维修工王斌检查了很久,都找不到问题。肖云辉来到现场,听完情况介绍,当即判断出是信号干扰所致,询问信号控制线屏蔽端接地检查了没有,根据他的提示,王斌即刻在检查中发现,果然是屏蔽端接地有松动,紧固后故障就消失了。在场的人都颇感惊奇,他们查找了那么久都一无所获,肖云辉听了情况介绍,就能一语中的,他是怎么做到的呢?打那之后,王斌主动向肖云辉求教,在肖云辉积极指导下,王斌在高级电工实操培训中苦练基本功,终于在2018年参加龙华区的电工竞赛中,取得了龙华区电工第三名的好成绩,获得龙华区技术能手称号,并被评为龙华区C类技能人才。

2017年10月的一天,肖云辉和往常一样,在车间里巡视着运转的自动化生产线,一阵电话铃声响起,看到来电显示是父亲打来的,他先是心里一怔,以为老家那边发生了什么事,赶紧找个稍静点的地方接听。电话里传来父亲激动亢奋的声音:"富士康集团工会的领导和衡东县委办的领导一起来家里慰问,送了米、油还有慰

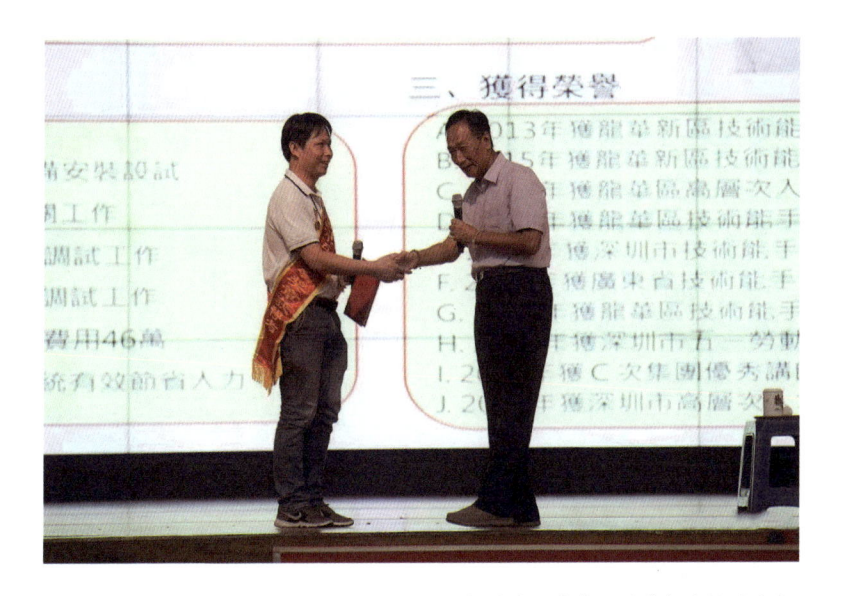

2018年，荣获"富士康模范员工"的肖云辉接受富士康集团总裁郭台铭的表彰

问金……"肖云辉听后一时没有反应过来，因为事先他并不知道有这么一回事，竟然语塞了，不知怎么接父亲的话，只觉得心怦怦直跳。富士康集团衡阳园区工会主席接过电话，大声告诉肖云辉："首先我代表集团工会，祝贺你获得2017年深圳市五一劳动奖章。这些年来你工作兢兢业业，爱岗敬业，默默地在平凡岗位上做奉献，业绩突出，我受集团工会陈鹏主席的委托，向你及全家表示感谢，也希望你在以后的工作中继续努力，为企业做出更大贡献。"肖云辉当即表示，一定不辜负领导的信任与鼓励，要更加坚定踏踏实实学技术，努力为企业创造更多的价值！这件事对肖云辉的触动很大，在他心里，自己不过是一名维修工，做了自己应该做的事情，而企业和社会却给了如此高的褒奖。前路迢迢，肖云辉立志去迎接新的挑战。

2018年11月，肖云辉受公司委派出差到日本，参加东京机床展会并前往牧野机床公司与发那科公司参观学习。在牧野公司的生产车间，工人一丝不苟、全神贯注的工作状态，让肖云辉印象深刻，车间里的温度、湿度控制，生产机器及地面一尘不染，工具分类标识清楚，尤其工业母机一次性切铣边长30厘米的正方形原钢，竟然达到了镜面程度，肖云辉被深深地震撼了。车间的工作人员解说，无论是材料、还是加工顺序，每一个加工细节都决定了整机的精度，让肖云辉更加感受到了只有具备工匠精神才能创造高精度的机床。在富士山脚下的发那科公司，肖云辉见到了机器人制造机器人的现代化生产车间，控制系统及伺服系统的老化测试车间，车间物联网的智能化，员工井然有序地操作控制台，维修车间竟然还在维修40年前的机床控制板，传承与工匠精神深深地烙入了每一名员工心里。

　　对职业和技能的热爱，来自责任和信念。在大多数人眼里，工厂里的维修工，就是机器出了故障，围着机器设备这瞅瞅、那看看，拆了装、装了拆，修不好就换新的；机器正常运转的时候，他们就是一帮没事干的闲人。肖云辉从来没有像人们说的那样，包括他带领的团队，人人都有小目标，时时准备做大事。生产线正常运行时，团队采取轮岗制，对流水线进行不间断巡查，发现问题及时处置。他要求团队每个成员，利用空闲时间，要对每台设备的使用手册牢记，杜绝一问三不知现象的出现。肖云辉执着专注，精益求精，一丝不苟，追求完美的工作精神，在富士康集团里被传为佳话。2017年，肖云辉以他出色的表现，荣获"深圳市五一劳动奖章"，也是在这一年，肖云辉加入了中国共产党，成为一名光荣的共产党员。这是党和国家对他所做贡献的肯定和褒奖，从中我们也深刻体会到，习近平总书记所说的"用辛勤劳动创造中国人民的美好生活、创造中华民族的美好未来"。肖云辉身上的工匠精神,正是在践行时代发展的核心价值,凭一技之长,在平凡岗位上辐射和带动一批人,以奉献事业为己任,辛勤工作,高效务实,勇于创新。

入党后的肖云辉,给自己提出了更高的要求。日常的维修工作之外,他想得最多的是,如何提高自动化生产线加工产品的精准度。在保障机器设备正常运转的前提下,他在计算机上模拟试验,拆解各类数据,力图在原因设计基础上,既不大拆大卸,或重写通信路径,又能降低生产成本,减轻流水线员工的劳动强度。由于产品精度要求很高,机器设备与机器人之间,除了保持操作通信畅通,它们又有各自的独立运行程序,每一道工序是既独立又与上下设备关联。换句话说,只有保障每一天相对独立的机器设备、机器人都能够达到产品制造要求,才能实现产品设计的完美程度。那么庞大的自动化生产线,机器设备不是来自一家制造商,仅凭产品使用手册,只能对单体设备功能进行了解和掌握。组合成生产线,就不再是一个个单体机器,不但要求协调性达到设计规范,同时每个单体机器设备也要根据所加工的产品成品率完全符合标准。肖云辉带着这些问题,把自动化生产线上的每台机器设备和机器人的相关数据、运行规律都装进自己的大脑里,不断进行分析钻研,一是为机器设备出现故障时,能够准确无误找到事故原因,二来是想通过技术创新,让生产线上的每台机器设备和机器人,在功能上都能达到使用峰值。就像之前举的那个例子,一台撕膜机器人原来的断膜率是5%,肖云辉通过改善机器人的运行路径,使得断膜率一下子降到了0.1%。这项技术创新,整整耗费了肖云辉半个多月的时间。像这样的经历,对肖云辉来说都是常事,他以自己的实际行动,起到了一个共产党员的先锋模范带动作用。

凭借熟练的技能和高尚的职业操守，使肖云辉不但在富士康集团被广为人知，还在行业内和政府层面上得到了认可。他担任了深圳市电工考评员、龙华区工艺技能人才协会理事、龙华区职业技能专家库专家。2018年获聘中国国防邮电技协机电一体专业委员会副主任委员；2021年6月19日在"技能强国——全国产业工人学习平台"做课程分享，获技能强国学习平台感谢信。还被授予2018年深圳市高层次人才（后备级）、2018年龙华区A类高层次人才、2020年龙华区A类高技能领军人才等荣誉称号。所有这些，都诠释出体现在肖云辉身上的工匠精神，以业为生，以技艺为立身之本、无私奉献自己的全部心血，在平凡岗位上干出了不平凡的业绩。长期的摸索和工艺实践，对细节和精度的准确把握，自然就养成了追求卓越的习惯气质，成为一种朴实无华的品格，达到从心所欲不逾矩的境界。肖云辉作为一名工匠，他深知，工匠从细处见大，在细节上没有终点。他所在的岗位，面对的是自动化生产线，其设计精度都是通过数控，以指令性的电子通信传输来运行，产品与设计要求的误差，大大小于毫厘。而肖云辉想的是，能不能做得更好。停留在娴熟技能上，只是干点修修补补的工作，算不上一个好的工匠，只有在已有技能基础上，勇于技术创新，不墨守成规，给行业技艺带来突破性进展，促进生产水平大幅提升，才配得上工匠的称号。

　　品行合一是肖云辉做人的准则。有品无行乃空谈，有行无品则为异类。无论在生活中还是工作中，做一个对社会有用的人，才活得充实和心安。这使人想起《庄子》里的"工匠蕴道"，意思是工匠不仅要有鬼斧神工的高超技艺，还要有彰显道义的崇高境界。对国家、对企业、对工作、对家人和对同事，肖云辉都是个有担当的人。自担任富泰华工业（深圳）有限公司Mac Ⅲ产品处表面设备课自动

2021年4月，肖云辉当选为中共深圳市第七次代表大会代表

化组长以来，他参与和单独完成的技改项目，大小有上百个。在每一次的成功面前，他从不居功自傲，总说是团队一起努力的结果。平常的一句话，让大家在敬佩他的同时，也倍感内心温暖。

随着国家的发展和社会的进步，我们正从一个制造大国向制造强国迈进，时代呼唤更多工匠人才的涌现。肖云辉用自己的实际行动，践行和弘扬着工匠精神。由于他的出色表现，以及在行业内外所产生的积极影响，2021年4月，肖云辉光荣当选为中国共产党深圳市第七次代表大会代表。得知这一消息，他彻夜难眠，回顾自己走过的路，心潮起伏。作为一名普通基层的共产党员，自己所做的一切，离党的要求还相差很远，组织却给了自己那么高的荣誉。在今后的工作中，自己要着力发挥共产党员的模范带头作用，坚定不移跟党走，弘扬新时代的工匠精神，把握机遇，勇于攻克工作中遇到的技术难关；增强工人阶级的主人翁意识，树立技能报国的雄心壮志，在平凡中创造不平凡的业绩，将自己磨炼成知识型、技能型、创新型的劳动者，为科技强国和实现中华民族伟大复兴的中国梦，奉献毕生的智慧和力量。

深圳匠魂

李明权

深圳匠魂

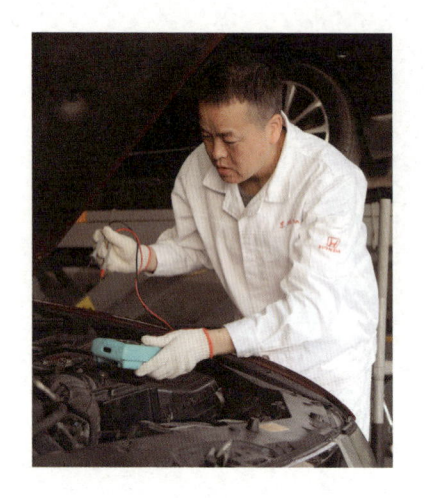

"汽车维修工""汽车维修电工"双高级技师。曾获"全国劳动模范""全国交通技术能手""广东省技术能手""深圳市高层次人才""深圳市鹏城工匠""广东好人"等荣誉称号。个人独立获得国家专利5项。被深圳市总工会授予"李明权劳模创新工作室"，龙华区人力资源局授予"李明权汽车维修技能大师工作室"，依托工作室累计开展汽修公益培训课程28期，培训学员1700余人次。在《汽车维修杂志》等刊物发表汽修理论文章20余篇次。抖音号"李明权劳模说车"总点击播放过亿次，为普及汽车知识做出了贡献。

修出"匠"与"技"的荣光
——记汽修大师李明权

郭洁琼

从辍学少年到汽修学徒，从鄂东南山区到特区深圳，从手艺谋生到汽修匠人，20余载的光阴如白驹过隙转瞬飞逝，却在李明权的身上留下许多道光环。"2020年全国劳动模范""全国交通技术能手""鹏城工匠""深圳市高层次人才"……多项分量十足的殊荣，让人很难想象是加在一位从初中毕业就开始学习汽车维修的一线工人身上的。

所有光环的背后，都有着不为人知的艰难岁月。1997年入门为汽修学徒，2002年来到深圳这座造梦之城，李明权将最美好的光阴都洒在了汽车上，他用扳手拧紧青春，用卤素、氙气、LED、激光大灯探照前行方向，紧握震动的风炮，在鄂、粤两地拆装梦想。

在那些充斥着废机油气息的岁月里，李明权一直保持着学习的热忱，几十年如一日地"修""检"自身，以汽车线路为五线谱，以零部件为音符，谱写下劳动者的时代之歌，在平凡的岗位上做出极致成就，身体力行，成为时代呼唤的"工匠精神"的践行者，为汽修行业、为城市、为网络带来满满的正能量。

走出大山，辍学少年入行汽修

那是 1978 年的 11 月，鄂地正值寒冷的冬天，山河萧瑟，滴水成冰。在蕲春县的一个偏远小山村里，一个男婴呱呱坠地，父母为其取名"李明权"。

故乡贫瘠，家境艰难，李明权在父母的辛勤哺育下渐渐长大，很快到了学龄。蕲春县当时是国家特级贫困县，李明权所在的村子四面都是大山，村里人很少，没有幼儿园，孩童们受教育的条件十分有限。到了 7 岁的时候，李明权才终于正式入学。那是附近唯一的一座乡村小学，只有两间土房子充作教室，两位老师负责教授一到四年级的所有课程。

那时，学校的学生很少，每个年级只有七八个孩子，一、二年级与三、四年级的孩子被分别放在同一间教室里，由老师轮流上不同的课。不知道是启蒙得太晚，还是年幼贪玩，李明权在小学的时候留级了两次，九年义务教育愣是读了 11 年。

在四年级的时候，李明权家里发生了一件大事，因为环境和情感等原因，他的母亲离开了家，去邻县和他人再组了家庭。在失去母亲的日子里，李明权时常偷偷哭泣，他心里期盼着母亲能回来，每次放学后就满怀希望地飞奔回家，每每看到的却总是年迈的奶奶在土灶台前擦拭着昏花的眼睛，为全家准备食物。

母亲的离去让李明权瞬间长大了，之前他任性，每每喜欢与妹妹吵架，母亲离去后他变得沉默了。以前母亲喜欢吃的菜是豆腐，劝他吃的时候他总是故意不吃，母亲离去后李明权开始尝试吃豆腐，叛逆少年细细回忆着母亲劝食时说的话语，为过去不听母亲的话懊悔不已。

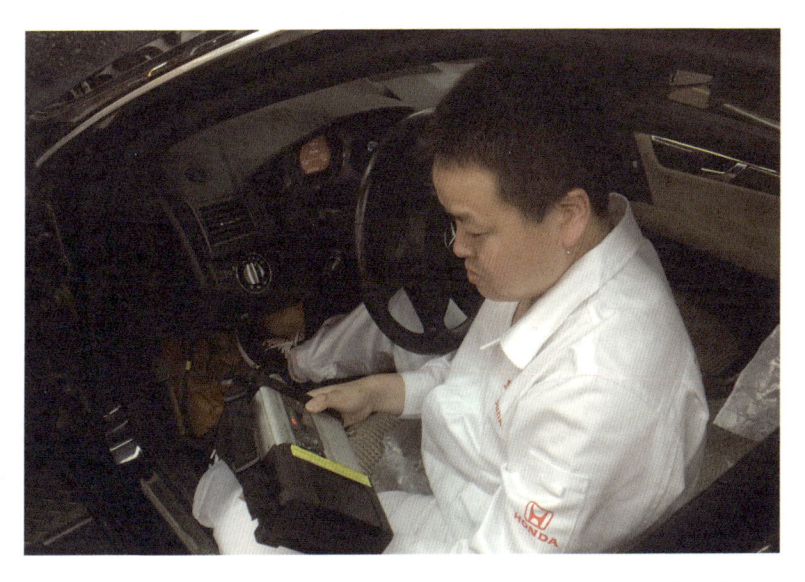

2015 年，工作中的李明权

到了五年级的时候，学校的学生更少了，需要集中到乡里的学校继续求学。乡学校很远，需要寄宿。开学的时候，父亲帮李明权把课桌、凳子、被子、箱子等挑到学校，老茧密布的手从口袋里哆哆嗦嗦地掏出一些皱巴巴的零钱，一张张仔细地抹平、数清，缴好学费就回家去了。

李明权知道，那些钱对于拮据的家来说是一笔不小的开销，他心里更加珍惜这来之不易的续学机会。每个星期天，李明权在家里吃了午饭就出发，挑着一周所需的25斤柴、6斤米和两罐头咸菜，徒步8千米山路去到学校。一次，挑着担子的少年在山路上摔了一跤，一个装咸菜的玻璃罐头瓶摔碎了，奶奶腌的韭菜和豆角撒了一地，沾满了泥土。少年难过地坐在地上，山里板栗花正盛开，浓郁奇异的气息混杂着菜的味道，让人更不愉悦。但是，这是初夏啊，四周新绿,万物洋溢着勃勃生机,少年起身,拍干净身上的泥土,挑起担子朝着学校再度出发。

风里雨里,挑寒担暑,饿了就吃蒸饭配咸菜,渴了就饮学校水井里的水,李明权终于念完初二,即将就读初三。由于乡里的学校没有师资力量开设初三班级,要延续学业的孩子就需换到更远的学校就读,而要去到那所学校,须得先走一段山路,到水库边搭船,下船后再走几里山路。因为路途遥远和学费等问题,延续学业的孩子就更少了,李明权成了村里少有的初三生。那一年里,他每个星期天早早吃了饭就出发,徒步、坐船再徒步,直到晚上六七点钟才抵达学校。

跋山涉水,披星戴月。1996 年,18 岁的李明权终于读到了初中毕业,喜爱阅读的他平常写的作文很得老师的好评和同学们的喜欢,他在心里悄悄地藏下了一个作家梦,毕业时以优秀的成绩考上了蕲春三中。

拿到高中录取通知书的时候,李明权的父亲却犯了难,因为家里实在拿不出孩子读高中的费用了。作为父亲,他当然不想让孩子失学。于是,父亲遍寻亲友,走了不少人家后终于借到一些钱,可是回家细算后,发现也只能供得起第一个学期,家里的经济来源有限,后面的学期还是会青黄不接。

面对家庭窘境,李明权很是难过。他当然想继续读书,但是妹妹才读初一,如果自己去念高中,妹妹可能也要就此辍学了,自己又怎么忍心让妹妹辍学呢?

李明权思忖再三,决定去邻县找母亲,看看她有没有什么办法。可是,母亲的日子过得也并不宽裕,她无奈地对李明权说:"村子里有人在县城学汽车维修,几个月后学成了,就能去武汉,一个月能有800元左右的收入，要不你也去学？以后也好有门手艺能挣口饭吃。"李明权听了，内心很是纠结，但现实状况让他没有别的选择，只有将作家梦深埋于心底，默默听从了母亲的安排。

在县城做汽车维修学徒，很是辛劳艰苦。学徒期间没有工资，吃饭的钱都很紧张，李明权就和其他学徒一起搭伙去旁边的小餐馆吃饭。小餐馆的老板人很好，一份饭菜2块钱，老板就破例给他们做只收1块钱的半份饭菜。汽车修理工作常常弄得满身油污，李明权就购买2块钱一件的旧衣服，洗干净后用来做工作服。学徒住的地方没有热水洗澡，夏天酷热时倒好解决，入冬后就十分艰难，李明权就用桶接水提到楼顶去晒，下班的时候回去再洗，若活多回去晚了，水早已凉透，就将就着凉水冲刷……那些时候，李明权总是咬紧牙关，想着等自己学成了，就可以去武汉工作，就可以拿工资了。

1997年的春节刚过，元宵未到，春寒料峭，李明权就揣着父亲借来的50元钱，在奶奶特意点起的鞭炮声里，搭着一辆三轮摩托车，从老家的山村一路颠簸到达县城，再从县城搭班车远赴武汉。

那时，对久居大山的李明权来说，武汉是梦想里的大城市，但他不知道那城市长得怎样，是怎样的繁华和美丽。车过鄂州的时候，少年第一次看到长江，比起大山里的溪流，长江江面宽阔，浑浊洪流汹涌奔腾，气势磅礴、宏伟壮观，刷新了少年心里对它的认知。随后，汽车载着他来到江城武汉，进入位于武昌区的洪昌汽车修理厂做学徒。

一开始到武汉，李明权很不适应。刚出大山的他有着山里少年的内向和羞涩，听不懂也不会说武汉话，更不敢尝试讲从课堂上和邻居家电视里学来的那点普通话。他心里很想讨好师傅，和师傅、同事搞好关系，事实上却是无所适从、诚惶诚恐，只能默默地做事，一知半解地听师傅的讲解。

虽然在县城学过几个月，但是那些知识在武汉的实际工作中作用并不大，得从头开始。李明权懂。他从基本的拆装做起，勤快又主动。在那段艰难适应的岁月里，初生牛犊不怕虎的李明权在心里告诉自己，不能退缩，要好好学技术，靠自己养活自己，甚至养家。

很快，李明权拿到人生的第一笔工资——78块。那些现金被放在一个信封里，李明权接过来，紧紧地攥在手里，激动得有点颤抖。这第一笔用劳动赚来的钱虽然很少，但却让大山里走出来的少年觉得自己充满了力量。他在心中暗暗攒劲，一定要学好技术，赚好多好多的钱，孝敬奶奶和父母，扶助妹妹，让自己过上更好的生活。

当时在武汉供职的那家汽修厂是金杯面包车的特约维修站，李明权发现工厂里居然有一些汽车维修类书籍，他如获至宝，一有空就认真翻阅，对里面的电路图尤其感兴趣。没有闲钱去复印，李明权就买了笔记本，将书上的知识一个字一个字地抄写下来，因为年少记性好又肯下功夫，他背下了许多汽修理论知识。如ABS的工作原理等，他至今都还记得。

慢慢地，李明权学会了汽车发电机和起动机的保养，更换保险丝、灯泡之类的入门汽修知识；接到维修车辆时，如果燃油表不走就更换燃油箱浮子，充电指示灯不熄灭就更换左侧B柱里面的发电机电压调节器，里程表不动一定是仪表连接到变速箱的软轴坏了……四个月过去，少年意气风发，觉得汽修电工其实也挺简单的，拆装也没有什么问题，自己已经掌握得很好了。

但是没过多久，李明权的想法就发生了巨大的改变。随着改革开放的不断深化和市场经济的深入发展，90年代的进口车型逐年增多，维修车辆从原来的机械部分占比多的车型发展到电子部件占比多的车型。更有难度的是,进口车的零部件皆以英文标识,相关维修资料却很难找寻,操作起来便阻力重重。虽然他初中时曾学习过英文,但那基础实在薄弱,面对 horn(喇叭)、turn(转向)、fog(雾灯)、wiper(雨刮)等满车无处不在的英文单词,李明权似看天书。为了解决这个问题,李明权绞尽脑汁,最后决定使用笨鸟先飞的办法,那就是将每个零部件标识的英文单词抄写下来,查字典,一个一个地备注、背熟。有道是勤能补拙,这样坚持了几个月,当李明权再次遇到进口车保险丝盒上标注的那些歪歪扭扭的"小伙伴"时,他就能准确地知道它们代表着什么意思,哪个保险丝管控什么系统,那些部件都起着什么作用,该怎么检查维修。

在背单词的同时,李明权也在想方设法地寻找自己不熟悉车型的维修资料。一旦找到,他就十分珍惜,下班后回到宿舍里就开始抄。直到现在,李明权也数不清楚自己当初究竟抄了多少本笔记,也就是这样,他早年就打下了扎实的汽修理论知识基础。

时代的巨轮飞速转动,进口汽车车型日渐增多,零部件供应商五花八门,中国的汽车工业也在日新月异地飞速发展。李明权通过实践得出一个结论,汽车维修并不是一门几个月或几年就能彻底掌握的技术,而是需要终身去学习和更新的。这个想法从那时起根植在他的心里,直到今日也不敢有丝毫松懈。

一朝入行深似海,李明权在武汉的汽修厂一干就已近5年。当初刚踏入汽修行业时,他也没想过会一辈子扎在里面,因为对于当时的他来说,梦想太过遥远缥缈,用千斤顶顶住家庭,用扳手拧紧每一个螺丝,拧紧自己的生活才是真真切切的当下。

但是从入行的那天起,李明权暗暗地在心里立下过目标,那就是成为独当一面的维修师傅,开一间自己的修理店。只是,当初他认为汽修对学习基础要求并不高，入行后才发现这一认知其实是大错特错的。汽修这一行门槛看似很低，但是要提升技术，需要掌握的知识就多了，这一行的台阶其实在门里面，入门只是开始，门里的台阶却永远没有尽头。

武汉5年，沉迷于汽修世界的李明权渐渐地感受到学习进步的阻力。由于很多师傅有着"教会徒弟、饿死师傅"的执念，往往在维修关键步骤就支开学徒，让学徒去拿工具或是什么，当李明权拿到师傅需要的东西回来时，师傅早已完成关键操作，他想学习提升自己的关键技术十分困难。此外，因为那时汽修行业相关资料十分缺乏，碰到故障需要诊断时，知识储备有限的李明权往往只能抓瞎。

面对现实的种种状况，李明权不由开始思考，要一辈子继续这样做着最基础的拆卸、换零件的工作吗？彼时，山里少年本不娇气的手，已经能捏稳装卸钳，能够熟练使用万里表、试灯，那手已被工具和零件摩挲出了厚厚的茧。那茧里藏着生活真实的秘密，李明权在那茧里酝酿、挣扎，试图破茧而出，飞向更辽阔的世界。

2001年末，从武汉回到蕲春过年的李明权又一次见到了回老家过年的同学们，那些早早辍了学的同学们，都去了深圳、东莞等南方城市打工，听着他们描述的精彩世界，李明权不由得在心里思索，我是不是也可以去南方闯闯？

得知李明权想去广东，一位同学很是热情，邀请他去所在的公司（后来才知是传销组织）一起"发大财"，还说那公司很难进，但我们是同学，我帮忙推荐你进去，你可以少交点钱。李明权仔细一想，我有汽车维修技术，为什么还要给干活的地方交钱？应该是公司给我钱才对。朴实的他觉得同学说的赚大钱既不真实也不靠谱，便拒绝了那位同学的邀请。但是,李明权没有放弃心里见见世面、看看不同城市的想法,他觉得自己应该能依靠所掌握的技术挣口饭吃,说不定还能学到更好的汽车维修技术。这个想法在他的心里激荡、扎根,并很快发出了芽、付诸了行动。

在特区深圳成长、升华

多年以后的今天,李明权还清楚地记得自己第一次来深圳那一天的情形。

那是2002年的春节,办好了边防证,李明权穿着厚重的棉袄,坐着绿皮火车,从湖北奔赴深圳。

一路行来,每到一站就暖和几分,身上的衣服慢慢除去。十几个小时后,火车慢慢地进了南头关,下车时只需一件薄衣即可,这让在湖北长大见惯了四季分明变换的李明权觉得十分惊奇。而后坐公交车,经过笔直宽敞的深南大道,两侧大树林立、鲜花似锦,华侨城四周更可媲美武汉的公园,这让初来乍到的李明权瞬间爱上了这座城市。

城市美丽又充满生机,每个人都忙忙碌碌,到处都在建设,没几天就有新的高楼拔地而起。但是,初来乍到的李明权要扎根下来,却有着重重的困难。

首先是居住证问题。在武汉近5年,李明权的工资多补贴妹妹读书和家用,自己所剩无几,买了来深圳的火车票,在上沙租下一间蜗居后,他已经付不起350元的居住证办证费用了。

于是,为了躲避查暂住证的人员,李明权只能每天瞄准时机,偷偷摸摸下楼买点食物及一份《深圳特区报》,然后立马回到房间。

李明权猫在房间里仔仔细细地阅读报纸上的招聘信息，若看到有招聘汽修工的相关广告，就又瞄准时机偷偷下楼出门，坐公交车去到罗湖人才大市场，买下5块钱的门票进去面试。

一个星期左右，李明权终于找到了在深圳的第一份工作，入职宝安区一家从事汽车翻新的修理厂。没有劳动合同，没有五险一金，住的是集装箱，蚊子几只就能装满一盘，这样的条件下，李明权干劲十足地工作了半个月。半月后，他却被修理厂告知自己被解雇了。原来，修理厂是因为新接了一批翻新车，业务瞬间增多了，才招聘了一些临时工，这些工作一做完，自然就把这些新人都炒了。被炒后，修理厂只允许再住3天的集装箱就要清理人员，李明权只好继续买特区报、看广告、应聘，并在这些过程中想尽办法躲避检查人员。

跌跌撞撞、兜兜转转，初来深圳的李明权找工作、换工作，一会儿做翻修，一会儿做汽车GPS安装工，直到几个月后，他才终于找到了一份较为稳定的工作，就职位于上梅林的深政汽车维修中心。

在去深政汽车维修中心应聘之前，李明权听说这间汽修厂在深圳曾风靡一时，进去都得靠关系，他心里很是忐忑，不知道自己能不能进得去。应聘的那天，当时的刘厂长亲自考核了李明权，原来阅读和熟记的汽修理论在那个关键时刻派上了用场。厂长感叹小伙子扎实的理论基础，夸他是整个修理厂理论知识最好的，便破例聘用了李明权。李明权也成为这家修理厂开业以来通过招聘入职的第一个员工。

因为找工作的不容易，李明权十分珍惜这份工作，踏踏实实从中工做起，一步步升到电工组长。在工作和融入深圳的过程中，他努力克服自己的内敛性格，努力学习普通话，和同事的交流逐渐多了起来。慢慢地，从和同事的交流中李明权了解到，部分同事在考汽车维修相关证件。汽车维修居然还能考证？还有各种级别？这让李明权深刻感受到特区之"特"。

不甘落人之后的李明权，很快打听清楚了报名的流程，跑去人社局报考了"汽车维修电工（初级）"。没有培训，没有资料，仅靠着以前看书记笔记的功底，李明权理论、实操考试一次过。

再接再厉，虽然李明权那时候并不知道考证有什么意义或好处，只是觉得既然考了就坚持考完，考到顶级，考到考无可考。中级、高级、技师、高级技师……李明权一边工作一边考，到了2012年的时候，他取得了深圳市汽车维修电工的（一级）高级技师的职业资格证书。后来因为国家对职业资格证书进行了改革，李明权又于2019年去考了汽车维修工的高级技师，成为深圳为数不多的拥有"双高级技师"的专业技术人员。

现在回忆起那些考证的时光，李明权坦称自己也有多次想要放弃的时候，因为对于中学毕业的他来说，许多知识需要付出比别人更多的时间和努力才能掌握。不过，因为在工作过程中明白汽修其实是一门对理工基础要求很高的技术，不甘落后的李明权还是坚持了下来，在拿到"双高"证书考无可考之后，李明权才算长长地松了一口气。后来，他总是将自己的亲身体会分享给自己的学徒们：职业证书或许并不能代表什么，某种意义上，它们犹如一套潜水装备，你们在岸上的时候不觉得它们有多重要，但是当你需要在行业里深潜的时候，你就会知道它们的必需性和重要性；而等到要用的时候再去考，那肯定是晚了的。

或许，学习就是实现梦想的开始。李明权就这样锲而不舍地学习着，通过自己的努力得到一沓沓的准考证和证件，也因为一沓沓证件让自己工作起来更得心应手，后来更因为一沓沓的证件入了深户,成了真正的"深圳人"。

李明权热爱学习,他把业余时间都用来阅读业务书籍,钻研汽车理论。在漫长的学习考证过程中,他发现,考证自然是一种硬核的学习方法,但还有一条特别的进步之路,那就是汽车维修竞赛。

为了鼓励自己多阅读、快进步,李明权决定参加汽车维修技能竞赛,以赛促学,了解行业动态,增强自身技能。只是"一日入赛"后,李明权便深深地感受到其间的艰辛和不易。

2002年,李明权尝试参加了深圳市的汽车维修技能竞赛。结束竞赛时他并没有看到成绩,后来经过多方打听,李明权得知自己进入了前百名,也很是激动开心。

2008年,李明权第一次正式接触汽车维修技能竞赛,代表深圳深业东风本田店去参加"东风本田售后服务技能竞赛全国总决赛"。当时,这个活动是在全国几百家特约店内推出的店内选拔赛比拼,旨在提高东风本田特约店维修技术水平,提升售后的汽车维修能力,以及服务人员的服务水平和技能。

当时的竞赛,理论分占比30%,实操占比70%。其中实操环节为时60分钟,须在指定时间内按标准流程找出故障并一一排除。但是赛事故障一般设置得比较巧妙,还要求作业过程标准、流畅,能正确使用工量具和仪器设备,各项操作必须符合平安操作规程,这一切都需要扎实的理论知识和滚瓜烂熟的实际操练。

报名后,公司给了李明权一个多星期的脱产学习时间。他白天在车间练习故障排除,晚上一个人在公司会议室研习理论知识。偌大的公司,一到夜晚就空旷寂静,加上一些志怪传说,李明权需要克服自己的恐惧心理才能全身心投入。在备赛的日子里,他常常看资料到深夜,除了汽修理论,还把比较生僻的相关书籍看了一遍又

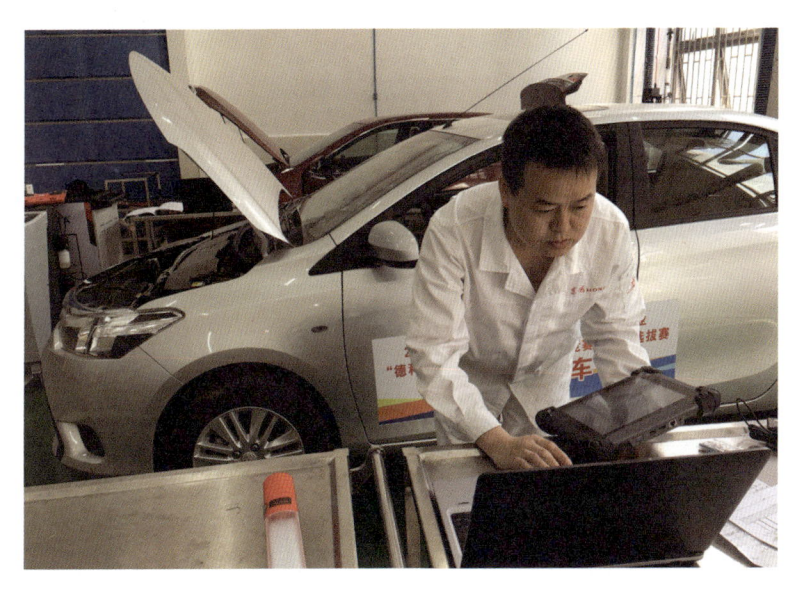

李明权在 2017 中国技能大赛广东省选拔赛训练现场

一遍,一个星期里光做笔记就写干了 5 支水性笔,连做梦都在复习理论和排除故障。

  一次次地拆下部件,一次次地检测,一次次地排除故障……在这重复辛苦的过程中,李明权也有过怀疑和迷茫。因为在他刻苦学习、训练的时候,公司其他的同事则轻松快乐得多,他们下了班后去唱歌、喝酒、打牌,这对比导致巨大的心理落差,让李明权怀疑自己这么孤单和辛苦的学习训练究竟有什么价值和意义。但是,等到他熬过种种辛苦,先后获得华南区第一名、全国第三名的好成绩,站在比赛领奖台上接受颁奖的时候,李明权瞬间笃定了信念:学习是有意义的,学习不是为了别人,而是为了让自己更有价值。这深刻的历练不仅给李明权带来了荣誉,更为他以后的职业道路打下与别人完全不一样的坚实基础。

从此，李明权习惯性参赛、上瘾性参赛。2010年，为了参加全国交通运输行业"卡尔拉得杯"机动车检测维修职业技能竞赛，李明权用一个月时间，读完了整整四本厚厚的维修手册，最终获得了广东省第三名，并荣获了"广东省交通技术能手"称号。

越赛越勇，越赛技术越精，越赛越自信。李明权刻苦地学习和钻研，让自己在汽车维修技能大赛方面取得了斐然成绩：2008年、2010年、2011年三次参加东风本田全国汽车维修技能竞赛均荣获最佳维修技师银奖；2010年、2013年两次参加广东省汽车维修技能大赛均获得第三名；2013年、2014年参加深圳市汽车维修技能大赛荣获二等奖；2017年参加深圳市龙华区汽车维修技能大赛荣获第一名，熬了多年的"千年老二"实现首次赛事夺冠；2017年参加广东省汽车维修技能大赛摘得桂冠；2017年参加全国汽车维修技能大赛荣获第十二名。

苦读理论，勤练技术，努力参赛，奋发图强的李明权从大山里走到武汉再走到深圳，从小学徒成长为技术能手，逐渐成为深圳业内颇有名气的汽修匠人。但是，在李明权的心里始终有个遗憾。曾经，因为家境贫寒，他未能上高中，更没机会上大学。在人人奋进的深圳，李明权也想完成自己的梦想。最终，在家人的鼓励下，李明权参加了成人高考，在2013—2015年期间努力学习，顺利拿到湖南工程学院的本科毕业证书。拿到证书的那一刻，李明权微微地笑了，那潜藏多年的夙愿终于以一种特别的方式得到了实现。

"深圳的高科技和互联网飞速发展，汽车行业也在快速发展，汽车每多一个新的元素，比如新能源汽车、纯电动汽车、混动汽车，对维修行业就是一个新的挑战。"李明权总是这么感叹，"现在的汽修行业越来越精细、越来越品牌化，我们的工作面临越来越多的挑战。所以，作为一名维修人，不管在什么阶段都需要学习，不断提高职业素养和专业技能，这样才能与时俱进，才能不被行业淘汰。"他是这么说的，也是这么做的。李明权坚持考证、积极参赛、努力自考，将对知识、技术的焦虑化为了学习动力，在深圳不停成长、升华，在岁月里积淀下丰厚内存。

汽修匠人蝶变"专利人""论文人"

"生活从不眷顾因循守旧、满足现状者，从不等待不思进取、坐享其成者，而是将更多机遇留给善于和勇于创新的人们。"李明权以自己的实际行动验证了这一理论。就如今天，很多人难以相信，作为一名汽车维修技工的李明权竟然已经取得了5项行业专利，而这些专利，皆来自他在日常工作中的细心观察、探索思考。他独辟蹊径寻找解决问题的办法，创新创意改善维修工具，在收获专利的同时也将自己提升为实干型的高技能人才。

若问李明权，修车最难的是什么，他会毫不犹豫地说，那就是"诊断"，拍板修哪里。"修哪里"虽然只有简简单单的三个字，能做到这三个字的师傅却必须修车破万部，还有着扎实的理论基础。因为一辆有问题的车到了手里，就如一位病人到了医生面前，基本检查过后，症结在哪里，该如何动刀，都依赖医生丰富的学识和经验。

"汽修工人有点类似医生，但又有点不同。"李明权说，"人体脏器分布、血管神经走向都是一样的，而不同品牌汽车的零部件位置、电路走向可能完全不同。"正是因为时时刻刻存在的不同、随时随地出现的新问题，就更需要汽修匠人具备扎实的基础知识和敏锐的分析判断能力。

2010年，李明权在深圳市深业东风本田汽车销售服务有限公司工作时，收到一些车主的反馈，说汽车喇叭偶尔会摁不响。从车主的反馈来看，这种情况一个月会偶尔出现一两次，故障不能再现，诊断起来就困难得多，但是又不能不解决。因为喇叭失灵的次数虽然不多，但若在行车过程中碰到需要喇叭提示的紧急情况，喇叭刚好发生故障不响了，势必会对行车造成巨大的安全隐患。

针对这一现象，李明权对相关车型进行了仔细的研究分析，不久后他发现，这些出现问题的车型的方向盘轴承在转向过程中会偶尔出现电阻过大的问题，这直接导致了喇叭的继电器不能闭合，从而导致喇叭失灵。找到了症结所在，李明权便尝试对线路进行改良，使得这一故障得到彻底解除。后来，他将此问题和解决方案反馈给东风本田制造厂，之后东风本田对思域、CRV车型进行了召回，厂家对召回车辆的处理方法原理、所采取的改良措施与李明权的处理思路基本一致。

心细如发，专注于行业的细枝末节，这就是李明权心里的匠人精神。他一直认为，自己的学历不够，专业知识也不够，做不出革新技术等伟大成就，但是他可以在日常工作中发现问题、解决问题，并将解决问题的办法分享给更多的人。

工欲善其事，必先利其器。李明权不仅潜心钻研汽车维修技术，也十分关注汽修工作所使用的工具，因为他认为，在汽修工作中称手的工具十分重要，甚至直接影响工作效率。在日常工作的过程中，李明权发现由于市面上没有较好的减震器拆装工具，使得更换减震器的工作效率很低。于是李明权把这一疑惑和改进想法分享给同事，并带领大家一起动手改良拆装工具。经过多次试验和改良后，最后推出的减震器拆装工具使维修时间从原来的50分钟缩短至30分钟左右，大大提高了工作效率。李明权当时所就职的东风本田每年都会举办NHC（改善与创新）活动，号召来自东风本田、供应商和特约店等全价值链的员工在生产改善、经营管理中进行创意创新，李明权改良的减震器拆装工具就荣获了当年东风本田NHC活动的金奖。

细微之处有真理，点滴之处见创新。2013年，李明权取得了汽修生涯的第一个专利——雨刮器撑起装置。某段时间，李明权经常听到一些客户抱怨说雨刮器怎么刮不干净雨水了，前挡风玻璃上总留有水渍，很影响雨天的行车安全。经过问询调查和观察研究后，李明权觉得，这应该是因为夏天的温度十分高，车辆在没行驶的时候，雨刮器停留在被晒到高温的挡风玻璃表面，长时间的高温和压力，导致了雨刮器的胶条变形、老化，使用起来自然就刮不干净雨水了。这个问题要怎么解决呢？李明权思索良久，经过多次设计和改良，最终制作出一个雨刮器撑起装置，在雨刮器不工作时，将雨刮器与挡风玻璃分离，从而减小高温和压力的影响，避免雨刮器的橡胶片老化和变形，从而延长雨刮片的使用寿命；而在开启雨刮器时，雨刮器则自动与挡风玻璃贴合，正常工作。李明权的雨刮器撑起装置，使得雨刮器的平均寿命提高了4倍，这一项目再次斩获了当年东风本田NHC活动的金奖，更在当年获批国家专利。

"其实，专利没有想象中的那么难，但也没有那么容易。"李明权总是谦虚地说，"我就想通过一小步一小步的进步、小点小点的改善，以自己的点滴创意让汽修工作变得更简单、更便利，为客户快速、经济地解决问题。"李明权笑得憨厚，言辞也朴实。

如在日常工作中，李明权发现维修过程中经常使用的测电笔存在些设计问题，因当前市面上的测电笔多是 LED 的，电阻低时可以点亮，电阻高时也可以点亮，测量结果无法准确反映问题。针对这一缺陷，李明权设计制作了可以实现灯泡负载测试、无负载电压检测和有负载电压检测的"多功能汽车测电笔"。这种测电笔在维修的过程中，哪怕遇到汽车电路接触不良也可以使用。李明权的"一种带电压显示的多功能汽车测电笔"于 2018 年申请获得了国家专利，在 2021 年底制作出了第一个模板，2022 年 5 月已正式推向市场，为更多汽修人提供得心应手的维修工具。

都说"艺术源于生活又高于生活"，对于李明权来说，发明也是一门艺术，来源于工作过程，又提高了工作效率。如在工作中，李明权发现目前使用的手动加机油装置操作起来很是不便，便想着能否在汽车上设置一个自动加注机油的装置，这就有了专利"一种机油自动加注装置"；因为观察到某些车载设备存在漏电问题而车主并无发觉，就有了专利"车辆漏电检测显示提醒"……就这样，在长期的汽修工作实践中，李明权先后发明了"一种带电压显示的多功能汽车测电笔""具有导油功能的手套"等 6 项实用新型专利。

专利有如职业证书，有如赛事奖牌，给李明权带来满满的成就感，因为自己的努力劳动和探索创新，让更多同行少走了许多弯路，为更多的客户解决了实际问题。但修车如修行，李明权始终抱着艺无止境、精益求精的态度，面对一辆辆的"疑难杂症"，啃同行之不能啃，修同行之不能修。

2019 年，一位汽修厂同行找到李明权，让他维修一辆吉利 EV300 的纯电动汽车。这辆汽车是发生碰撞事故后出现了故障，在近 8 个月的时间里辗转了 3 家 4S 店，更换了六七万块钱的零部件，问题却还是没解决，车辆要么不能加速，最多只能到 40 千米，要

李明权介绍自己的"汽车多功能测电笔"

么加速很好,但是丢油门以后,车辆就突然顿挫,全车断电无法使用。几家修理厂想尽了各种办法,却还是修不好这台车,客户又等着车用,最后一家修理厂无奈只好跟客户买下了这台车。零部件换无可换,车却仍没修好,同行深知李明权汽车电路方面功底扎实,便将最后的希望寄托在他身上,将这部收回来的"试验品"拉到了李明权这里。接到这个"烫手的山芋"后,较少维修纯电动车的李明权进行了抽丝剥茧般的仔细检测和排查,最终他发现是车辆有两条 CAN 线的电阻比正常值约大了 0.8 欧姆,通信出现了延时,所以导致车子一加油就断电。

在汽车维修业界有句名言,"接线不要钱,知道怎么接线最值钱"。找到了问题所在的李明权展现了自己积累的技术价值,以自己的方法重新连接了两条线,只用一个星期就将能正常使用的车交付给了同行,让同行感叹,有难题找李师傅就对了。

这样的疑难问题,李明权遇到过太多。2022年初,他又收到一辆来自别的修理厂求助修理的本田CRV,故障是快速打转向的时候方向机的灯会闪一下。该修理厂收到车辆后将方向机换了,方向机的电脑换了,发电机换了,电池也换了,凡是相关、不相关的零部件都换了个遍,却始终没能排除故障,修理人员彻底蒙圈,实在不知道该换什么了,只好拉到李明权这里。

"在修车过程中,谁能拍板该换什么谁就最重要。"因为平常人会认为汽修是一门对学习基础要求低的学科,其实汽修是一门对理工基础知识要求很高的技术。知识是判断故障的基础,大多数汽修工正是被知识所困,李明权对这一点却很是自信。

同行将车交到李明权手里后,问需要多少钱,李明权了解了基本情况后说大概800块吧,同行闻言乐呵呵地回去了。接手后,李明权对此车辆进行了仔细的检测,发现方向机的输入电源和电池电压之间,间歇的瞬间会有2伏的电压降,这个是不正常的。最后李明权确定是因为一条电线的负极接触的一个螺丝没拧紧,有点烧蚀,导致电阻过大。于是,李明权将该螺丝取下打磨了一番再装紧后,故障就彻底解决了。最后他还给同行打了个折,象征性收费600元,皆大欢喜。

疑难杂症,找李明权。在深圳汽修行业里,大家都知道李明权,很多汽修厂无法修理下去的车,很多修理厂不接的车,到了李明权手里,哪怕只有1%的希望,他也会竭尽全力。李明权说自己就是一个汽车医生,而要做好医生,就要了解不断更新换代的汽车,需要不断地学习钻研和实践。

"我想做好汽车医生,也想成为一名汽修作家。"或许是因为心底潜藏多年的那个作家梦，李明权在勇攀汽修技术高峰的同时，也尝试将自己碰到的案例、解决的办法通过文字分享给更多人。早在 2002 年的时候，在深政汽修厂工作的李明权就接触到一本没有封面和结尾看起来是专门发表汽车维修案例的不知名称的杂志，他阅读之后受益匪浅。于是，李明权尝试将自己的维修案例《别克 GL8 门锁自动打开》撰写出来，稿子写完后，将其投递到了位于沈阳的《汽车维修技师》编辑部。没想到没过多久，他就收到了杂志社寄来的稿件采用确认函，稿子不但顺利发表，还登上了封面。

自己的文字居然变成了铅字！发表"处女作"带给李明权巨大的鼓励，于是他再接再厉，继续写，继续投，至今已累计发表汽修相关理论实践文章 20 余篇次。每次收到那两三百块的稿费，李明权的心里总充斥着满满的成就感，因为在他的心目中，这些钱有着与其他钱都不相同的无与伦比的意义。经常地练习写作，也在他考证过程中发挥了巨大作用，在考技师、高级技师需要撰写论文时，李明权因为有日常的历练觉得毫无难度。

受到李明权的带动，身边的同事朋友也纷纷提起了笔。针对汽修业同行普遍文化水平不高、文字水平有限等问题，李明权总是热心地与他们分享自己的撰稿经验、投稿历程和选材选题。在李明权的帮助下，有多位汽修同行的文字变成了铅字，有更多的劳动智慧被广为传播。

只要用心，只要坚持，梦想总有实现的时候。就如乐于把自己的所学、所解、所得分享给他人的李明权，创造了一项项专利，提升了自己的技术价值、人生价值；创作了一篇篇文章，以一种特别的方式推广了自己的工作经验，也以另一种方式实现自己的作家梦。

"修"进人民大会堂

  学习学习再学习,比赛比赛再培养学生参赛,发现发现再发现,李明权一路走来,关注着每一辆车每一公里的安全。就如今天,当他在路上偶尔发现了一颗螺丝钉,也会出于职业的敏感捡起来,仔细地研究这颗螺丝可能来自什么物体的什么部位。这不仅有保有好奇心、求知心的因素,更因为他会担心若任由这颗螺丝躺在路上,说不准什么时候就会扎了谁家汽车的轮胎。

  从 2002 年来到深圳,转眼华年已逝 20 年,李明权在汽修行业日省月修,通过自己的刻苦钻研、虚心学习,实现了从学徒到技术能手到汽修匠师的华丽转身,先后荣获了"全国交通技术能手""2017 年广东省技术能手""2018 年广东省技术能手""广东省交通技术能手""全国劳动模范""广东省劳动模范""深圳市鹏城工匠""深圳市高层次人才""深圳市五一劳动奖章""深圳市技术能手""深圳市第五届技能标兵""龙华工匠"2021 第四季度"广东好人"之"敬业奉献好人"等多项荣誉称号。

  一次次走上领奖台,一次次手捧证书或奖杯,这些激励李明权成长,让他更加自信,让他坚持学习并获得学习带来的安全感,更让他在行业里持续得到认可。在荣誉纷至沓来的过程中,李明权从最初的心潮澎湃到渐渐习惯和淡定,他始终铭记着袁隆平的一句话:"荣誉不是炫耀的资本,也不意味着到此为止,那只是一种鼓励,鼓励你向更高的目标攀登。"

  但是,若提到 2020 年 11 月 24 日,李明权还是会难掩激动的心情。那一天,"2020 年全国劳动模范和先进工作者表彰大会"在

2020年，李明权被评为"全国劳动模范"

北京人民大会堂隆重举行，李明权被评选为"全国劳动模范"，走进了人民大会堂接受表彰。

以前，对于李明权来说，人民大会堂只存在于小学课本里、电视新闻里、报纸上的照片里，他从来没想过，自己有一天会走进人民大会堂，还是在那接受国家级的表彰。

那一天，李明权迎来了自己人生的高光时刻。迈上人民大会堂台阶的时候，他的腿有点颤抖，手心微微冒汗。人民大会堂没有儿时想象的大，桌椅有点陈旧，但是十分整洁干净、威严肃穆。在5年才召开一次的大会上，李明权十分专注地聆听着中共中央总书记、国家主席、中央军委主席习近平发表的重要讲话，内心作为一名劳动者的自豪感油然而生。那多少个苦读的日日夜夜，多少次在汽车零部件上的摩挲，多少次倾听汽车机器运行的声音，那一路走来的彷徨迷惑、经历的至暗时刻，都在这一刻得到了肯定、获得了答案。

这让李明权再次坚信，只要努力学习、扎实肯干，就一定有收获的那一天。

在那次会议上，习近平总书记表彰和肯定全国劳动者做出的巨大贡献，号召大家要把国家的奋斗目标作为个人的奋斗目标，努力提高技能水平，技能报国。备受鼓舞的李明权在心底默默地设下了许多计划，包括如何继续努力提高技能水平，服务更多的人，不辜负"全国劳动模范"的荣誉称号；比如传道授业，为更多的汽修人分享自己的知识经验，提供力所能及的帮助、指导等。

修车、修己、修他人

其实，早在2009年，李明权就踏上了讲台。那一年的某一天，当时深业集团的李国忠递给了李明权一本书，跟他说："明权啊，我给你找了一个活，你明天晚上去深圳第二高级技工学校（现名深圳鹏城技师学院），给社会上的汽车维修工上课，课程内容是你拿手的汽车维修电工，一节课150块钱，税前。"

接过那本书，李明权又惊又喜，惊的是自己居然有走上讲台的一天，自己能不能讲好课给学员带来真正的收获呢？喜的当然是多了一项收入来源，养家糊口多了一番助力。

于是，李明权立刻开始温书，当天晚上还熬夜认真做好备课。第二天下班后，李明权就赶紧坐上公交车去到梅林上课。

尽管做了充分的准备，第一次走上讲台，李明权还是十分紧张，两个小时的课上完后，他愣没敢朝台下看一眼。台下多少学生，他不知道；督导什么时候过来听课的，他不知道，什么时候走的，更不知道。更尴尬的是，还没到下课时间，他准备的课程内容就讲完了。

但是，课还是继续上下去了，虽然有着重重的困难。如白天要上班，在车间干活很是忙碌辛苦，完全没有时间做课件。晚上回家还要帮妻子带孩子，毕竟那时候孩子才3岁，妻子也很辛苦。李明权觉得带孩子可比修车和上课更辛苦，也想让妻子轻松一会。等到孩子睡着了，李明权就先眯一会，到了凌晨2点钟左右起床，逐字逐句地敲打键盘做课件，做到6点左右再睡觉，然后8点起来去上班。那个时候，刚走上讲台的他也不知道找谁要课件、哪里可以找到相关课件，就只好自己做，乃至于后来所有上课的课件基本都是出自李明权自己。因为积攒的丰富理论知识和工作经验，李明权清楚地知道哪些知识在日常工作中比较实用常用，学员们了解学习这些知识后对工作有着怎样的参考价值。他将自己历年的积累做到课件中，讲起课来自然更为得心应手和自信，也为学生们带去了具有实践意义的知识点。

就这样，李明权每天半夜2点多做课件，6点多睡觉，8点起床上班，下班后坐公交车去到学校上课，下了课再坐公交车回家。周而复始，这样熬了两个多月，功夫不负有心人，他从刚开始上课的紧张、不敢朝台下看，到能够熟练地掌握课堂节奏、传授技能。当李明权带完第一个班后，得到了学校督导、老师和学员的一致好评，他也逐渐成了行业里的一名良师。

入行传道授业，李明权对汽修行业有了更多的了解。在他看来，深圳的汽修行业人才队伍建设情况不是很好，因为汽修业蓝领工资待遇20年来基本没有太多变化，加上人们对汽修行业脏兮兮、苦哈哈的刻板印象，让汽修这一技术活变成人们眼里的服务业；再加上房租费用高、工资待遇普通等原因，很多年轻人不愿意选择进入汽修行业，这就导致行业内十分缺人，优秀的技师更是稀缺。

李明权相信，再小的个体，也能散发出微光，也能影响他人。在他走上讲台以后，很多学员因为李明权身上的种种光环和取得的不俗成绩而崇拜他，进而对汽修行业改变了看法。对此，李明权很是欣慰，也深情寄望："现在，许多年轻人认为制造业工作艰苦，待遇不理想。我觉得应该大力营造崇尚实业的氛围，吸引和鼓励更多年轻人留在制造一线，让年轻人感到自己被社会需要，只要下苦功实干就能得到回报，才会提升汽修职业的获得感，从而努力去追逐和实现梦想。"

铢积寸累，从2009年踏上讲台到2017年，李明权在深圳第二高级技工学校累计培训学员500余人次，为深圳汽修行业培养出一批批优秀技术人才。因为李明权扎实的理论基础、赛事经验，出色的论文水平、培训成绩，他被邀请担任深圳市汽车维修电工的高级考评员，还多次被深圳市人社局邀请参加深圳市职业技能鉴定试题库的"汽车维修电工"初级工、中级工、高级工、技师级别的考题大纲、理论题库与实操题库的修订工作，及广东省职业技能鉴定题库的修订工作。李明权还多次受邀作为主讲人，参加深圳市职协组织的汽车维修技术沙龙讲座。

时代快速发展，经济飞速腾飞，日新月异蝶变的深圳城市凝结着一批批建设者的智慧和汗水，无数匠人的心血和付出。"2002年来到深圳应该是我人生中最正确的一次抉择。"李明权总对朋友这么说，在他的眼里，深圳是一座公平、开放和包容的城市，这里发生的故事、诞生的神话、公平的就业环境、优质的营商环境让他勇气满满，激情奋力打拼。"或许，只有深圳能够成就我。因为在这座城市，只要你踏实肯干，人人都能站稳脚跟；只要不断学习，专注某一领域，成功只是时间问题。"

李明权为学员讲解汽修知识

在李明权的眼里,深圳就是一个优质的平台,而平台对于追逐梦想的人十分重要,就如他时常会对学员讲起的一个关于"扶鱼"的故事。

一次,李明权的妻子去超市买鱼。那天超市做活动,买一条送一条,妻子当天晚上烹饪了一条,剩下的一条放在盆子里面养着。李明权回家以后,发现盆子里的那条鱼侧着身子在呼吸,就问妻子,这条鱼怎么侧着身子?妻子说不知道啊,我把它扶正了,手一松开,它又躺着了。李明权蹲在盆子边观察了一下,心想会不会是水不够,于是加了一瓢水到盆里,鱼的身体立马就正了,快乐地游动起来。李明权若有所思,也许人就和那鱼一样,哪怕你很上进很努力,但是没有好的平台,没有最后加的那"一瓢水",就不可能游动自如。那水就是外部的条件,就是平台,当你足够努力、拼命上前,那只要适时地来上"一瓢水",也就是外部的条件稍一改善,便可以马上立起来,获得成功。当然,如果一个人很懒惰、不思进取,即使给他再多的水,哪怕是将其放到江河湖海里也是枉然。"作为一个单个的个体,我们当然无法去改变所有的外部环境,但我们可以时时刻刻修炼自己,维持自身强大的生命力,这样只要外部条件一成熟,便可以获得成功了。"

李明权善于从工作中发现问题、解决问题并探明更便捷的路径,也善于从生活中的小细节里得出有益的思考。如2021年,他去参加龙华区第一届人民代表大会第六次会议,和代表们一起散步时,发现有棵发财树被人连树带盆放在草地上,他便问同行的人:"您觉得这棵树这样能长高长大吗?"同行的人说自然不行,因为下面的盆太小。李明权又问:"那若将它移出来种到土里呢?"同行说那自然能了。李明权明白,相同的一棵树,因为环境的改变,就会有不同的成长结果。因为,宽广到足够扎根生存的土地,对于树木来说就是平台。

从普通的汽车维修工人到如今的汽修行业大咖,李明权认为除了自身的努力,更离不开自己选择扎根的深圳城。"从某种意义上来说,深圳就是我的'那瓢水'。我就是一棵树,扎根在深圳肥沃宽广的土地里。"而扎根的方式,对于李明权来说,除了认真工作、不断学习、传道授业,还有工作室、网络等广阔天地。

2015年李明权获得"广东省劳动模范"荣誉时,致力于充分发挥广大劳动模范的示范、引领和辐射作用的深圳市总工会,在全市各行各业启动"劳模创新工作室"创建活动,批准授予成立"李明权劳模创新工作室",为全国汽修从业人员打造了一个在线参加职业教育、提升专业技能的公益平台。2019年,深圳市龙华区人力资源局又批准成立"李明权汽车维修技能大师工作室"。

在深圳市总工会和龙华区人力资源局的支持下，李明权依托两个工作室，搭建汽车维修技术交流平台，促进行内交流，力求创建一个专业的汽车技术相关人士的交流学习的平台。他先后建立5个相关微信群，群员达2300余人，形成秩序井然的良好交流环境。

通过"李明权维修技能工作室"，李明权整合组织自己在深圳业内积攒的不同汽车品牌4S店的汽车维修、技术人员为导师，为非汽车4S店的维修同行提供公益培训，形成政府资助课酬、专业人员参与授课、学员免费培训的公益培训模式，后来甚至还将课堂拓展上线腾讯学堂、百度传课等网络平台，惠及全国的汽修同行。

"作为一名在深圳奋斗多年的技能人才，我高兴地看到近年来政府部门对技能人才的支持力度在加强、对职业技能教育的投入在加大，也愿意发挥自己的业务专长，尽自己的能力帮助更多的一线工人提高职业能力，做到学以致用、融会贯通。"但是，如今的汽车维修行业，维修工作分工越来越细化、越来越品牌化，会修奔驰的不一定会修宝马，会修宝马的不一定会修本田。"所以，我很想利用好工作室这个平台，发挥好各4S店技术人才的专业能量，号召大家来参加培训交流，并带给大家所需要的知识内容。"李明权说。让他感动的是，有时工作室的一场讲座会吸引百余名学员参加，有些学员甚至是从广州、中山等地赶来。这让李明权更坚定认为自己工作室开展的公益培训意义非凡。

饮水思源，倾囊相授，李明权致力于为汽修行业培养更多的专业技术人才。从2016年至今，李明权两个工作室累计开展公益培训课程28期，累计培训学员1700余人次。工作室先后培养了20名电动汽车高级工、5名汽车维修高级技师和3名技师，同时协助龙华区开办汽车维修技能竞赛项目,获得了主办方、承办方以及参赛选手的高度认可和好评。

"我给自己的定位不仅是一名工匠,更愿是一位匠师。"李明权说,"深圳市很多政府部门给了我很大的支持,取得今天的成果,并不是我一个人在做这个事情,而是大家的力量凝聚而成的。"

与时俱进,李明权的工作室不仅开设汽修相关公益培训,更积极开展汽修技术攻关、技艺创新传承等交流活动,兼具了业内技术疑难杂症研究中心的功能。一些修理厂修不好、没有人接、不确定要花多少钱多少时间才能修理好的车,李明权便会在工作室里发动参与、集思广益,除了修好车,更将这些案例分享给业内同行和学员,既为同行解决技术问题,也成为一些没有技术支持的修理厂某种意义上的技术后盾。李明权还计划在工作室成立"汽车维修疑难故障诊断中心",从实际维修生产方面来帮助有需要的人。

修成"汽车科普网红"

"干一行,爱一行,钻一行,精一行。"这是李明权一直秉承的职业精神和专业态度。他在平凡的岗位上辛勤付出,对知识永不止步追求,对技艺精益求精探索,对人才孜孜不倦教诲,用勤劳的汗水和朴实的智慧诠释"工匠精神"。

"我认为的工匠精神就是我们持之以恒专注地做一件事情,把每一件小的事情做好,因为只有先把局部的小事情做好,从大局来看就会是一个好的结果。"李明权坦言,"即使前路依然漫长,但是对于专业技能的探索我不能放弃,这也是 20 年来深圳这座城市教给我的最宝贵的精神。"

李明权在深圳工匠活动周

汽车维修业与道路交通安全、大气污染防治、社会公众生活质量、汽车产业健康可持续发展密切相关，是重要的民生服务业。近年来，我国汽车维修业较好地适应了汽车产业和汽车社会发展，满足了广大消费者的维修需求，但也存在市场结构不优、发展不规范、消费不透明、不诚信等问题。

在李明权看来，汽修行业目前的矛盾，说到根其实是车主和4S店维修人员彼此之间信息不对称导致的问题。汽车维修流程复杂、专业性强，由于对汽修行业了解的专业程度不一样，导致巨大的认知差异，从而造成汽修业与消费者之间的深刻矛盾。

如某一年的"3·15"晚会报道，一位记者卧底汽修厂，让人故意把车的燃油泵的保险丝烧坏，然后拖到汽修厂去修。在记者或普罗大众的认知里，既然是燃油泵保险丝烧坏了，那就花几块钱更换一条保险丝就解决了问题，但接待的修理厂却给出了需更换燃油泵的3000元以上的修理方案。此类案例一曝光，就更激发了消费者和汽修厂的矛盾。但李明权认为，若从维修层面考虑，汽修厂给出报价3000的维修方案也并非无理，因为汽修技工会认为燃油泵保险丝本身不会无缘无故地烧坏，肯定是线路出现了过载或者短路，保险丝才会熔断，从而造成这个故障的，最大可能性当然是燃油泵，要查找清楚并解决问题可能就需要这么多费用。但是因为承修方和消费者之间存在专业知识的信息不对称，客户、维修工对汽车故障的理解不一样，加之媒体曝出的案例，加剧了车主对修理厂或者4S店的极度不信任，也让社会对汽修行业产生负面印象。

作为一名诚实守信的汽修匠人，李明权针对网上和现实中存在的误解声音，试图寻找渠道和方式，解决车主和维修行业信息不对称的问题。他一直思索要如何在深圳这座科技感十足的快节奏城市里，善用网络平台，搏击新媒体浪潮，传播推广汽车及汽车维修相关知识，让矛盾消除，让更多人少走弯路。

为向"有车一族"普及用车知识，李明权从2017年开始学习制作汽车维修线上课程，内容涵盖汽车保养、汽车通病类故障、易犯错误和汽车新技术等方面，在阿里的大鱼号、腾讯学堂、优酷视频、百度传课等互联网教育平台上上传视频，传播推广。

充分利用新的网络平台。2019年，李明权又在抖音平台开设了抖音号"李明权劳模说车"。"我想用通俗易懂的语言去普及汽车知识，让车主与修理人员沟通更顺畅，从而减少信息不对称这一矛盾，增强车主和维修人员之间的信任，减少社会沟通成本。"李明权运营抖音号的初衷还是致力于解决行业里矛盾产生的根本原因，"我的抖音号，是从纯技术的角度去客观介绍车辆的使用以及简单

李明权在深圳工匠活动周上分享汽修知识

的工作原理,不涉及任何营销,也不会以告诉大家如何避免被坑这些噱头去吸引流量。"

"李明权劳模说车"抖音号开通后,李明权将在日常工作中信手拈来的案例、问题进行一镜到底的简单拍摄,一次说清楚一件事情或一个部件、一个维修步骤或一个知识点,最后拜托朋友配好字幕就上传平台。简单的语言、生动的案例、浅显易懂的讲解、实用的知识,李明权的"劳模说车"很快就收获了"10万+"的粉丝。

粉丝量的与日俱增让李明权得到巨大的鼓励,他再接再厉,在繁忙的工作中坚持拍摄上传。截至目前,李明权已在"李明权劳模说车"抖音号累计拍摄、上传汽车、汽修知识相关视频400余条,收获粉丝"20万+",视频播放量破亿次,点赞量近120万次。其中置顶的一条关于转向灯为什么会闪烁得比较快的视频点赞量高达

"55万+"。点进"李明权劳模说车"的抖音视频评论区,就能看到很多的网友纷纷留言提出自己不懂的问题,李明权也会及时回复,给网友解答疑惑。朴素的言语、真诚的交流,让李明权得到很多网友的留言感谢。他们表示通过观看李明权的视频,对汽车的相关知识了解更多了,开车过程中如果出现一些问题或故障,自己也不会再束手无策。

无心插柳柳成荫。让李明权意外的是,自己的抖音号居然得到了深圳市的关注。在由深圳市委网信办指导,深圳市互联网行业联合会、深圳报业集团主办的"2021年深圳好网民正能量故事征集活动"中,李明权的"劳模科普汽修知识打破信息壁垒"故事入选"2021年深圳好网民十佳正能量故事"。

没有直播,没有噱头,李明权坚持按自己的方式运营着"李明权劳模说车"抖音号。"虽然目前我的号已经有点小红,但是我还是会继续踏踏实实地拍对车友来说很实用的视频,不能为了更红或者其他目的,做没有下限的事情。"李明权也正是这样一路走来,踏踏实实通过努力提升自身技能、提高个人价值,用实际行动回馈社会,帮助更多的人,影响并带动汽修行业诚信发展。

"没有一流的心性,就没有一流的技术。"的确,倘若没有发自肺腑、专心如一的热爱,怎有废寝忘食、尽心竭力的付出。就如从山区到特区、从辍学少年到拿下本科文凭、从维修学徒到业内匠师的李明权,他一步一个脚印,关注汽车的每一个零部件,熟知它们的性能、作用;关注每一辆车的行驶安全,并致力于为客户解决问题;关注汽修行业的现状和发展,为同行出策出力;关注汽修人才的培养和成长,在这个城市执着地追求自己的梦想……

李明权是一个平凡的人,是一个精益求精、扎根于细节的匠人。

李明权被评为第八届"十大闪亮龙华人"

而今天的中国,就是因为有李明权这般千千万万的匠人,我们的工业才得到长足发展,我们的技术才每每革新,我们才一次次摆脱别人的限制,在很多领域有了自己的话语权。

党的十九大明确提出:"建设知识型、技能型、创新型劳动者大军,弘扬劳模精神和工匠精神,营造劳动光荣的社会风尚和精益求精的敬业风气。"这一部署凝聚了全社会崇尚劳模精神、追求工匠精神的广泛共识。

"人材者,求之则愈出,置之则愈匮。"如果没有国家对技能人才的高度重视,就不可能会有李明权这类匠人出彩的机会。李明权感慨:"正是因为现代社会提倡劳模精神、工匠精神,有了这样良好的大环境,才有我现在的发展和些许成绩。"

近年来,小汽车逐渐走进千家万户,汽车维修业将迎来更为广阔的发展空间，也必将在服务人民群众平安、便捷、舒适汽车生活方面发挥更大作用。"未来，我在工作方面将继续精益求精，力争在现有基础上做得更好。继续踏踏实实修好车，不辜负客户、同行的信任；继续做好培训，为初学汽修的技工提供力所能及的帮助；继续办好工作室，组织竞赛，让大家学有所获，帮助别人，成就自己。"李明权表示，"我将为促进汽车维修业向着现代汽车服务业转型升级，为人民群众提供更加诚信透明、经济优质、便捷周到、满意度高的汽车维修和汽车消费服务而持续努力。"

为了更好地实现自己的职业梦想，在各种汽车维修大厂待过的李明权 2021 年与朋友一起创立了"深圳市汇诚汽车技术服务有限公司"。"汇"行业之技术资源，"诚"信服务所有客户，这便是李明权始终葆有的初衷。一台汽车有近两万个零部件，李明权就这样静静地，一直在这近两万个零部件里修炼，绽放着属于他的"匠"与"技"的荣光。

是的，时代需要用心、用情、用功的匠人，时代需要更多的李明权。

深川匠魂

凌云志

深圳匠魂

汽车维修漆工二级技师，机动车整形技术（涂漆）工程师，深圳工会七大代表，长期从事汽车维修漆工工作，荣获广东省"雅图杯"汽车维修漆工职业技能竞赛二等奖、深圳市汽车维修漆工职业技能竞赛二等奖，获得"广东省技术能手""广东省交通技术能手""深圳市鹏城工匠""深圳市技术能手""深圳市五一劳动奖章"等荣誉称号，率先实行自流平免磨中涂工艺和完成水性漆转换及快干技术，减少VOC排放70%左右，维修效率提升近50%，综合成本降低20%左右。

凌云壮志谱匠魂

——"广东省技术能手"凌云志的故事

海 舒

来到深圳市增特汽车贸易有限公司,如约见到凌云志。他很健谈,聊起工作上的话题,思路更加敏捷,如数家珍般娓娓道来。联想起之前看到的他先进事迹的介绍,不禁顿然恍悟,果真名如其人,他没有枉负了自己的名字。志在凌云乃心存高远,务实求索,每天干着常人眼里看似简单而又不易做到的平常事,他却用一次次的成功诠释了什么是匠人匠心。

说起他,是奥迪汽车4S店的一名普通维修工,每天给事故车辆修修补补。安于现状的人,只要按手册流程,该修的修,该换的换,不需要额外动太多脑筋给自己添麻烦。而凌云志却在修修补补的日常工作中,动足了脑筋,力求尽善尽美,可谓是"勿以善小而不为"。不仅如此,在本职之外,他还练就一手汽车维修行业内开车锁的独门绝技。凌云志是个没事爱琢磨的人,善于以小聪明开启大智慧,尤其是遇到解决不了的难题,他像着了魔似的,一头钻进去,非解决了不可。等他将问题解决了,很多人觉得这没什么,可上手一干就是行不通,这才知道不服不行。技能是不能掺假的,功夫不到,难以为匠。凌云志用十几年的时间,围绕本职工作可能遇到的各类问题，锲而不舍地钻研，一一破解许多人认为的不可解的难题。

　　凌云志在用一颗匠心，营造臻于完美的境界。一辆辆因事故而残损的车，从他和他的团队手中还新如初。凭借自己丰富的钣喷维修工作及流程执行经验，他练就了精湛的技术水平。作为钣喷行业的资深员工，他从未停止过追求，不断地学习各方面的维修技术，一直努力钻研各种疑难故障的解决方案。他秉持"食君禄、担君忧，不求最好、但求更好"的工作信念，遵循"取其精华、去其糟粕，择其善者而从之、其不善者而改之"的理念，带领钣喷车间的员工攻克日常工作、维修技术上的各种难关。在实际操作中，他不仅自己技术熟练，还带出一个又一个的优秀员工、一个技术过硬的团队。

　　钣喷维修在汽修行业中，属于一个比较特殊又比较单一，并且有较大劳动强度的工作，分为钣金和喷漆两个不同的工种，需要与机修、配件、保险、接待相互协调和配合才能完成维修任务，二者虽工作性质有别，但相辅相成，密不可分，合二为一，只有钣喷一体化，才能有效地管理和调配资源。因此，维修技师的技能水平，专业知识以及维修经验、工序之间的配合都很重要，同时，也需要钣金和喷漆两个工种都有相当丰富经验的管理人员，才能将每一道工序统筹到最佳状态。在实际工作中，不仅要求管理者工作经验和技能水平突出，还要能够带领整个团队，不断学习专业知识和实际操作技能，力求较好地完成各项维修任务；想方设法提高生产效率，降低维修成本，保障、设备的正常运行，提高维修品质，提升一次性修复率、客户满意度和客户对品牌的忠诚度。凌云志就是在这样日复一日繁杂琐碎的工作中，以常人所不能的耐力，专注攻克维修过程遇到的各类技术难点，靠自己的经验，一点一滴去摸索和创新解决路径。长期以来，凌云志就是用这种工匠精神鞭策自己，吃苦耐劳，乐于钻研，始终保持着劳动者执着的品质。正如习近平总书记指出的："一切劳动者，只要肯学肯干肯钻研，练就一身真本领，掌握一手好技术，就能立足岗位成长成才，就能在劳动中发现广阔天地，在劳动中体现价值、展现风采、感受快乐。"

广东省"雅图杯"汽车维修漆工职业技能竞赛获奖照片

凌云志的工匠精神，体现在他对工作的一丝不苟、精益求精、注重细节、追求完美的实践上。纵观他的工作经历，可以透视出他从一个普通汽车维修工成长为一名工匠，绝非一朝一夕之事，流过多少汗、吃过多少苦、耗费了多少精力和时间，连他自己也说不清楚。2015年，他通过了奥迪喷漆技师认证，2018年通过奥迪钣喷主管认证；入职以来积极参加政府部门及社会团体组织的各种技能竞赛，代表公司多次参加深圳市的技能竞赛，代表深圳市参加广东省的技能竞赛。在这些技能大赛中，他不仅取得了优异的成绩，同时在这个过程中丰富了自己的理论知识，增强了实践技能，拓展了人脉，开阔了视野。他在2015年参加深圳市交通运输行业职业技能竞赛汽车维修漆工的比赛，荣获三等奖，取得深圳市汽车维修漆的高级工（三级）职业资格证书；2017年9月参加深圳市第九届职工技术创新运动会暨2017年深圳技能大赛—交通运输行业职业技能竞赛汽车维修漆工项目，荣获二等奖，被深圳市人力资源和社会保障局认定为"深圳市技术能手"，同时取得了深圳市的汽车维修漆工技师（二级）资格证书；同年10月代表深圳市参加广东省"雅图杯"汽车维修漆工职业技能竞赛，荣获二等奖，被广东省交通运输厅授予"广东省交通技术能手"荣誉称号。2018年6月被广东省人力资源和社会保障厅授予"广东省技术能手"荣誉称号，同月参加全国机动车检测维修专业技术人员职业水平考试，成绩合格，取得国家人力资源和社会保障部、交通运输部联合颁发的"机动车检测维修士"机动车整形技术专业技术人员职业资格证书。2019年4月被深圳市总工会授予"深圳市五一劳动奖章"。2019年5月，凌云志的先进事迹被《深圳特区报》《深圳商报》《南方工报》、FM898等新闻媒体采访报道。

2015年、2017年、2018年，他带领车间3名员工参加大昌行集团、中国汽车流通协会、深圳市交通运输局和深圳市人力资源和社会保障局等单位举办的技能竞赛，获得深圳市汽车维修漆工二等奖、集团全国总决赛喷漆单项优胜奖、中国汽车流通协会南部区16强选手、全国最佳工艺作品奖，奥迪南部区誉峰杯绿色钣喷技能竞赛团体铜奖等荣誉。2018年被聘为深圳市钣金喷漆协会技术专家，2019年还担任第十一届全国交通运输行业汽车维修工职业技能大赛广东省选拔赛的裁判员。2020年被深业汽贸党委评为2019年度优秀共产党员，同年12月当选为深圳市工会第七次代表大会代表。2021年被深圳市人力资源和社会保障局授予"鹏城工匠"荣誉称号，被选入深圳市宝安区汽车维修行业协会专家库。多次应邀参加深圳广播电台FM106.2"爱车有道"栏目的车漆主题嘉宾，给广大的车主朋友们普及车身漆面的维修工艺和原理知识，以及就车漆养护方面

2017年，凌云志（左一）荣获深圳市技术能手

进行答疑解惑。一个热爱学习、争求上进的普通员工，用实际行动使自己进阶为一名技术骨干，成为公司的中坚力量。

他回想起刚入职深圳市增特汽车贸易有限公司时，钣喷车间由于设备老化、工具不齐全、员工技能水平和人均效率相对较为低下、维修品质不高等因素，公司经集团批准，向厂家申请对钣喷车间进行标准化改造。公司委派凌云志负责车间改造的全面沟通协调工作。接到这个任务后，根据集团领导制定的相关改造方案，凌云志进行了了解和分析，综合设备、工具、设备供应商、工程施工方等具体信息后，给车间全体职工做了总动员，从维修效率、维修质量、车间环境、工作强度、员工身心健康等方面进行宣导，论证钣喷车间改造的必要性，充分调动员工踊跃参与的积极性，消除员工因此项目施工而耽误维修车辆、增加工作量的抵触情绪。在集团和公司领导的统筹部署、正确引导下，在钣喷全体员工共同努力下，由于安排妥当，10月份开始施工，11月底完成了整个项目的改造任务，顺利地通过了厂家验收；通过采取设备改造、流程优化、人员结构调整、技能培训、工艺改善等措施后，钣喷车间的整体维修能力、人均效率、维修质量、车间环境、人员的稳定性都有了较大幅度的提升，并多次向厂家、集团各店、技术院校等团体进行了展示，获得公认和一致好评。通过这次车间的技术改造，凌云志的组织能力和执行力得到了认可。这也是他在新的岗位大展身手、立志干一番事业的起点。

　　汽车行业修补用漆以前都是油性漆。为防治污染，减少VOC排放，根据政府相关部门的要求，汽车维修行业从2013年开始逐步改用水性漆。水性漆与油性漆的明显区别就是挥发较慢，干燥速度比油性漆下降60%左右，严重影响了生产效率。水性漆要喷二至三道，每道需要15分钟左右，喷三道的时长大概需要45分钟，效率低下。凌云志通过观察后，想了一个解决办法，那就是喷涂完水性漆后采用热风筒吹干。这个看似简单的方法，操作起来却有很多门道。因为车体不是一个绝对的平面，用吹风筒进行作业时，不仅要细心掌握与车体的距离，而且还要根据车体的凹凸面，适当调整风向和倾斜度，使吹风筒与车体不管吹向哪个角度，都能做到漆面均匀、没有痕迹感。采用这样的方法，油漆干燥速度由原来的每道15分钟缩短至7分钟左右，效率提高了50%，喷三遍漆最多需要20分钟。这个看似简单的方法，却大大提高了生产效率。

　　俗话说，手艺做的是良心活。尤其是各类器械的修理，修和换是检验一个维修工职业操守的隐性标准，足以体现出真正的工匠和唯商业目的的应付式更换的区别。本来可以通过技能维修解决的问题，大多数人会建议客户更换新部件，因为这样省时省力，一样可以赚钱。凌云志每当遇到这种情况，坚持以修为主，实在没有维修价值了，他也会给客户说清楚原因。作为一家有一定规模的4S店，奥迪汽车属于目前市场热销的中高档品牌，受众较广，每天要处理各种事故车辆20台左右，小到局部剐蹭，大到车体变形，还有引擎盖打不开、车门自锁里外都开不了门的疑难故障。

针对常见的车体剐蹭、轻微撞损，维修起来不难，按照维修手册的技术要求去做就可以。但车辆事故都是不可预测的，有时会遇到没有先例或维修手册上查询不到的情况。有时新车型刚上市，车的外观和内饰件等都有不同程度的改款。特别是由于疫情原因，维修人员没有去厂家参加新车型的相关培训，在拆装的时候经常会遇到比较难拆的部件，这时凌云志会召集团队成员来研究，再加工和制作专用的拆解工具来解决问题，既提升维修效率并且保证了零配件的完整性。就新款的Q3车型来说，室内化妆镜就做了改款，非常难拆，采用的又是硬胶，还很脆，需要用两把小的一字螺丝刀，从不同的方向和角度同时撬开里面的卡扣才能拆下来，卡扣也很紧，很容易撬断。于是凌云志从网上买了一种扁嘴钳，通过测量、比对、切削、打磨等加工后，就能完好无损地拆卸了。再比如，引擎盖无法打开、车门自锁、门锁里外都打不开将人困在车内等，如果没有一种善于钻研、知难而进的工匠精神，是无法轻易解决这些问题的。

在凌云志看来，将客户拒之门外，碰见疑难问题就一推了之，是维修工的一种耻辱。他长年累月坚持将工作中解决难题的过程记录下来，把成功案例做成ppt，无偿提供给同行使用。别人看了他解决疑难事故使用的工具，直呼绝妙：一根普通的五号铁丝，经他几次折弯，就成了解决之前只能靠破窗才能解决的故障，简直不可思议。但是，没有对车体结构、车锁性能的彻底了解，又缘何会有这项发明呢？工匠之所以赢得人们的尊重。就是因为他们面对意外的从容心态，通过工匠灵巧的手在现实中解决了许多问题。凌云志正是用这种匠人之心，展现出他超凡的社会价值。

2019年5月5日下午6点左右，刘女士驾驶奥迪A4L（旅行版）到农林路山姆会员店的负一楼停车场，下车开门后出来取东西，顺手把车门关了，钥匙放在副驾驶座位上没拿出来，2岁多的小孩被锁在车内，等她再开门时发现车门锁上了。万分着急的情况下，她拨打了公司的救援电话。接到电话后，凌云志立即跟客户取得了联系，了解情况之后，第一时间带上工具，迅速开救援车赶赴现场救援。路上，他不停地跟车主保持紧密的联系，安抚客户，让客户分散小孩的注意力，密切留意孩子的精神状态，怕因车内缺氧威胁孩子的生命。此时的刘女士心急如焚，凌云志在赶往现场的同时，还拨打了110和119救援电话，请求救援。警察和消防人员迅速赶到了现场并表示他们唯一的办法就是暴力破窗，拿出钥匙，打开车门。刘女士一再催促，询问凌云志还要多久才能赶到，说小孩开始冒汗了，担心小孩缺氧，会有危险，想暴力破窗。当时是下班高峰期，香蜜湖路和红荔西路有点塞车，凌云志立即调整导航，避开拥堵点改走深南大道和农林路。他再次安抚客户，让刘女士将手机贴在靠近孩子的车窗上，打开视频给孩子看，消除孩子的恐惧心理，同时告知暴力破窗风险很大，一是玻璃都贴了防爆膜，打碎玻璃后也不容易拿到钥匙；二是暴力破窗动静太大，孩子会受到惊吓，如把握不当，还有可能伤到小孩。当时气温不高，小孩在车内的时间还不到半小时，待在车内时比较安静，精神状态也没出现太大的异常，所以判断孩子的危险还不是太大。当时，凌云志跟刘女士说导航显

2019年，凌云志荣获"深圳市五一劳动奖章"

示10分钟就可以赶到，现场的警察也表示，不到迫不得已的时候不建议暴力破窗。凌云志终于在6点30分赶到了现场。看到现场已经聚集了警察、消防人员、物业保安、轿之林的工作人员等近20人。凌云志一刻也没有停留，停好车后，边走边拿出工具，来不及与现场的人做任何过多的交流，立刻进行开锁作业。两分钟不到，车门顺利开启，孩子得以安全脱险。在场的人都松了一口气，刘女士更是感激万分，再三致谢，反复询问需不需要付钱，凌云志当时也没多想，随口而出："本次救援免费。"获得了大家高度赞赏。

　　开锁本不是凌云志工作范围内的内容，但在他看来，只要是和汽车维修有关的问题，他都要去钻研，而且他不做则已，一做就能达到出神入化的程度。类似刘女士那样的意外事故，凌云志每年都会遇到几次。2018年，一位香港司机驾驶奥迪Q7型车通过福永高速出口时，由于香港的车辆都是右侧驾驶，与高速出口收费窗口是反向的，驾驶员递卡缴费时就要费力地将手伸到左侧车窗，由于他着急去机场，不小心把通行卡掉在了地上，然后他从右边打开门下车去检掉在地上的卡，习惯性地把门关上了。等他捡起通行卡并缴费之后，才发现车门被锁上了，车堵在了高速出口。没一会儿工夫，后面排起了很长的队。高速公路的管理人员一边导流，一边给这个香港司机找来一把榔头，砸了几下，玻璃丝毫没有破损。无助之下，便拨打了增特奥迪4S店的救援电话。工作人员接到救援电话后，第一时间通知凌云志火速赶往现场，也是两分钟左右就把门打开了。香港司机伸出大拇指，连连说："真是神了！"

2021年10月，当有一台奥迪A4型车停在地下停车场后，车主和他的小孩下了车，几个小时后回到停车场。由于停车场地形比较复杂，客户忘记了停车位置，孩子出于好奇，从大人手上拿过钥匙，然后就是一通乱按，去找车的位置。按了十来分钟，好不容易找到了车，但遥控钥匙却不起作用了，不管怎么按，就是解不了车锁。车主只好拨打了凌云志所在公司的救援电话，由于当时车主只是报遥控解不了锁的故障，所以公司派了一名专门负责救援的师傅赶赴现场处理。师傅到现场后也无法解锁，便打电话请教凌云志。在检查后发现车辆的防盗指示灯在闪烁，证明车辆有电，按遥控按键时遥控指示灯也在闪烁，证明钥匙也有电，用机械钥匙时，解锁发现左右90度都可以正常扭转锁芯，但还是解不了锁，救援不成功。车主比较着急，他当即表示要请专业开锁公司的人来。通过查询找了一家开锁公司，工作人员通过各种办法也没有解决；接着又叫第二家开锁公司，也是使出各种办法仍未解决；结果又找第三家，前前后后搞了差不多5个小时，还是搞不定。第二天，车主打保险公司电话，把他的车就拖到凌云志所在的奥迪4S店。凌云志经过仔细观察发现，车辆电量充足，钥匙也有电，机械钥匙能够正常转动，就是解不了锁，跟之前测试的结果一样。凌云志由此判断，可能原因有几点：一是由于停车场内结构复杂，因为地面、墙壁、柱子、玻璃等结构都有反射信号的功能，同时信号也会有穿透性，而停车场内可能有同遥控类型的车辆正在使用；二是小孩在远距离并频繁按遥控找车的位置，信号很有可能是被同类型车辆接收和反射，造成了本车控制模块接收到的遥控信号失真，防盗系统便启动了自我保护功能，从而导致车辆无法解锁。而根据机械钥匙能够转动却打不开锁的情况，则判断是机械锁芯内的连接杆断了。

凌云志在了解了故障发生的情况，根据多年的维修经验，脑海里迅速就有了初步解决方案。在把原理和解决方案跟车主做详细解释说明，征得同意后，他便拿出专门针对门窗救援用的气囊，将车门框顶开3厘米左右的空隙，再用自己制作的专用工具，调整好角度，从门框狭小的缝隙里，绕过方向盘把钥匙送到点火锁孔的位置（该方法是为了让点火锁线圈感应到钥匙的防盗芯片并进行识别），用力按进去之后，点火线圈就识别到了该钥匙是本车的合法钥匙，从而点亮了仪表。车辆顺利通电，遥控自行解锁，车门就打开了。解决问题的关键是凌云志发明的工具配合技巧使用，和他对故障判断的思路。如果没有他对车辆自我保护功能的深入研究，是绝没可能把锁顺利打开的，开锁公司的工作人员也根本想不到这一招。

2022年2月，年假刚过，上班的第二天，事发地在南山，情况和上面案例类似。也是一辆老款的奥迪A4型车，钥匙在车主手上，车停在地下车库，就是开不了车门，遥控失灵，机械锁也开不了。接到救援电话，凌云志赶到现场后发现，该车是2009年之前的车型，点火锁是用机械钥匙插进锁孔、扭转钥匙进行点火工作的，而点火锁在方向柱的右侧，他跟客户沟通后，决定从车辆右前门处下手，利用同样的操作方法，将钥匙送至锁孔，顺时针扭转钥匙，车辆顺利通电、仪表点亮。可是防盗功能并没有解除，车门仍然无法开启。此时他又想到一招，用另一条救援杆同时伸进去找准位置按下门窗玻璃开关，把玻璃放下来；再将身体上半部伸进车身内，把钥匙扭转至点火挡，车辆打着火；再按下遥控解锁键，解除防盗功能，车门就打开了，救援成功。之后，凌云志把车门的锁芯拆下来，发现是机械钥匙的锁芯跟门锁机中间的连接杆断了，所以机械钥匙也开不了，而此时车辆又启动了自我保护功能，故出现这种疑难故障。而凌云志通过多年的工作经验，判断出将钥匙送到锁孔那里，通过点火线圈重新感应到这个芯片之后，系统会自动识别到这把钥匙是合法的。他便是利用这个工作原理来进行相关的救援作业的。

这些看似简单的事情，凌云志不知道用了多少精力。正是因为他具有这样的情怀，他满怀一颗工匠之心，不断充实自己，也用实际行动不遗余力地服务社会，累并快乐着，展现出新时代劳动者无私奉献的风采。

在日常的维修工作中，凌云志时不时会遇到一些"疑难杂症"。因为奥迪车型在市面上的保有量挺大，公司的基盘量也很大，每天都有将近100台的进厂量，所以在日常工作中他们经常会遇到像奥迪A8（D3）、老款Q7、Q3等车型发动机盖无法打开的情况，业内还没有快速有效的解决办法；同时也会经常遇到奥迪A6L（C5、C6、C7、C8）、A4L（B8、B9）等车型的车门自锁无法打开（多数情况是车主操作不当所至），奥迪A6L（C7）车型和Q3

2019年，凌云志（右排前二）参加第二高级技工学校钣喷论证会

车型的天窗漏水以及其他车型的锁机故障导致里外无法打开，凌云志深入研究、反复试验后，一一找到了解决这些疑难故障问题的方法，不仅提高了维修效率，也在同行中树起了一块金字招牌。他在2015年就遇到奥迪A8（D3）车型的事故，由于年限已久，而引擎盖处于水平面，常受到太阳的暴晒，发动机运行时高温等，锁机的拉线和球头老化脱落造成没办法打开。业内通常只能采用粗暴的方式，将引擎盖切割后打开进行维修，这样做既费时又费力，还增加了客户的维修费用。少数人能通过拆开左前轮内衬，去撬开一拖二的拉线盒再钩拉线。但是，这个效果也不好，如果断的位置是在锁机底下就根本无法解决问题，同时也加长了维修周期。

那时，凌云志在心中萌生了解决这一难题的想法。若能找到打开引擎盖的办法，就可以为客户节省部分开支，原来的引擎盖没有任何损伤,照样可以继续使用,打开后只需要更换引擎盖拉线即可。老是采用这种破坏性的拆解方法,真是有点浪费。后来,他通过多次研究和测试,终于找到解决问题的办法。他根据锁机的结构和工作原理,以及锁机和引擎盖的连接关系,用直径4毫米的铁丝制作了两个固定角度、固定尺寸的专用工具,利用引擎盖和中网之间5毫米空隙把工具伸进去,找准第一、第二参照点,来实现精准的无损技术开启。现在凌云志能在对车身毫发无损的情况下,一两分钟就把引擎盖打开。在凌云志身上,像这样的事例举不胜举。他不仅刻苦钻研技术,练就一身好技能,而且注重整个团队的技术水平提高,将自己掌握的技能毫无保留地传授给他人,还把解决方法做成了ppt维修案例,无偿分享给全国其他的4S店和同行们,有时还通过视频手把手地教他们使用。

  多年前,凌云志就开始带徒传艺。2009年就开始跟随凌云志的喷漆技工林木茂,从喷漆中级技工逐步成长为班组长;在凌云志的悉心指导下,2015年、2016年参加深圳市交通运输行业职业技能竞赛汽车维修漆工的比赛中分别荣获了三等奖和二等奖,取得汽车维修漆工技师(二级)职业资格证书和"深圳市技术能手"荣誉称号;2021年通过主管部门的初审、专家评审、现场考察、官网公示等程序后,顺利被深圳市人力资源和社会保障局认定为"深圳市技能菁英"荣誉称号,并获得福田英才荟高技能人才奖励。另一位同事张建文在2010年跟随凌云志工作后,工作各方面都有很大起色,经过几年时间的磨炼,也获得了汽车维修漆工高级(三级)职业资格,2018年和另一位钣金师傅黎崇志(技师二级职业资格)相互配合参加大昌行集团钣喷技能大赛一并获得半决赛团体亚军、全国总决赛喷漆个人单项冠军;同年又获得中国汽车流通行业全国技

2022年，担任深圳市第七届"深圳好技师"竞赛裁判员

术精英大赛南部区决赛"16强选手奖"、全国总决赛"最佳工艺作品奖"；2019年招崇志和另一位跟了凌云志10年的钣金技师黄志兴（2012年从实习、转正逐步成长为钣金高级技工职业资格）共同参加奥迪南部区誉峯杯绿色钣喷技能竞赛并荣获团体铜奖，同时还通过全国统考，顺利获得机动车检测维修士专业技术资格证书；2021年他和钣金高级技工黄志兴第二次参加奥迪南部区誉峯杯绿色钣喷技能竞赛并再次获得团体铜奖。他的作品获得现场多位厂家老师的高度赞赏。他还通过网络成人学习和考试，在2022年1月成功考取了汽车运用与维修技术的大专文凭，进一步丰富了自己的专业知识和维修技能。

公司里主动拜凌云志为师的人还有不少。最近，凌云志又带了一个徒弟，专门传授自己的开锁绝活。手艺人中流传着"教会徒弟，饿死师傅"的说法，可凌云志并不这么想。在他的认知里，手艺技术是用来服务社会、造福更多人的一种技能，不应该是个人专属。职业技能只有服务于社会和有需要的人，才能体现出应有的价值。古往今来的工匠，都是在传承与创新中，通过刻苦钻研掌握了精湛的技艺，不论是精雕细琢，还是修修补补，都能达到常人所不能及的完美境界。这些技艺得以传承，并受到应有的尊重，就是工匠精神在践行核心价值观的具体体现。

走上钣喷车间主管一职的凌云志，一直秉持工匠精神的初心，从点滴做起，不放过维修过程中的每一个细节，开拓思路，知难而进，带领钣喷车间维修团队，急为客户所急，想为客户所想，在提高维修效率的同时，本着能修就不换的服务理念，大搞技术创新，整个团队形成了团结协作、能啃硬骨头的精神风貌。凌云志不但在工作上严格要求自己，对团队所有人也是一样要求。为了提高全员的维修水平和技术素质，他经常组织大家学习业务知识，分享行业内各种考核、比赛等资讯，鼓励员工他们积极参与。目的就是让每一个员工都能够在自己的工作上，有一种自我定位，扬长避短，向更高的水平迈进。凌云志还有针对性地对员工进行专业技能培训，让他们参加各类行业资格考试。迄今，钣喷车间已全员取得了汽车维修钣金工、汽车维修漆工中级、高级职业资格证书，其中还有3名员工取得了技师（二级）资格证书。2020年，他带领车间的6名同事参加熔化焊接和热切割的理论学习、消防器材的使用和火灾灭火演练、触电急救心肺复苏的方法，以及火焰焊、氩弧焊、二保焊等7种焊接方法和技巧的培训，通过了深圳市应急管理局组织的考试，获得熔化焊接和热切割特种作业操作证。他们不仅获得了证书，提高了自己的技能水平，还学会了在现场作业中对遇到的应急意外情况的处理方法、也加强了对人身、车辆、设施、财产的安全保护意识。

他们曾经有两次在打磨、焊接作业时，针对出现的紧急情况给出了快速、准确的处理，避免了车辆伤害和财产损失。即使如此也有些人认为考证没啥用，不还是要天天干同样的活，凌云志用他的亲身体会告诉大家，也许暂时觉得没有用，但到将来用得上的时候，才能显示出有证和没证的差距。因为能考取资格证书，说明你经历了学习的过程，与闷头靠出笨力干出来的效果是不一样的。在这一点上，凌云志特别有感触。所以，他就号召员工去参加各种活动，让他们走出去，多增长见识，虚心向识行业内的优秀技工师傅和前辈请教。

做汽车维修这一行，基本上是以实际操作为主，但任何的操作，都是建立在理论基础上的。所以每一次有培训，凌云志都要求大家珍惜理论学习的机会，只有理论学好了，实际操作时才能思路清晰、把握技巧，才会把工作做得更好。参加工作之后，无论有多忙，凌云志都会挤出时间来学习。他不仅利用业余时间获取了成人教育汽车运用与维修技术大专文凭，还通过各类考评，获得了汽车维修技师（二级）资格证。他勉励大家一定要加强理论方面的学习，而验证学习成果的最好方式，一个是去参与行业技能比赛，一个是去考取行业资格证，这两个方面都需要考查理论知识。以往的比赛大部分是包括理论考试和实际操作两个部分，而2022年深圳市第七届好技师好讲师的比赛则与以往不同，是通过选手自己做的维修案例，然后把它归纳成一个演讲文稿，自己演讲20分钟，接着裁判提问，选手答辩10分钟。很多选手都是非常的用心，在现场的维修实际操作环节中，就能够把各自的技能和经验展示出来，有什么值得行业推广的新工艺、新方法，包括一些创新思路，都会得到呈现。

凌云志从参赛选手成长为竞赛裁判，不但是凭借其高超的技能，更可贵的是他的一腔工匠情怀。他经常思索，作为一名汽车维修技师，在现场操作当中，成功的关键之处在于，维修的思路正不正确、方法新不新颖，碰到一些疑难问题，有没有想办法去解决，或者说除了使用常用工具，有没有自己发明一些工具，解决了别人意想不到的问题。再就是行业里，别人都没有遇到过的疑难故障，能不能得到合理有效地排除。凌云志在这些方面的成就是有目共睹的。他的很多创意，都在不经意中达到了精深处，出自他手的小技能、"土"工具、巧办法所发挥的作用，产生了出其不意的效果。2022年4月，公司同事杨雄林参加比赛，其案例设计在凌云志和技术经理高青阳的指导下获得三等奖，杨雄林也荣获第七届"深圳好技师"称号。

凭着一股勤勉好学的劲头，凌云志的事迹获得了行业和社会的高度认同。鉴于他在工作中乐于奉献、爱岗敬业、刻苦钻研、贡献突出的优异表现，经组织考察，凌云志于2018年成为一名中国共产党预备党员。从此，他的干劲更足，处处以一名共产党员的标准严格要求自己，吃苦耐劳，维修技能上勇于创新，敢为人先，越是遇到疑难问题越是冲在前面；他还注重团队建设，在他的表率作用带动下，深圳市增特汽车贸易有限公司钣喷车间，不断创造行业维修的新技法、好经验，形成一支技术过硬、作风优良的工作团队。经过组织培训和党课学习，公司党支部推荐并上报上级党委批准，凌云志于2019年正式加入中国共产党。站在新的起点上，凌云志在工作上更加严格要求自己，哪里需要就出现在哪里，充分发挥党员先锋模范的带头作用，积极解决维修工作上的疑难问题。他很少在办公室待，车间的每个地方、每一台正在维修的车旁、每一道工序现

2021年钣喷工艺展示讲解（左一）

场都有他的身影。略有闲暇，凌云志就会琢磨起维修工作中有待解决的疑难问题。

2020年，喷漆车间的一台干磨吸尘的设备，还有喷涂房的设备，其中的管路、吸尘装置、马达等出现老化故障，严重影响了正常运行。报给的设备生产厂家，请他们过来检测。维修费报价要3万多元。凌云志觉得这个报价太贵了，超出了他的预想。由于受疫情影响，企业面临来自诸多方面的挑战，处于比较困难的特殊时期，所以就没有采纳生产厂家的方案。但正常的维修工作不能停下来，凌云志通过对设备进行拆解，对设备构造仔细研究，认为自己可以修复。于是，他开始想办法，根据设备损毁部件的拆装，亲自动手加工一些工具，自己做不了的，就从他的供应商那里采购一些替代品。经过他的一番努力和同事们的通力配合，不但解决了干磨吸尘和喷涂房的设备故障，保证了维修作业的正常运行，而且仅花费了供应商报价的15%左右，为公司节约了一笔维修费用。

2021年下半年，公司一台车身大梁校正仪设备的两个液压缸坏掉了。这个液压缸是德国生产的，购买一套液压缸包运费要6000多元，两个要12000元，关键是订货发货周期起码要2个月，而当时正好有一辆大事故车需要这个设备进行维修，情况紧急，而配件又买不到，市场上根本没有这种配件供应。面对这种情况，凌云志想到了一个办法，从外面采购了一个跟损坏那个液压缸类似的，两者构造长度差不多、使用功率也差不多，只是它中间形状有点不一样。凌云志将两者做了比较，然后开始量尺寸、画图纸等一系列准备工作，将新的代用配件与原来设备进行匹配，再想办法在中间设计加工了一条一边是圆柱、一边是螺纹的连接杆，用螺丝扭在那个新液压杆上面，另一头就做成一个钻孔的卡套装置，把它连在一起，就形成了一个中间直通的连接杆。一头是用螺丝扭在新液压杆上面，另一头是一个圆凸形，一个一个割通，中间通过一个扎孔，再用螺栓连接，就对接上原来的那个喇叭形状的设备。在不破坏原厂配件结构的前提下，大梁校正仪设备恢复了正常的使用功能。

　　凌云志有时候就像一个救火队员，哪儿有棘手的事情，哪儿就有他。长期的工作中，只要他觉得自己能想出办法解决的问题，从不推脱，而是主动去做。记得有一次一个马达坏了，因为运行时间长，每天连续使用八九个小时，基本上一个月不停地运行，已经超过了5200个小时的设计寿命。报到厂家的时候，对方说需要更换驱动主电机，当时的报价是8000多元。凌云志觉得要价太高，就自己想办法，通过查阅各种资料，又通过咨询供应商的设备维修部门人员，最后只花了不到1000元，就把这个事情解决了。

　　在车身维修业务当中，凌云志不断探索一些新的方法，比如他现在正对车的大灯、尾灯、方向机等这些原本只换不修的部位进行研修；包括最常用的铝合金车身。只要被撞坏，有很多部位车是无法维修的，有设备不齐的原因，也有维修费用的原因。凌云志通过技术攻关和向同行虚心请教，购买了相关的工具和设备，现在80%的铝合金车身他都可以维修，为公司创提升了维修效率，并且创造了效益。

琐碎繁杂的汽车维修工作，要想做得有条不紊，本身就是件不容易的事，各工种之间也会出现本职与分工的边缘化重叠。为了衔接好工作，更好地服务客户，凌云志不断钻研各种原来只换不修部件的维修技术。奥迪系列车的大灯，一只少则几千元，多则三四万元。过去，只要客户说车灯坏了，接待人员二话不说，就一个字：换！按说，换车灯不是凌云志的本职工作，可每次看到客户换一次车灯就要花那么多钱，他的心里总是有所触动。他又开始琢磨起来，找了几只换下来的旧灯，参照使用说明，把车灯拆开，查看每个元器件，挨个检测，想从中找到车灯有没有被修复的可能。比如说奥迪A4L，这种车型差不多有将近十年了，由于高温状态下长时间使用，它的大灯里面的LED灯管都已发黄老化了，凌云志就通过把大灯解体，更换好的灯管上去，通上电后大灯果然闪亮如新。

目前，他还在研究事故车灯的其他故障，尽可能把因各种情况损毁的车灯进行修复。凌云志对此满怀信心，用他的话说，如果能解决了这个难题，不仅可以让客户少花钱，培养客户对品牌的忠诚度，还可以变废为宝、节约资源。

另外，如果车窗玻璃刮花了，通常也是修理工处理不了的。以前有同事在作业的时候不小心刮花了窗玻璃，怎么都处理不了，但又不得不处理，更换新的还需要订货，要等待至少两天。要是前风挡玻璃，一块少则三四千元、多则两万元，这远远超出了一个修理工的承受能力。最后没办法，只能找专业维修玻璃的人来处理，但收费不便宜，起步价是500元，而且还得按刮花的尺寸、刮痕深度来收费。

凌云志通过多次钻研，购买了工具和材料，又从专业玻璃行业那里学习取经，现在再遇到玻璃表面刮花的情况，凌云志就可以用自己掌握的技能，轻松处理好。

在凌云志看来，工作不需要豪言壮语，扎实做事才是正道。与人为善，勿因恶小而为之，不因善小而不为，因而务实求真，技施于物而惠及人，守住工匠之心。平时，经常有同事在工作上或是生活中遇到困难的时候来找他帮忙，他都会毫不犹豫地尽自己所能去提供帮助。他觉得能帮一把是一把，与人方便与己方便。坚持做对国家和社会有益的事，是凌云志始终如一的努力方向。

而生活中的凌云志，则是一个力求简单的人。一日三餐，两点一线是他的惯常。这并不是说他不懂得生活，而正因为他读懂了生存法则，知道人为什么而活着。在深圳这样的大都市里，诱惑无处不在，而这不是生活的本质。向往美好的前提是不能失去本色。凌云志信奉"平平淡淡才是真，平淡而不平庸"，他给自己的定位是劳动创造幸福。在凌云志的心目中，个人的事再大，比起一个共产党员的社会担当，都是小事。他的妻子身体不是太好，只能做些力所能及的临时性工作，孩子尚在读初中，家里经济条件不是太好，一家三口租住在一房一厅的陋室中。按凌云志所掌握的职业技能和在行业内的影响，利用业余时间去别处，帮人家解决一些汽车维修方面的疑难问题，会有非常可观的收入。但他忠于本职，把大部分业余时间用在了钻研业务上，从没有因技能高超而产生别的想法。面对社会的现实，不起贪念，坚守本职，充分体现出一个工匠的情

钣喷团队成员（前排中间）

操所在。凡是对事业有追求的人，都不会在生活中贪图一时享乐。凌云志在用工匠精神谱写他的人生篇章，胸怀大志，持之以恒，开启平凡里的智慧之门，服务更多有需要的人。

凌云志经常受邀到深圳FM106.2交通频道，为广大车友听众解疑排惑，无论是汽车使用中的常见问题，还是不易处理的疑难故障，凭着多年汽车维修工作的经验，他先后解答听众提出的各类问题几百个。他也会把听众提出的自己暂时解决不了的问题带进工作中去，通过实际操作，找到其中的原因，再用通俗易懂的语言给听众解答。汽车的普及给人们的生活提供了便利，提高了办事效率，但大大小小的故障，也给他们带来不少麻烦和苦恼，为他人排忧解难是凌云志生命中最大的乐趣。

在凌云志身上，我们看到了中华优秀传统一脉相承的工匠精神，那就是不计个人得失的敬业、脚踏实地的专注、富于创造的执着和匠心独运力求完美。他以朴素务实、施善于人的品德，在平凡岗位上默默工作近20年，凭着一股刻苦钻研的拼劲，从小技术到

2021年荣获深圳鹏城工匠（右二）

大工艺，从小发明到大作为，充分抓住时代赋予人才展示自我的机遇；用肩上的责任和心中的信念，一点一滴汇聚起工匠之魂，以孜孜以求。一丝不苟的工匠精神和实际行动，技能报国，服务人民，书写了新时代生动精彩的工匠故事。

深圳匠魂

陈敏通

深圳匠魂

模具工高级技师。曾荣获广东省技术能手、深圳机械之星、宝安区高层次人才等荣誉，并在全国模具工技能竞赛中获得一等奖。开展了50多项技术革新和工艺改善，有2件作品荣获全国精模奖，获得2项国家专利，使模具生产提高了20%的效率，年均为企业节约成本1000多万元，为企业增加上亿元产值做出了突出贡献。多年来，为本企业开展了1000多人次模具钳工骨干培训，为全国各地模具企业培养技术骨干100多人。

用执着和专注成就追梦人生

——记模具高级技师陈敏通

易 芬

多年以后，陈敏通站在一排排数控操作的模具前，总会想起自己和妹妹在村口分开，跑去山林间，帮父母割松脂的那个遥远的清晨。

那时候的陈敏通是个又黑又瘦的少年，像猴子一般奔跑跳跃，不顾烈日或者暴雨，不顾道路泥泞，凭着一股总也消耗不完的劲头，走在自己认定的路上。

就是这股子劲头，推动着他从一文不名的乡村少年，努力向学，考上职业高中后，从老家广东肇庆封开县的一个小乡村走向县城、走向顺德、走向深圳，历经诸多求职的坎坷，不断自主学习、提升，成长为模具行业的"鹏城工匠"。

近40年后，站在上市公司、深圳模具龙头企业——深圳市银宝山新科技股份有限公司一间分厂的门口，他简单质朴、笃定踏实的人生底色展露无遗。

在模具行业打拼近30年，成长为高级技师、鹏城工匠，管理着一家工厂模具生产的他自信沉着，骄傲地介绍着就职的公司与深圳、全国甚至全球高端汽车、手机、电子信息行业携手发展的历程，介绍着自己和同事们经历的一个个没日没夜奋斗的夜晚，介绍着参加深圳、广东省、全国的职业技能竞赛获得的各类荣誉；在推出多项发明专利和实用外形专利、制作的模具频频拿奖的同时，让众多知名客户满意。

"我用的这个手机外壳的模具是我们做的，我留了几个测试的残次样品，当时就想哪天手机壳摔坏了就自己替换上。我坐网约车的时候，遇到车辆仪表盘是我们做的，我就会跟司机聊下，炫耀一下我们当时做这个模具的创意体现在哪里。"陈敏通并不是天生外向的人，相反有些内敛，但一旦聊起这些他擅长的领域，他总是滔滔不绝。这是一名具有工匠操守和工匠精神的人刻入骨子里的热爱和执着，也是他一直奔跑在一丝不苟、追求卓越的工匠道路上的体现。

下田割稻，上山割松脂

陈敏通出生在20世纪70年代的广东肇庆农家，兄妹4人，他排行老大。肇庆封开县地处粤西丘陵地带，几亩薄田、一点山林、一间小屋就是全部的家当。他的父母是远近闻名的勤快人，无论是下田还是上山，辛苦劳作中把家中生活安排得井井有条，兄妹4人也勤奋读书，相处和睦。

陈敏通自小乖巧，总是妥妥的长子、长兄模样，一放学回家就立刻想着给家里人做饭。就算刚上小学，端个锅都费力的年纪，他也帮着煮饭，锅中多放点水，等开锅了，揭开锅盖倒出一些米汤。等父母劳作回来，正好喝一口已经变凉的米汤解渴。

农忙季节，农家子弟自然都责无旁贷，随着父母下田割稻。至今，陈敏通的小手指还有一条2厘米长的伤疤，那是当年割稻子不小心留下的伤痕。至于当年到底流了多少血，父母如何心疼的场景他早已经想不起。而陈敏通更为难忘的是，他和大妹妹在母亲的安排下，清晨6点多起床，踏着晨雾，在村口分开，各自跑着去向不同的小山头，奔向那一片片松树林，帮着忙不过来的父母割松脂。那时候又黑又瘦的兄妹俩穿着朴素，都如猴子般跑得轻快，踊跃地听从父母的安排做这做那。

在陈敏通的印象里，并没读过多少书的父亲心灵手巧，很快就学会了开拖拉机。"突突突"地开着那个在乡间瞩目的机器赚点外快，也多次自己摸索着，把偶尔"罢工"的拖拉机修好，还曾把亲戚家一些拆解的机器一一组装好。父亲也是个巧手木匠，没有师傅，无师自通，就给自家打家具，也给亲戚、邻家做一些木头家具。

至今，他经常在安装在老家的摄像头里，看着居住在乡下老家的父母在客厅走来走去的样子。客厅里的木头沙发，简单质朴却实用性强，就是父亲亲手制作的。陈敏通见证了这个木头沙发的成型过程，从乡间的大树砍伐倒下开始，锯开、划线、组合拼装，打磨平整，扶手处弯曲成型，成为一个就当年审美来看很不错的家具。老父亲一直舍不得更换，使用至今。

陈敏通笑说，也许，父亲给了他好学的基因、勤奋的基因，也给了他工匠的基因。

就读职高，进入工厂

虽然经常让孩子帮忙做各类农活，但父母也在乎孩子的学业。陈敏通从小学到初中一直是个好学的孩子，成绩名列前茅。20世纪

90年代初的农家子弟，通过读书，成为工作包分配的中专生，从此跳出农门、工作赚钱帮衬父母是首选。父母对陈敏通寄予厚望。中考的时候，陈敏通如愿考出了一个过线的分数，但没想阴差阳错，志愿没有填好，没有被任何中专学校录取，却被封开县职业高中录取。

他有点沮丧地踏进了这所职业高中的大门，学习化工专业。没想到自己的分数在学校名居前列，少年心性好强，他又很快开心起来。跟着老师学习各类有机化学、无机化学的理论知识，在实验室埋头做实验，业余时间就在泥巴操场打球，时间过得飞快。

那时，肇庆乡村南下珠三角打工潮兴起。叔叔、姑姑等长辈先行出门，去佛山、深圳各地打工。陈敏通的父亲也不例外，跟着去中山打工，因为有驾驶技术，他就开上了车跑长途，总是寄钱回家，供着上职高住宿的儿子和3个上初中、小学的女儿。

职业高中每月100多元后来增长到200多元的学费对那时清贫的农家是一笔不小的负担，何况还有县城的住宿费和生活费。每次陈敏通回家，都能从母亲手里拿到下一个月的生活费。多年以后，母亲才说起，那时候通信不发达，父亲通过邮政汇款回家或者亲戚带钱回家并不及时，母亲曾经多次因他的学费和生活费而愁上眉头，鼓起勇气找村里开小店的乡亲借钱。

陈敏通揣测，这给好强的母亲带来极大的心理压力。但当时，陈敏通和妹妹们都毫不知情。这也是朴实的父母一贯想法和作风，不想让孩子过早面对社会的艰难，不想让孩子过早操心。

读书两年半之后，县城的轻工局来学校挑人，一批学生被选中去长春等地培训，包括陈敏通在内的六七个同学则被选中留在本地。跟着北京来的一位教授培训半月之后，他们踏入了一家塑胶工厂实习。

这家工厂使用这位教授的发明专利，把粉状和液态的粉末通过一定的配方兑水、加热、搅拌、成型、切割，组成制作鞋底的塑胶颗粒。陈敏通和同学们轮换早晚班，从早8点到晚8点，或者从晚8点到早8点，操作机械，搬运原料和塑胶颗粒。多年后他回想起来，那一袋袋的塑胶颗粒仅仅黄豆大小，一袋袋装好后垒在一起，跟稻谷堆一样。夜晚累极了躺上去，温温热热，很是舒服。

除了回宿舍睡觉，陈敏通和小伙伴们去的最多的地方就是江边，呆呆地看着轮船。那奔涌着南下的江水，喷着蒸汽的轮船，怎么看也看不够。

年少的陈敏通总是想象着，很多亲戚和乡亲描绘过的，在呜呜的汽笛声中，坐着轮船到大城市的情景。不久之后，工厂因没有相对固定的客户，塑胶颗粒一袋袋累积堆放无人问津，再加上一场洪水，机器被水泡之后损坏严重，刚拿到职高毕业证的这群小年轻们就基本无事可做了，陈敏通动了辞工的心。

也曾彷徨　也曾坎坷

那时，陈敏通的大妹妹已经早一步跟随姑姑的步伐前往顺德打工。听说了哥哥这个状况，她就跟姑姑商量，姑姑立刻联系，问到顺德有家工厂需要学历稍微高些的年轻人。

很快，陈敏通就托人买票，坐上了遥望过很多次的江上的轮船，经过一夜的航程，抵达了离家200多千米的一个顺德小镇。

亲戚介绍的是一家小型的模具厂，楼下是工厂，楼上住人，加上老板也就六七个人。老板总是早起去买菜，买回来后就一起上班，到了11点就让陈敏通早点下班，因他做饭有模有样，就交代他负责所有人每天的伙食。

陈敏通年轻时的照片

陈敏通自认为还是读了点书,学历要比周边小学没毕业或初中没毕业的工友要懂得多一点,但他这股子"傲气"和自信很快就被打击了。模具业是个随着改革开放才慢慢兴起的行业,注重实践操作,陈敏通在学校没有学过,也从来没有接触过,一切都从零开始。在模具厂工作的两个月,陈敏通搬运重物、洗菜做饭,每天满身油污,累得骨头架子都要散了。最让他少年心性难以忍受的是,他还经常被傲气的模具师傅翻白眼:"这个工具都不认识?""这点问题都不懂?"模具师傅傲气是有缘由的,在20世纪80年代,走在改革开放前沿的珠三角地区的模具小厂开始发展,从香港、澳门来内地投资的老板或者技术人员手里学到模具制作技术的师傅是少之又少,当时他们的工资甚至是普通工人的10倍之多。

遇到一个有点内向的小伙子,还有点读书人的傲气,老板没有要求,陌生的模具师傅怎么可能手把手去教他?这也是人之常情。

陈敏通那时候心里总在打退堂鼓，加上和妹妹以及其他亲戚相隔甚远，难以相见，业余时间仅能溜达在小镇周边，看看路边小店的电视，他心里充满了焦虑和彷徨。

没做两个月，陈敏通谁也没告诉就辞工跑回了老家的县城，到一个读书时候认识的老大哥那里蹭吃蹭住，甚至跟着这位在工厂上班的老大哥到其亲戚家蹭吃。那时候的封开县城，工厂并不多，想找份工作谈何容易。找工作处处碰壁，加上囊中羞涩，他整天流浪在街头无所事事，心中烦闷也无法跟家里人说。那时候，陈敏通年轻而敏感的心里，害怕的事情很多，尤其害怕父母被相邻亲戚嘲笑：花了那么多钱，供出来一个职高毕业生有什么用？居然也找不到工作，还不如早点出去打工赚钱。

在县城彷徨、焦虑了两个月，陈敏通撑不下去了，还是回家了。他跟父母懊悔地交代了自己过去两个月的行踪。

父母没有责怪这个一直乖巧的长子，反而四处奔走打听，帮他想办法。那段时间，陈敏通听了很多过来人的教诲，浮躁的心慢慢冷静下来。很快，又有曙光出现，在深圳打工的堂叔回家了。

堂叔在深圳从事汽车维修，见多识广。他去堂叔家一坐，陈敏通提出自己的想法，堂叔爽快答应带着他外出，先在堂叔居住的地方落脚，再帮忙给他找个工作。

耐住寂寞，日夜坚持

1994年9月1日开学的日子，陈敏通先坐轮船到广州，然后由广州坐火车抵达深圳。到深圳的第一站，陈敏通记得很清楚，是沙嘴工业区附近的城中村。密密麻麻的楼宇，高六七层，比老家县城和顺德都繁华，但天气更为燥热，打工人的脚步更为匆忙。从肇庆乡下到县城，从县城到离家200千米的顺德，再到离家370多千米的深圳，陈敏通一步步地越走越远，远离父母的羽翼，也越来越感受到生活残酷的一面。

深圳9月到10月的燥热天气里，陈敏通一次次跟着堂叔前往沙嘴附近工业区，前往八卦岭、南头等地找工作，吃了一次又一次闭门羹。那时候，170厘米的个子，不到100斤，又黑又瘦的陈敏通总是一次次地被人拒绝。入住当时的深圳关内，没有工作就没法办到暂住证，每到夜晚都有人敲门查证，陈敏通心里很是担忧害怕。但想想家里父母的期盼，还有两个妹妹在读书需要扶助，他一次次鼓起勇气，在堂叔忙碌的时候，独自出门找工作，就算没看到厂门口张贴招工启事，他也走进去打听。

一天，他走过上沙的一个铁皮房，透过窗户，看到的是他在顺德待过的工厂类似的铣床、车床，这是一家模具厂。陈敏通跟门卫打听厂里是否招工，门卫让他自己进去问人。他就径直走进去，一个说着粤语的香港籍模具师傅接待了他。老板不在，模具师傅就直接面试了他，听他自我介绍在模具厂工作过，就问了几个关于模具方面的问题。在顺德的两个月，虽然辛苦万分，但是他对模具行业还是有粗浅的理解，陈敏通回答流利。模具师傅留了一个工厂电话给他，让他过几天打电话来问问消息。

几天之后，他在公用电话亭打通这家工厂的电话，对方爽快地回应："我跟老板说了，你过来上班吧！"陈敏通又惊又喜，没想到，仅仅在模具厂待过两个多月的工作经验，帮助他找到了这份得之不易的工作。

再次踏进模具厂，经历了诸多找工作的坎坷和彷徨的陈敏通很清醒地面对现实了。现实就是：自己曾经比别人多读几年书的学历不值一提，世界上没有既轻松又能拿钱的工作，任何一个行业都有苦有累，只要掌握了技能，就能有一方施展的天地。

他一再告诉自己，一定要耐住寂寞提升技能，再也不能因为苦和累，因为模具师傅的白眼而打退堂鼓了，一定要虚心学习请教，总有一天他也能成为一个模具师傅，手握技能，拿到高工资。

真的是像常言说的"态度决定一切"。没有一口饭是白吃的，过去再苦再累再难受的经历，到后来都会成为人生的财富。陈敏通在这家工厂里态度积极，行动迅速，瘦小的个子搬起上百斤的模具来也从不叫苦叫累，给模具师傅的印象极好。加上他属于脑袋灵光、一点就通的类型，模具师傅也很愿意空闲时指点他一下。陈敏通很快就学会了磨刀具、铣床操作、车床加工等基本技能。师傅安排的给模具制作打下手的工作总是完成得又快又好，还能经常提出一些建设性意见。

下班了，这个小伙子还经常不走，熬到很晚，尝试着在废品堆里找一些零件来加工，练手也练眼力。这让老板看在眼里，也对他赞许有加。

在模具行业，如果能独立制作模具，那就是给一个学徒工再上一个台阶的机会。独立制作模具，首先要学会画图。从来没有学过，他怎么办？陈敏通刻苦自学、思考、请教，从原来根本看不懂图纸到学会了用尺和笔绘制平面图，不断揣摩模具成型后的立体形状。他反复地练习绘画，然后用废料制作，请教有经验的师傅，再次改进、修正、测试。就是那时候沉淀的坚持到底的好习惯、不懈奋斗的精神，让陈敏通觉得至今受益匪浅。

踏进银宝山新,坚守 27 载

经过一年多的锤炼,陈敏通从学徒迅速成长为模具工,他动了跳槽的心思。那时,深圳市银宝山新科技股份有限公司(简称银宝山新)的前身还是一家位于福田沙嘴的小厂,陈敏通通过别人的介绍去面试了。几天后,他在电话里收到了当时的小老板,今天的年产值数十亿元、跃居行业龙头企业的上市公司董事长的邀请:"过来吧。"

1995 年 11 月,简简单单一句话,吸引着他踏入了工作至今已达 27 年的银宝山新。这么多年没"挪窝",陈敏通笑说,因为银宝山新一直给了他巨大的发展空间,他和企业发展的步伐同频共振、一起成长。

20 多年间,模具行业的发展可谓沧海桑田,与最初不可同日而语。模具技工从原来的设计、加工、装配、测试等多个岗位一肩挑,到现今的各司其职,分工越来越细;设计图纸从手工平面制图、电脑 2D 制图,一跃到现在的 3D 制图;各类模具制造从复杂的手工操作、人力搬运到现今的智能化操控。模具行业随着珠三角制造业的发展,尤其是国内和全球的汽车行业、电子信息行业、家电和办公设备、机械和建材行业的飞跃而迅速发展,成为传统制造业中的高端兼核心产业之一,被誉为"工业之母"。

回想起企业给予自己的种种培养和肯定,陈敏通很是感慨和感激。他对当年独立做出的第一个模具的那段日子如数家珍。那是到银宝山新公司半年之后,公司接到一个客户想要做一个推拉式名片盒的要求,名片盒的模具由 4 个零件组成,组装完成后需要满足这样的产品要求:透明的名片盒内放好名片之后,每推一次,就推出

陈敏通在工作中

一张名片的一部分，抽出一张名片之后，即可关闭。当时公司有个模具师傅请假，主管看陈敏通一直积极肯干，就提出让他尝试一下。

接到这个任务，陈敏通内心的喜悦是无法言表的。他动作迅速地按照客户的要求选择原料、用料，设计尺寸、画图，思考着：推拉时要用多大力度，推出一张名片还是两张名片。一个名片厚度不过 0.3 毫米左右，要围绕这个精细的尺寸做文章！陈敏通在工厂里反复琢磨调整图纸，打磨零件、装配零件，一个半月的时间过去了，他制作出了一个让人满意的模具。制作出来产品后，他又根据产品反复调试模具，直到客户满意为止。人生第一次独立做出来的模具生产的产品，他特意收藏了一个，至今宝贝一般地放在家中。

陈敏通独立做的第二个模具是一个路灯的灯罩，又是一番细致的工夫，从绘图到订料、加工、装配、测试，最终做出来的钢铁材质的模具达到了 600 千克以上。那时机械化程度不高，陈敏通记忆里充满了这个模具"相当重，太重了"的感受。

那时候的他依然清瘦，工作拼命、吃饭马虎，一心刻苦钻研、积累经验，虽然信心满满的，但还是遇到不少失败。

他清楚地记得，有一次，公司承接了福建厦门客户的立式冷风机项目模具，他负责制作中间主机箱这副模具。产品长度尺寸差不多1米，宽度0.3米，在滑块开模方式上，陈敏通直接设计T型轨槽带动滑块。经过一个多月的制造，模具如期完成，当装上注塑机之后，产品顺利出炉。

临近5月，夏天即将来临，客户着急尽快推进生产计划，由此，该模具在深圳没进行充分的测试即运回厦门，送入了工厂的生产线。陈敏通也由公司安排，和另一位同事一起前往厦门，负责售后服务。

到了生产厂家，所有模具按计划进入匹配量产，唯独陈敏通负责制造的那副模具，生产的产品两侧的筋骨和柱子根部都颜色发白。熟知的人都知道，这个颜色意味着将严重影响盖子安装后的强度，客户立刻找来陈敏通，要求这个问题一定要迅速解决！

陈敏通通过细致的参数比对和分析，认为这是客户这边的设备参数不一致而产生的一系列问题。他认为，需要加强抛光，让产品的筋骨和柱子更好地脱离，这样就不会颜色发白了。

陈敏通立刻和同事把该模具从注塑机上卸下来。生产厂家车间的条件有限，陈敏通只好和同事因地就简，徒手用现有工具起吊、推出来，再放下、翻转、再凌空起吊。几吨重的模具落地后，他们又找来十几斤重的锤子，经过艰难地敲打，才把模具分开。没有携带抛光工具，他在附近买来，花了两天时间修整模具。陈敏通自认为大功告成，组合好模具后，装上生产设备验证。

在客户的满怀期待中，产品出炉。但是，一盆凉水还是淋了下来——筋骨和柱子位置根部，依旧拉得发白……

客户问陈敏通："还有办法吗？"陈敏通坚持认为是抛光不良导致的，还需要加强抛光脱模。于是，陈敏通和同事再次重复工作，把模具拉吊下来、翻转、抛光。当进行再一次的生产测试时，产品两侧的筋骨和柱子根部依旧颜色发白。陈敏通顿感无地自容，恨不得找个地缝钻进去。他学艺不精、处理不当，耽误了客户的生产不说，还辜负了客户的信任呀！

客户立刻向银宝山新公司领导通报了此模具和产品情况，希望尽快派出专家到厦门解决问题。很快，公司总部的王师傅抵达厦门生产现场，与陈敏通一起进行模具的结构拆分。经过调查分析，王师傅表示："这个模具滑块的开模方式有问题，尺寸这么大，T型槽带动本身需要间隙；开模过程中，高压注塑后产品滑块很难平衡移出，容易磨损导轨，滑块筋骨和柱子向上撬动中离开滑块型腔，脱离后就变白了。所以，这类产品最好使用油缸驱动，才能使模具生产达到平衡和稳定。"

陈敏通猛然醒悟，原来，模具行业除了各类参数之外，还要认真考虑模具的生产稳定性，要从结构设计、力学原理、材料选用等多方面综合考虑。由此，陈敏通下定决心，买来材料学和机械学的相关书籍啃起来，不懂就向前辈、同行请教，注重交流模具制作过程中的经验，想尽办法杜绝差错，最大限度地减少产品的问题。

回望自己在模具行业的成长历程，陈敏通深刻觉得自己就是一边在失败中吸取教训，一边在不断钻研中逐步成长。他觉得自己深受当时企业内部热火朝天的相互竞争、相互学习、一门心思推动创新的氛围的影响，也深受当时的深圳"空谈误国、实干兴邦"的氛围的影响，深受南中国大地火热的艰苦奋斗精神的感染。他很喜欢路遥的小说《平凡的世界》，多年之后还在重读这本书。他在小说中找到共鸣，尤其是那句话——"只有永不遏止的奋斗，才能使青春之花即便是凋谢，也是壮丽的凋谢！"

随着改革开放的深入，从20世纪90年代到21世纪初，银宝山新公司得到长足发展，订单如雪片般飞来，公司逐步扩张，新加入的同事越来越多，分工越来越细。随后，银宝山新从福田沙嘴搬迁到宝安石岩，工厂规模一步步扩大，成长为深圳模具行业的龙头企业。随后在全国各地开设了8个制造分厂，在全球五大洲18个国家设有技术工厂及服务点，拥有500多项自主知识产权，先后荣获20多项国家级奖项。

陈敏通也紧紧跟随公司一起成长，他如海绵般吸收新技术的相关知识，学习新技能，操作新的设备，也一步步地从模具师傅成长为班组长、科长，成长为分厂模具工程中心经理。后来他又在各类比赛中锤炼成长，不断推出新的发明创造，技能职称一路抵达最高级别——高级技师，成为公司当之无愧的技术专家之一，频繁飞到南通、天津等地分厂帮忙解决技术难题。2016年起，他升任深圳分厂的厂长，分管生产，带领150多人的模具生产团队，服务诸多全球知名的汽车、手机、信息技术企业。

"望闻问切"，精益求精

问起在模具生产过程中让他印象最深的事情，陈敏通笑说客户的要求总是特别急迫，各种加班加点都成为寻常事。陈敏通所说的赶工是客户要求，实际操作中模具制作团队并不能着急上火。众所周知做模具是精细活,一个合格的量产产品,首先要有合格的模具,模具合格要靠经验、靠细致,更要靠精益求精的高度责任心和工作态度,让工序不出错、不返工,不浪费客户的时间,不辜负客户的信任,才是"王道"。

那时候凌晨时分,总还有很多车间灯火通明;交货期限近在咫尺的时候,陈敏通和同事们经常少眠少休;工作告一个段落,肚子饿得咕咕叫的时候连洗洗手都没时间,只是擦擦手上的油污;在车间吃同事打来的盒饭,一边吃饭还在一边商量着哪个步骤还有可以改进的地方,吃完饭就接着干。

陈敏通责任心强,连续几天很累,回家补觉,想起大约几点到可能出错的工序,他会定好闹钟,不管是三更半夜还是月朗星稀,都要赶回厂里盯着。没有差错、按照原定计划完成了相关工序,他才放心地继续回去补觉。曾经是同行的妻子唐桂平总是默默地接受这样一个"工作狂"丈夫,独自带大一儿一女,甚至因为要相夫教子,辞去工作长达数年。也许这传统而真挚的家庭关系,让陈敏通后顾无忧、一路奔跑向前。

面对各类客户的要求,陈敏通也总是积极行动、迅速解决。积极到什么程度?陈敏通的同事清楚地记得,2015年中秋节的前一天,远在长春的客户由于产品生产的品质问题,面临停产,前来寻求技术支援。银宝山新公司第一时间派出了经验丰富的陈敏通和他的同事。

经过5个小时飞行,即使汽车无缝对接,陈敏通和同事辗转到达目的地,已经是当天傍晚了。陈敏通立刻和客户召开了现场会议,了解产品当前的状况,认为需要在模具上面做一定的改善和调整,才能达到改良产品的目的。

客户方的技术人员当天也从新加坡赶回长春。考虑到第二天就是中秋节了，大家都是长途飞来、很是疲惫，客户方的负责人提出第二天先休息一天，中秋节后再工作。陈敏通干脆利落地表示："我是来做事的，不是来休假的，还是明天就继续改进模具问题吧，看能不能快一点解决问题，早一天解决早一天减少损失。"

陈敏通和同事的积极态度赢得了客户的赞赏。中秋节当天，万家团圆的时刻，他和同事一直工作到次日凌晨4点，终于完善了模具，使生产的产品良好，最大限度地挽回了客户的损失。客户方的负责人朝他们竖起了大拇指，直赞："跟你们合作，真正放心，责任心强，技能出色。"

如何迅速找出问题所在，陈敏通有自己的一套。他说找出模具不合格的原因，也要如同中医一样要"望闻问切"。除了外观的观察，他很喜欢摘下手套，用手指去触摸、模具的零件，摇动一下，感受模具零件之间的契合度，感受零件的表面的光滑度，感受零件的温度。

他认为，模具的每一个零件都具有生命，拥有一种无形的生命力，模具技工是模具生命的创造者，创造者要带着创造思维，赋予其灵魂，以此去谋划各个模具的各个零件。一个模具是一个有机构成，有血肉有骨架，这么看待一个模具，很多问题就能在这过程中迎刃而解了。

也许，这就是陈敏通对工匠精神的深刻理解——用专注和极致对待模具，以至于任何模具都有了灵魂。

如琢如磨，发明频出

经过多年的模具行业的沉淀，陈敏通成为一个极为专注、心细如发的人。他总是严谨地盯着工艺规范操作，把诸多模具的尺寸误差控制到最小，实现产品多个零件咬合精密的要求。

不同工厂有不同的资源配备，资源的局限性迫使在同等设备条件下，必须完成更好的零件，以便组成更完善的模具，赢得客户的信赖，赢得更多的订单。在工作中，不断以创新为导向，保证各类技术走在行业前沿，就变得迫在眉睫。可以说，这是一名技术工人显示实力的时刻，也是企业的生命力所在。工作中，陈敏通总是不断发现问题，积极解决问题，一个个发明创造就在不断冥思苦想、动手实践的时刻涌现火花，如琢如磨之后，最终顺利诞生。

2013年申请成功的实用新型专利——一种手持气动喷砂枪，就是陈敏通和同事一起，在工作中循着发现问题——寻求解决方案——找到解决方案——申请专利之路而出炉的。

这一切说来容易，实际专利出炉经过了漫长的日子。公司多部门组成的团队日夜琢磨，寻求合适的参数，不断改进、调整，随着工作进度不断再修正，终于水到渠成。

这个实用新型专利成型，解决了一个极大的技术难题，那就是"抽取的砂粒可以随着气流冲击指定的金属表面区域，利用气流强弱与砂粒颗粒大小控制粗糙度，达到不同的纹理与粗糙度效果"。这个专利的实用性强，给开模带来很多便利：安装简单、调节便利、区域控制明确、处理快，砂粒消耗比专业纹理处理厂商成本低。

另一个实用新型专利"工件表面纹路划线仪"也是如此。在模具制造中，越来越多的产品需要更美观的纹路，这也相应地要求模具能够更加便捷、精美、稳定地实现这个功能。经过多次研讨和调整，陈敏通通过多次测试和调整，在安装手柄内置划线针，除划线针前端深处安装手柄之外，后端被伸缩弹簧顶紧在安装手柄内。通过这个特殊的安装模式，弹性调节画线针在划刻时的深度和力度，加工出深度均匀的纹路，而不会带来断线，加工而成的线条和纹路流畅自然。

"一种零度脱模角深腔模具"实用新型专利，是陈敏通和同事联手发明的。该模具由后模组件和前模组成。这个发明技术方案简单说来，原理不难理解：通过在前模组件上开设冷却管路，在开模时通过注入冷却液，给前模组件进行快速降温，利用塑件自高温到低温收缩的原理，塑件会发生垂直开模方向的径向自收缩一定距离，以脱离型腔的腔壁；待开模末端继续开模，塑件径向收缩后继续包紧后模组建，并脱离前模组建，防止产品被拖动而造成损伤，实现零度脱模。

到最后，留在发明专利的介绍不过寥寥上百字，而从发现问题，到一次次尝试、一次次突破却是需要漫长的时间。

不记得有多少凝神思考的夜晚，不记得有多少埋头计算的时刻，不记得有多少次与同事的"头脑风暴"，不记得走过多少弯路，遭遇多少次失败，然而陈敏通深信，如果付出的努力和当下的成绩不成正比，不要太焦虑，所有的弯路都有它的意义，人生没有白走的路，你所走过的每一步都算数。

就这样，陈敏通带着团队推出的诸多模具获得了中国模具工业协会颁发的"精模奖"。其中，"汽车安全气囊盖注塑模具"获得了二等奖。在汽车内部总会隐藏着汽车的安全气囊，当巨大的冲击来临的时候，在这个气囊盖内部的爆破线被触发。不去认真观察，可能很少人会注意到气囊盖的位置，这就要求这个注塑磨具做出的气囊盖具有极佳的隐藏性，虽跟汽车内饰不是一个整体，但要看似一个整体。做这个气囊盖的过程，诸多专业术语外行人很难明白，但陈敏通说起来滔滔不绝，因为，他知道怎么做，也知道为什么要这么做，这样做的诸多好处在哪里。就是这些，体现了一个获模具界最高奖"精模奖"的磨具技师对本行的娴熟和自信。

大赛角逐，剑拔弩张

说起人生的高光时刻，陈敏通总会想起从 2009 年开始持续参加的深圳、广东省和全国多场模具行业个人赛事和团体赛。尤其是"技行天下——广东省 2012 职业技能电视大赛"和"全国机械行业和职业技术院校首届模具工职业技能竞赛"两场竞赛，前者陈敏通获得了模具制造项目冠军，后者获得了个人优胜一等奖和团体优胜奖。

2012 年的统计数字表明，广东省技能人才总量达 900 万人，其中高技能人才 197 万，约占全国的 1/10。由此，在时任省委书记汪洋的倡议下，广东省人力资源和社会保障厅、南方广播影视传媒集团、广东电视台从 2011 年开始联合主办"广东省职业技能大赛"和"技行天下——广东省 2012 职业技能电视大赛"，成为引导和激励广大青年学技能、比技能的新舞台。

"技行天下——广东省 2012 职业技能电视大赛"分为汽车装配工、装表接电工、模具制造工、机电一体化技术员、计算机网络管理员、物流师、养老护理员、调酒师、糖果面点师 9 大热门工种，经过激烈角逐，产生了 17 名技能冠军。

当年比赛的剑拔弩张，通过电视纪录片被永久地保存下来。在层层海选之后，陈敏通成为最终的 4 名参赛选手之一。赛事安排了调整模具制作牙签盒盖、模具行业理论的快问快答等环节，最终环节为制作钥匙打开盒子上的锁，从盒子里拿出不完美的模具进行修整，从而制造出一个产品安装后点亮"技"字灯箱。

在制作牙签盒盖的比赛中，陈敏通迅速测量，通过车床、铣床等调整模具的相关参数，制作出成品，顺利通关。随后进入密闭房间，进行模具行业理论快问快答中，面对诸多理论知识问题："塑件文字为凹字，那么电极上的文字是？""也是凹字。""ABS与PA哪种材料流动性强？""PA。"十来个问答，陈敏通总是从容不迫、脱口而出。

通过两轮淘汰，只余下两名模具技师争夺最后的冠亚军。这个最具看点的比赛环节设置是按照图纸，用铣床等工具把铁片加工成一片钥匙，打开一个铁盒上的锁，然后修整模具各个零件，制作出又一个产品。陈敏通稳打稳扎，查看图纸，用铣床把铁片"开粗"，按照钥匙的厚度做基础工作，用工具测量，随后用一人多高的磨床再加工。戴着防护眼镜，火花四溅之间，他的时间不是最快的，但第一次就开锁成功。小小一片钥匙极为讲究精细度，陈敏通的对手做得很快，但没能开锁成功，他只好选择了再制作一片钥匙，这应该就是俗语"细节决定成败"的具体体现。

打开铁盒之后，产品分析、修模、测量、试模、脱模等各类工序，陈敏通有条不紊，冷静而专注。他事后直言："我总是很专注地做事情，谁也影响不到我。"评委在一旁提问，告诉他另外一名选手的进度，陈敏通不为所动，手里的动作不停，直到宣布比赛时间到的一刻。评委对陈敏通印象最深的便是："不管外面发生什么事情，我自岿然不动。"最终，陈敏通用"高质量"战胜了对手的"高速度"，赢得了冠军。

获得模具制造工技能冠军之后，陈敏通与其他职业比赛冠军一起，受到时任广东省委书记汪洋的会见。随后还被中共广东省委宣传部、人力资源和社会保障厅选为高技能人才巡回报告团成员。2014年，陈敏通再次获得了"广东省技术能手"荣誉称号。2016年，他获评深圳市宝安区高层次技能人才，同时捧回了"鹏城工匠"这个厚重的荣誉。

2012年，陈敏通参加省宣讲团

参加每一次行业内的技能比赛，跟来自深圳、省内甚至全国各地的同行比拼，陈敏通形容，都像他业余时间最喜欢的爬阳台山一样，充满了激情四溢的感觉。他总是全神贯注，一口气直奔山顶而去，从不细看路边的风景，从不停下来休息，累极了也从不中途而废，一直死命坚持、坚持，直到登顶。他享受举目四望，把宝安区和南山区的大部分区域尽收眼底，心旷神怡的那一刻。

可以说，成长过程中，过去的这一切也是偶然，也是必然。陈敏通就这样深耕模具行业，执着不悔，笃行不怠，在模具行业脚踏实地，一步一个脚印，把通往"鹏城工匠"之路走得越来越宽。

深圳制造，有你有我

聊起模具行业的发展，陈敏通的观点很多。他始终认为，一个完美的模具的诞生，不是一个人的功劳，有客户的深度参与，有公司团队的紧密协作，有员工技能的不断提升。

在步步提升的道路上，陈敏通说自己的技术水准的提高得益于诸多良师益友，包括经验丰富的师傅，更包括很多团结协作的同事，尤其是20多年来一起在模具行业打拼的好兄弟古显善和温建春。

三人几乎前后脚来到银宝山新公司，都来自乡村，学历相当。加上共同的成长环境，对用技能的提升改变命运的"三观"很一致，三人来往密切，有时候都同吃同住，工作中经常一起"头脑风暴"，相互切磋、一起攻关，结下了"战斗的友谊"。他们也一起前进，曾经一起包揽了从深圳到广东，再到全国职业技能大赛的多个奖项。三人如今都已经是银宝山新里面数一数二的技术专家。

"那时候加班没有加班费，但是我们都把加班当成家常便饭。早年的时候，工厂的铣床不多，白天很多人要用，我们就经常晚上到工厂去加班，琢磨白天在超市、在别的工厂见到的一些产品到底是怎么做出来的，一边就用铣床等设备尝试做出来。三人有不同的看法的时候也会争论半天，讨论做某一个模具几种方法，最终多次调整，出炉一个最优的方案。"古显善说。

古显善很是欣赏陈敏通这个小兄弟头脑灵活、领悟性强，经常冒出一些让人击节赞叹的好点子。同时，他也很赞赏陈敏通的踏实肯干，凡事不计较，毫无保留地贡献自己的智慧。

古显善说，以前很多品牌厂商都用进口的模具，随着中国制造业的不断发展，客户的需求拓展，银宝山新公司要求员工"削尖脑袋"学习国外先进技术，掌握最先进的模具制造技术。"国外可以给到的模具制造资料少之又少，很多时候我们就看着成型的产品来琢磨模具结构和制造工艺。陈敏通、温建春和我经常白天琢磨、晚上回家了也琢磨，一晚上都在想，第二天一到公司就碰头研究、争论，一心往前钻，坚持了就进步了，就这么一步步拉近了与国外技术水平的差距。"古显善说。

在老同事温建春眼里，陈敏通吃苦耐劳、脚踏实地，同时待人诚恳，极富钻研精神，有今天的成就也真的是干出来的。他记得，有段时间他们一起攻克电视机高光模具制造难题。"那段时间，我们几乎天天守在客户的生产线上，随时有问题随时想办法解决，任劳任怨。"温建春表示。

在工作中，陈敏通注重严格按照工艺规范进行操作，并且不断改进优化。从零件加工到模具组装、模具测试，每个环节都有系统、全面、严格的检验机制与检测实施条目。另外一方面，他从工作实际出发，学习生产制造的相关理论，注重在实际工作中持续总结归纳技术经验，举一反三，达到知其然且知其所以然，找清根源，彻底解决实际模具制造中的方方面面的问题。

一步步成为中层干部之后，陈敏通更加注重学习。原本就是个"书呆子"，喜欢看书，工作之后，他更是"缺什么补什么"，还在业余时间涉猎文学、哲学、机械学、材料学等多类型书籍，甚至管理和沟通类的书籍。

那时候，这一份工作对于他，已经不单是为了谋生，更为了从中获得的成就感、荣誉感。而要获得成就感和荣誉感，首先就要充实自己。不断自学，就是他充实自己的一个途径。他报读了大专学历教育。

长达几年的时间里，每到周末，他都耗时一个来小时，赶到坐落在南山区虚拟大学园的教室里，听课、学习、做作业。年纪大了，写起论文来吃力，但他总是告诉自己，坚持、坚持再坚持，就像每一次爬山那样坚持，像每一次执着解决模具问题一样坚持。靠着这份永不言弃的韧劲，他顺利拿下了大专文凭。有所学，一定要有所用。在课堂上学习的相关知识，在与同行、前辈交流中学习的经验，他总是注重消化，加上自己的理解，形成一定的工作日志和总结提升文本。

逐渐地，陈敏通累积的诸多理论知识和实践中的经验相结合，他做成了《模具装配技巧》《样件外观评价》《抛光作业指导书》《加工异常分析》等80多个培训课件和作业指导书，定期对新老员工进行培训，成为银宝山新公司培训部门的参考资料。诸多中专、大专毕业生都听过他的课，他讲课总是深入浅出，诸多从实践中来的新鲜经验让很多年轻人受益匪浅。在车间巡查走访的时候，他也对公司的年轻人毫无保留、倾囊相授、耐心指点，先后培养了100多名技艺高超的模具技工。

2012年，陈敏通成为广东省技能人才巡回报告团成员，在省政府礼堂，在茂名、韶关、揭阳、惠州、深圳等地，对企业员工、技工师生进行巡回报告，倡导更多的人秉承"工匠精神"，在技能上精益求精，为国家工业发展做出贡献。

2016年，陈敏通获评"鹏城工匠"、宝安区高层次技能人才后，多次作为模具行业实践专家，走进深圳市第二高级技工学校、广东机电职业技术学院、佛山职业技术学院等，参加开发专业教学标准研讨会，接待来自全国各地的中专、大专、本科等院校的教师、学生到模具车间交流学习。

在每次演讲和交流中，陈敏通总会真诚阐述自己的观点。他认为，现今的传统制造业的长足发展，有赖于模具行业率先走上机械化和智能化的道路。这个道路上，需要更多的高学历人才加入其中，

陈敏通在生产一线

也需要更多的经验丰富、技术娴熟的工人。

但是，社会上依然存在"重学历、轻技能"的现象，适应发展新需要的技能人才仍然稀缺。适龄学生不愿意学技术，同时，致力于向技术岗位发展的工人也少了。

在演讲和交流中，陈敏通可能不是演讲达人。他没太多慷慨激昂的华丽辞藻，但胜在真诚、胜在实际岗位工作经验丰富。他的交流总从自己的实际工作经验出发，让模具行业内的员工感到干货满满，具备极强的操作性和指导性。

每次演讲和交流，陈敏通都用从乡村少年成长为"鹏城工匠"的经历告诉年轻人，在模具行业学历不高不要紧，从基层工人做起，一样有尊严、有出路、有奔头，技术学好同样可以发光发热；在模具行业，每一天都有新鲜感，制作的每一个模具都是不一样的，都富有挑战。而学历高的人也不能眼高手低，模具行业需要丰富的实践经验，在岗位上扎根，沉下心来学习，掌握动手技能，才能"知行合一"，让制作的模具尽善尽美。

现今，"十四五"顺利开局，深圳高端制造业正扬帆再出发、奔向新征程，从深圳制造迈步深圳智造。在这样大潮中，亟待一大批像陈敏通一样具有工匠精神的劳动者挥洒汗水、奉献智慧，将自己对人生、对事业、对国家的热爱化作工作的激情，谱写敬业报国的时代乐章。

深圳匠魂

黄牛仔

深圳匠魂

燃气管道维修工高级技师。曾获得"全国技术能手""广东省技术能手""深圳市地方级领军人才""第一届深圳国企十大工匠""深圳市第四届技能标兵""深圳国资委党委优秀共产党员"等荣誉，专注一线燃气管道安装25年，解决了6000多户老楼宇的室外燃气管道安装，让老小区居民由瓶装气转为管道天然气，每户每月节省56元，每年节省400万元。从2017年至今，深入燃气管道安装维修现场指导超500次，发现各类隐患212处，完成经济创收价值超过1000万元。所带徒弟中有2人均获评"广东省技术能手"及"深圳市后备级人才"。具备燃气具安装维修工高级技师水平。

在高空舞出漂亮的人生八段锦
——记深圳燃气集团的"鹏城工匠"黄牛仔

邵永玲

他,专注一线生产及技术25年,攻克了领域内很多难关,先后荣获"全国技术能手""广东省技术能手""深圳市地方级领军人才""第一届深圳国企十大工匠"和"深圳市第四届技能标兵"等荣誉称号。从2017年至今,他深入燃气管道安装维修现场指导超500次、多次发现并解决了公共燃气管道的安全隐患,保障了一线生产作业安全。以精湛的技术为公司顺利创收经济效益超过千万元。

纪伯伦说,一个人的意义不在于他的成就,而在于他所企求成就的东西。当你拥有了高追求的目标,你便能踏实而笃定地一步一步往前走,最终定能成为一个优秀的人。在黄牛仔的身上就有这样一种特质,在他的眼里,爱岗敬业是作为一名员工的本分。"给自己立一个既定目标,许一份承诺并完成。"黄牛仔说,刚进单位的时候,他就在职业生涯规划上立下比同行里技术最强的那个人再好一点的目标。理由很简单,选择了一份职业就要对这份职业负责,成为一个在岗位上真正能起到作用的人。就这一个简单的信念,让他一路信步轻歌,向人生的最高坐标进发。

坚持蕴蓄成长潜能，积淀终成澎湃之势。因为简单，黄牛仔的技"翼"日渐丰满，他屡次代表深圳市、广东省斩获佳绩。因为简单，从事高空安装燃气管道工作13年，班组长及安全技术管理9年，他一次又一次在克服困难的过程中感受着职业的幸福感和充盈感。

1975年，黄牛仔出生于江西省新余市一个贫困的农民家庭。寒门弟子早当家，1993年高考落榜后的他在家务农，同时做着水泥工。为了改善家庭条件，21岁的黄牛仔过起了漂泊打工的生活。一个偶然的机会，黄牛仔与燃气行业结缘，在一家私企当起了打杂工。由于肯吃苦、好学习，他在一次燃气工程验收工作中被深圳燃气"相中"。1997年7月，22岁的他正式开启了自己职业燃气管道工的生涯。只是他做梦也没有想到，深圳燃气集团改变了他一生的命运，他从一名基层的普通燃气管道操作工，成长为载誉满满的匠人。2012年6月，他成为"深圳市高层次专业人才地方级领军人才"，不仅解决了一家人的户口问题、孩子入读公立学校的问题，还享受了购房补贴，摆脱了蜗居窘境，圆了一个安居梦。这是多少外来拼搏者都难以企及的梦想。

上千次高空作业零事故

初见黄牛仔，跟我看了一些资料后对他的印象不太相符，两鬓的白发和眼角的皱纹，让他看上去比实际年龄要大不少，有种历经沧桑的成熟。接下来的采访中，我认识到黄牛仔和大多数奋斗者一样，是创新变革的探索者，为实现自我价值、为城市的发展，在时代前行的脚步中，不负韶华，恒久奋斗，砥砺前行。用他自己的话说，没有任何背景，也没有任何资源，但他知道"工欲善其事，必先利其器"。"光阴似流水,人生亦如此,不求惊涛骇浪,一泻千里,但要滔滔不绝,涓滴成海。我们所追求的不应该是刹那间的绚烂,而是持久的繁华,因此在前进的道路上,我们需要有远见卓识,看见趋势和力量,更需要摒弃间歇性努力,厚积薄发,为下一个人生高度涵蓄后劲!"他相信技能可以改变命运,也唯有技能,才是他奋斗的终极目标。

入行以来,他始终坚持"要么不干,要干就干最好的"的人生信条,用责任和担当、以执着和坚守书写了燃气管道工的亮丽篇章。故事还得从1997年7月说起,黄牛仔刚进入深圳燃气集团,那时的他只是一个打杂工。没有技术,整天除锈刷油漆,满身的油漆味,坐公交车别人都不愿靠近他,有的人甚至捏着鼻子躲着他。那段日子,他时常想起他的老师在他作业上的批语:穷且益坚,不坠青云之志。老师告诉他,出身贫困不可怕,只要有志气就行。这样,你的贫困就会转化为你人生的宝贵财富。

普通的管道安装工作谁都能做,所以,他当时便选择了最富挑战性的高空管道作业。他知道,这个工作又苦又累,风险又大,但他更懂得没有汗水,就没有成功可言。当时他就是想,不到"险峰"之上,怎么能见到"无限风光"?所以,那一次的选择就是他选择了承受苦难,他用更好的蛰伏和厚积薄发,来迎接今天的绽放。

于是,他开始了属于深燃人的太极八段锦表演。同样是高空作业,安装燃气管道比起清洗玻璃外墙的工作,复杂得多,困难是随着不同的作业现场改变的,本身对技术性要求相对较高,风险也更大。但13年以来,他牢记初入行时师傅的告诫:"干我们这一行要记住:苦练巧干,精打细算,心细如发,胆大包天。"上千次的高空作业,无一次意外发生,他做到了零事故。

当你看到他十个指关节处黄豆大小的硬疙瘩时，你便能明了他是用什么保证作业安全的。为了保质保量地完成每一次高空作业，他发明了一套"空中太极"，这些都是练基本功练出来的。说着，他为笔者现场展示了他的一字马和单手俯卧撑。他说："平时的工作有时真的就像杂技演员一样，命悬一绳之上。只有身体素质足够好，才能让自己对高空复杂的工作做到游刃有余，信心十足。比如在高空打冲击钻，因为反作用力人会往后退，你拿什么稳定身体？所以力量的训练非常重要。"

为了安全地完成高空各种复杂的工作，他十分清楚体能的重要性，于是他把锻炼当成工作一样，每天必不可少。他说，平时在作业中需要刚柔并济，因为不同的现场及楼体结构等原因，对操作有很大的挑战性。有时需要躺着、半蹲着，有时必须弓着腰，更有的操作环境必须采取下后腰的状态才可以顺利操作。就这样的姿势，黄牛仔可持续保持半个多小时。要知道，这可不是在平地徒手作业，这是高空，手上还要拿着几斤甚至几十斤重的钢管。这一点，恐怕专业的运动员都很难做到，可他真的做到了。一是得益于父辈的遗传基因。听黄牛仔介绍，以前在家务农时，他挑200斤的煤炭走不平的泥沙路，还要被父亲骂没出息，据说他的爷爷可以担400斤的重量。二是得益于他的安全意识，和想真正干好这件事的决心，于是他针对工作需求，自创了一套功夫。一是铁臂功，每天做俯卧撑（手指抓地、手掌撑地、单手撑地），各动作每天至少练100个以上；二是鹰爪功，每天练习抓重物，右手50下，左手50下，每天抓举100下以上；三是劈叉功，每天练劈叉，劈开、收起，再劈开、再收起，每天劈腿100次以上；四是腰背功，每天前俯后仰，左右摆动，扭动腰身，原地转身，每天练习100次以上。就这样他掌握

班前会是黄牛仔每天工作的打开方式

了快速确定安全、经济和适用的管线走向的本领，练就一手安装快、实效高的好技能。"有了这些基本功做保证，在高空各种复杂的工作面上，我就能信心十足，运作自如。我能在常人几乎无法施工的工作面上，像荡秋千一样地荡到预定的工作面上，并在一瞬间抓牢固定物，开展作业。"黄牛仔说，最远的一次，他飞越过5米的距离，这是他通过十几年的苦练练就的功夫。他自豪地为笔者讲起了那一次的经历。

那是2010年3月在深圳的一个社区装21楼的一户管道，当时放吊篮的位置只有一个，离装管的距离却有5米远。当时不要说是打钻，就是连人都靠不了边，他只能借用脚蹬墙的力，让自己靠近装管距离，一蹬2米，不行，再蹬3米，还不行，但是他并没有放弃。休息一会儿后，他让同事吊了一瓶饮料下来补充体力，开始了第三次飞跃，这一次他整个人就像飞镖一样准确地落到5米开外的工作面上，并在一瞬间抓紧了那个伸出的墙角。如果没有平时练就的腰、腿、臂、手的超强力量，他不可能高质量地完成那次的装管任务。站稳后，他量尺寸，打冲击钻，经过1个多小时的努力，圆满完成了一次极富挑战性的高空作业。这样的故事多了，黄牛仔，也就成了名副其实的国服最强"蜘蛛侠"。

坚持是种习惯，更是一种能力；吃苦是种品格，更是一种匠心。黄牛仔将坚持、吃苦作为自己职业的匠人精神，近30年的从业生涯，他不忘初心，牢记使命，砥砺前行。说起目前自己的身体，他不无感恩地说，工作给了他一次实现个人价值的机会，也给了他一个健康的生活习惯和身体。直到现在，他还坚持每天做这些运动项目。

技术开启人生腾飞之旅

对未来最大的慷慨，是把一切都献给现在。在这个五光十色的当下社会，工匠们也一样面临很多诱惑，但他们没有为此所动。因为他们的共同点和特殊性，不仅在于技艺精湛，更在于有一颗对祖国、对岗位、对技术、对事业的爱心和忠心，有一种令人高山仰止、富有职业操守的"工匠精神"。

21世纪初，深圳有很多尚未安装燃气管道的老旧楼宇，那里的居民还在用罐装燃气，既不方便也不经济。2002年，深圳燃气客服分公司成立了一个高空作业小组，专门为老旧楼宇安装天然气管道。

黄牛仔回忆，老旧楼宇大部分都需要进行高空安装管道，当时如果居民自己请工人搭设脚手架，一户就要花费近万元，而燃气公司统一安排专业人员进行高空作业，一户仅收200元高空作业费。"虽然高空作业人员能多挣200元高空费,但这项工作的潜在风险对作业人员的素质要求非常高,所以选择高空作业这项工作的人很少。"黄牛仔说。

老旧小区居民一通通满怀期待的电话打动了黄牛仔。在强烈使命感的驱动下,他积极动员身边同事组成小组承担工作。没有想到,这一干就是20年,黄牛仔将自己的整个青春都奉献给了这份辛苦而又平凡的工作。

进行高空作业时,作业人员要站在吊篮里,被悬挂在半空中。夏天,在烈日暴晒下,黄牛仔的衣服时常被汗水浸透,每天下班,他的后背总有一片雪白的汗渍。有时热得没有办法,他便让客户递上一盆水,当头浇下,用来降温。

即使如此,黄牛仔也从未退缩。他不仅不辞辛劳地工作,而且每次工作后还回顾总结,不断优化装管技能。13年来,黄牛仔高空作业安装管道累计达6000多户,无论在装管速度还是质量方面都是佼佼者,并一直保持着零安全事故的纪录。

如今,黄牛仔早已从一线作业岗位上退了下来,走上了特种作业现场技术指导及安全管理的岗位,然而他一如既往地对工作保持着热忱。回首自己的来时路,黄牛仔说,是母亲为他插上技术的翅膀,给了他拼搏的动力和勇气,给了他生命沸腾的温度。

来深圳之前,他曾在江西省鹰潭铁路局做过维修工作,还短暂地在上海从事过建筑钢筋工。后来,因家境贫寒,加之日夜操劳的母亲患上了严重的高血压,孝心拳拳的他得知消息后,为了照顾母亲,辞掉了上海的工作回到了家乡。可他的母亲不想儿子再陷在贫困劳苦的人生里,想儿子有一天能有真正养活自己的能力。她多次劝说黄牛仔并支持他出去闯荡:"我自己在家会照顾好自己,一定会按时吃药。你还年轻，不能一直待在家里种地，这样的话你重复的只是贫苦的日子。你要到外面学个技术，以后凭本事赚钱，那样才能真正减轻家里的压力，担当起照顾家的责任。等你有了谋生的手艺，娶个媳妇，成家立业，才是妈妈最想看到的。"在母亲的谆谆教导和生活的重压面前，他决定继续到外面闯荡。"心有所信，方能行远。"从那一天起，学手艺，让自己有尊严地活着成了他的目标，为了不辜负母亲，也为了未来的自己和自己的未来。

那时候，有很多同乡在深圳打工，听说机会很多，工资待遇不错。于是1997年初，他也随着打工潮来到了深圳这片可以造梦的热土，开始了他的梦想。一开始，他进入深圳市龙岗区横岗镇的一个工厂，做拉链的流水作业。由于厂里的工作效率太低，工作环境较差，对底层的技术工人不重视，工资待遇很差，半年后，他再次辞职，寻找新的工作机会。

很快机会来了，一天有个私人老板要招收燃气管道的施工技术人员和辅助的劳务工人，他抱着先做一段时间的想法，打算先找个工作暂时稳定下来，待以后有更好的机会时再另谋出路。不承想这一次，让他与燃气和管道结下了不解之缘，从此他再也没有离开过这个领域。20多年里，他以"功成不必在我"的忘我境界和"功成必定有我"的使命担当，汇聚了一股强大的精神力量，凭着真本事、硬功夫打出了自己的一片天。成了家，立了业，还成了这个行业里的佼佼者，成了一个实现了职业价值和生命价值的"老黄牛"。

在访谈中，他云淡风轻地讲着他的过去。刚开始，他基本上是做一些如打墙洞、用绳子吊管、搬材料等基础工作。那时候，他每天看着师傅们安装燃气管道，感觉挺有意思，就这样安稳地过了一段时间。突然有一天，他接到了老家的电话，告知他的母亲病危，

多看、多听、多记,是黄牛仔的工作习惯

已被送往医院抢救。他得知消息后,第一时间请假回到老家,遗憾的是,到家后,母亲已经永远地闭上了双眼。原来,他的母亲考虑到黄牛仔已到了男大当婚的年龄,想多干点活、多攒点钱给这个小儿子娶老婆。于是在炎炎的烈日下,她独自下到棉花田里捡棉花。身患高血压的她在烈日下长时间劳作,突发中风,晕倒在地。由于未能被人及时发现和救治,就此撒手人寰。每当想起此事,他都有一种强烈的内疚感。讲到这一段时,黄牛仔的眼眶再一次湿润了,那个最疼爱他的人去了,从此他再也没有妈妈了,这是他一生都化不开的痛。对此,他心里有深深的愧疚,遗憾一直刻在心底。

母亲的去世,对他的触动很大,他突然像断了线的风筝,也像是一夜之间长大了。那一天,他开始了真正的思考,他到底该做些什么?到底该为家庭承担什么责任?逝者已矣,但生者如斯。他要将对母亲的爱和愧疚转化成拼搏的动力，他知道这也是在天堂的母亲所殷殷期盼的。自那以后，每当他在生活或工作中遇到不顺心的事，都会一次次地告诉自己："坚持再坚持，我所有的努力里都有妈妈的期待。成家立业，那是我必须完成的她的遗愿。"

处理完母亲的后事后，他带着伤痛回到了深圳，回到了他熟悉的岗位。依然是原来的工作，但他再也不好高骛远了，他知道当下最重要的，是做好手底的事、眼前的事。好学的他，每一天都在很努力地做着最基础的工作，闲时尽可能多地给老师傅们打下手。但由于私人企业业务量有限，不久后，他又失业了。

1997年8月，经人介绍，他进入深圳市燃气集团所属工程公司，正式走上了他的燃气管道安装之路，开启了他的人生腾飞之旅。

全力以赴赢得人生的机会

涤除玄览，能无疵乎。排除一切杂念苦心专研，让纰漏、瑕疵降到最低，这是一种信念。20多年来，黄牛仔始终相信，技能可以改变命运。他说，回顾来时的征程，每每都像电影一样一幕幕地在他眼前回放。"现在回想起来，感觉命运还是很眷顾我的，在向我关闭了一扇门的同时打开了一扇窗。"对于今天的自己，黄牛仔永远充满着感恩并满含热泪。

初到岗时，他一没技术，二无人缘，只能从管道除锈、搬运打杂等一些基础工作做起。时至今日，他仍然能非常清晰地回忆起当年工作时的情景。那时候，工地上使用的都是无缝钢管，在安装之前都要给管道进行除锈、刷漆，他每天的主要工作就是负责给管道除锈。在炎炎夏日，一个人窝在狭窄的工棚内，一边挥舞着钢丝刷，一边挥洒着汗水,将一根根锈渍斑斑的钢管刷得光亮,满屋子飞舞着褐红色的锈灰。虽然戴了口罩,但一天下来,还是满鼻子灰尘,有时手累得连筷子都拿不动。更难于忍受的是满身的铁锈味,当时坐公交车都能感觉到别人都不想靠近他,有的甚至捏着鼻子背对着他。就连一日三餐吃下去的饭都感觉有一股相同的味道,难以下咽。那个时候,即使每天喝多少水都似乎解不了渴,仿佛嗓子也被锈蚀了一样。一个月下来,他整个人瘦了将近 5 公斤。

体验过生活艰辛的黄牛仔,倍加珍惜来之不易的学习技能的机会。牢记初心,"梦想从学习开始、事业靠本领成就",所以即便处于这么艰苦的工作现状,也没有让黄牛仔想到过放弃。经过一段时间的摸索,他逐渐掌握了除锈技巧。每当看到一根根锈迹斑斑的钢管在自己手里变得光滑锃亮时,黄牛仔心里便充满了成就感。要知道,这个岗位,在当时那个年代,很多同事都避之不及,因为他们听说长期吸入铁锈会损坏身体、影响寿命,所以不是逼不得已,都会避开这项工作。而黄牛仔不但没有惧怕,在这个岗位一干就是两年,一次次让无缝钢管变得光泽明亮。

在此期间,黄牛仔还利用休息时间,独自练习包防腐带。时间久了,他的手指上长出了一层厚茧。他笑言,这才是老黄牛的特色。"我的班长技术精湛,人特别好,不仅将技术对我倾囊相授,还总开导鼓励我。"黄牛仔说道,"其实不仅是师傅好,也是我的学习热情和执着认真的劲头感动了师傅。"

虽然每天都汗流浃背,辛苦有加,但他总能一丝不苟地完成好各项看似简单又无关紧要的工作。闲时就站在师傅们旁边仔细观摩着,看着他们熟练地摆弄着手中的管钳、扳手。一排排整齐的燃气管道像工艺品一样悬挂在外墙立面,他在由衷敬佩的同时,心中的羡慕之情也油然而生。

然而，光阴似箭，一干又是半年，他每月的工资没有增长，仅够维持生计，更谈不上对家庭的帮助。他开始对眼前的工作产生困惑，对自己的前途产生了怀疑，忧心如焚。那一年，他已经23岁了。

"难道这辈子只能如此吗？自己和别人的差距在哪里？何时才能履行好做儿子的义务？"他一边用压力激励着自己，一边在心底暗下决心："我要做一名技艺精湛的管道安装工人，我要掌握一技之长，我要改变命运。"凭着不甘平庸的骨气和拼命向前的锐气，黄牛仔的生活里仿佛洒满了阳光。他每天早早来到工地上，利用打杂的机会熟悉管道安装的各项工艺流程。如果一些老师傅需要找人帮手，他总是争先恐后地去干——为这个，他曾多次被别的工友骂成"傻冒"，可他愿意做一个这样的傻冒。因为每去一次，他都会有一些收获，或者学会一些小技巧，或者熟悉一些操作流程。那些日子里，他跟前跟后，帮师傅拿工具，打下手，不亦乐乎……时间一长，不少老师傅跟他熟悉起来，他当助手的机会越来越多，向人请教的机会也就越来越多。渐渐地，有些简单的安装工艺，老师傅们开始指导并交给他操作。每一次，只要有这样的机会，他都会开心地全力以赴，当成那一天的头等大事来做。机会永远是留给有准备的人，经过一年的磨砺，他终于可以独立地量管装管了。

技能改变了他的人生路

胜人者有力，自胜者强。黄牛仔始终认为，没有等来的辉煌，只有拼来的精彩。1998年，公司接下了深圳安装市政埋地无缝钢管的项目，当时埋地管施工质量要求很高，关键是要处理好管线防腐。包防腐层是一门新的技术，不能打皱皮、空鼓，而他没做过，正常工作时间师傅们也不安排他做。为了学到新技术，他便利用中午休息时间及晚上万籁俱寂的时候，自己一个人在矮小闷热的工棚里试着慢慢包防腐带，包得多了，手上就会留下一道道印痕，时间长了，手指上就长了一层厚茧。师傅们被他的学习热情所感染，都主动加以指点。经过不断摸索，他终于可以一起与师傅们一起包防腐带了，几个月的工程完毕后，他的这项手艺已是出类拔萃。

随后几年，他先后参加了东门步行街、梅林一村等大型市政及居民燃气管道工程的施工与建设，积累了丰富的管道安装技术与工作经验。

2002年10月，黄牛仔转岗来到客服分公司。为满足客户需求，公司成立了一个高空作业小组，专门给老旧楼宇安装燃气管道。老旧楼宇外面防盗网多，情况复杂，很多是毛坯面，要量好管，确保横平竖直，并且要一次成功，还要讲求美观，难度很大。人站在吊篮里，挂在半空中，在太阳暴晒下，每装一户他的衣服都会被汗水浸透，干了再被浸透，后背留下了白白的汗渍，大圈套着小圈。每装完一户管道，他都要仔细回忆，是不是有些地方做得不够好？是不是还有提高的空间？他及时记录并一日一总结，所有的问题绝不能在第二次的作业过程中出现。这一良好的习惯，他一直保持至今。

为了消除在高空作业安装过程中碰口焊接时产生焊渣飞溅、高空坠物等施工安全隐患，他利用业余时间，手工制作一些简易的接焊渣防坠和高处使用的工具，没有出现一起哪怕是轻微的安全事故。这些年，早出晚归的他，足迹踏遍了深圳市各个居民小区，为千家万户连通了管道，接上了燃气。通过多年的磨炼，他积累了丰富的经验,掌握了熟练的技术,也成了老师傅,以前难度很大的安装任务,现在可以轻而易举地完成了。他说:"作为燃气行业的一名服务人员,我们所做的一切都是为了客户,为了得到客户的认可,为了客户的一切。"因为技术过硬,很多攻坚克难的任务,领导都交他去完成。为此,曾经有单位送来锦旗,上面写道:技术精湛,服务为民。因为掌握了技能,他的生活在慢慢地改善,命运也在逐步地改变,客户的尊重、公司领导的认可,成为他感到最幸福的事。

即便是成了一个技术方面的能手,黄牛仔一直认真地进行各项文化和专业知识的深入学习,不断地加强自身修养,努力提高自身思想道德水平,不断地探求新知,积极参加技术交流、科技创新活动。他还坚持"四多",磨炼自己的技术本领,让自己更好地为生产和施工提供坚强的技术支撑。

他坚持多看,看施工人员怎样施工,了解施工工艺、方法。

他坚持多问,多请教别人,只要能解决问题,他不会碍于面子,羞于启齿。

他坚持多动手。对技术含量比较高或有难度的施工工艺,他总是积极主动参与甚至牵头去干,不怕苦、不怕累、不怕脏。他常说:"多动手既能提高本身技能,积累更多的经验,又能更牢固地掌握一些理论知识,也能从中发现很多问题,通过解决问题提高自身的专业水平。"

他坚持多想。对于每一次施工,他坚持多思考:为什么要这样施工。对于每项自己不熟悉的施工技术,他从规范、标准和理论知识中找出施工的合理性及科学性,把理论与实践结合起来,把书本上的东西变成自己的,积极将自己所学习的专业知识应用到生产实践中去，致力于使自己成为业务精英。

宝剑锋从磨砺出，梅花香自苦寒来！机会始终留给有准备的人。

2010年5月，全国燃气行业首届"燃协杯"技能竞赛吹响号角，集团公司高度重视，发动各分公司层层选拔参赛选手。当他得知这一重要消息之后，第一时间报名参赛。各省只有3个参加全国竞赛的名额，竞争异常激烈。面对如此重大的比赛，即使他对自己充满自信，依然免不了内心的忐忑。因为他深知这是对自己13年磨炼的检验，也是展示燃气管道安装工人风采的舞台。所以，报名成功的他就像打了鸡血一样亢奋。为了进一步巩固技能，他在不影响日常工作的基础上加大了自我练习的力度，中午顶着烈日实地练习画图下料，晚上埋头练习尺寸计算，见缝插针地练习安装管道，随后参加集团组织的从班组到部门、从分公司到集团层面的逐级技能选拔。画图、下料、套丝、安装等一系列工序无不不考验着选手们的技能基础和心理素质，每根管道的走向和尺寸精准度、每个丝口螺纹的完整性和光滑度、管码位置的确定和安装都是至关重要的。他挥洒如雨的汗水，在竞赛的舞台上不断学习、总结和进步。

经过不懈努力，那一年，他在广东省选拔赛中获得了"全省燃气行业技术能手"荣誉称号，并与集团一道参赛的3名选手取得了团体第一名的好成绩，争取到了参加全国比赛的入场券。在省队封闭训练期间，他虚心向教练请教，主动与队友交流，不断汲取他人经验，加强理论知识和实操技能，并一举夺得"燃协杯"个人组第二名的好成绩。2011年4月，被授予"全国技术能手"的荣誉称号。

"不惰者，众善之师也。"劳模精神、劳动精神、工匠精神是以爱国主义为核心的民族精神和以改革创新为核心的时代精神的生

2011年，黄牛仔（右三）在全国技术能手的领奖台上

动体现。国家一直大力弘扬劳模精神、劳动精神、工匠精神，培养造就了一大批的高技能人才和大国工匠，让越来越多有志者人生出彩，为促进创新创业、推动经济高质量发展提供强有力支撑。黄牛仔也不例外，他不仅拿到了国家补贴，作为奖励，集团公司直接为他和孩子办理了招调入户，孩子进了公办学校。儿女双全的他，终于可以和家人团圆了，那一年儿子5岁，女儿10岁。这解决了他的一直以来的后顾之忧，再不用对妻子儿女心怀愧疚，抱有遗憾了。技能真的改变了他的人生。

一家人团聚的日子，黄牛仔特意做了一桌母亲生前最爱吃的饭菜。吃饭前，他面对家乡的方向叩了三个响头，并在心中默默呼喊着："娘啊，您安息吧，儿子有出息了！"斯人已逝，他用自己的方法表达着对母亲的爱。他说，这一份份纷沓至来的荣誉，让他更加感谢他的母亲，感恩身边所有人，特别感恩公司各级领导的关怀与厚爱。他把自己的每一步成长和收获，都归功于集团公司注重员工成长、重视人才的良好环境。

他清楚地记得当年载誉归来时，集团公司包德元董事长和其他高层领导亲自接见并慰问参赛代表队的情景。集团领导高度肯定了他们的努力和付出，号召全体员工以他们为榜样，进一步开展"比学赶帮超"活动，营造浓厚的技能提升氛围。由此，从部门到公司都定期开展各专业的技能大比武活动，定期组织员工进行专项技能培训。

在此期间，他也被公司领导提拔为基层管理人员，负责班组管理。在他的影响带动下，班组员工和部门乃至集团系统同仁无不竞相爱岗敬业，立足本职工作，不断自我提升，形成了争相学技能的强劲势头。

"人不光是靠他生来就拥有一切，而是靠他从学习中所得到的一切来造就自己。"用歌德的这句话来形容黄牛仔的成长历程恰如其分。黄牛仔通过掌握高超过硬的技能，成为这个行业的佼佼者，也改变了他自己的命运。收入稳定了，与妻儿团聚了，再也不用住在闷热狭窄的工棚内了，告别了蜗居，让孩子得到良好的教育。黄牛仔说，他更加坚信，技术改变命运的奇迹。在他身上，确实是技术改变了他"锄禾日当午，汗滴禾下土"的务农命运，也是技术铸就了他"业精于勤"的人生追求。也是因为技术，让他有了在美丽的鹏城安家置业的能力，有了将梦想照进生活的幸福。

用专业为社会创造千余万价值

　　高空安装管道没有精密模具、珠宝加工那么微细，但技术难度大、风险高，要有坚定的毅力。黄牛仔在这种苦累的工作状态下，一直钻研管道安装技巧，不断学习燃气知识，严格要求自己安装燃气管道每次都要做到精、细、准。期间，他凭借超强的专业技术，解决了6000户老楼宇室外燃气管道安装客户的需求，使老区居民由原来罐装燃气转用管道天然气，为每户每月节省约56元。直到现在，可为这些用户每年节省400万元，为社会创造低碳生活，用工匠精神实现了清洁能源发展的成果。

　　他在一线带班和深入一线安全技术指导期间，一方面把所学技能和经验分享给员工，另一方面在技术上多与员工讨论和分析，对技术上的缺陷和差距敢于较真，勤于思考和总结。在管道安装技术上，一直坚持技术改革，革故鼎新。不仅如此，近年来，黄牛仔还针对临边或高处燃气管道焊接操作过程中，飞溅的火花下坠对下方区域产生的安全隐患，创新操作防护安全。他对此类问题进行多次技术探索，最终创新出一种简洁、安全、方便、经济的接火盆。自2017年至今，他深入燃气管道安装维修现场技术指导超500次，发现并解决了各类隐患200多处。应用该技术大大避免了事故的发生，解决了多年未能解决的难题，切实推动了经济生产和社会发展。他还结合现场技术操作实际，于2018年5月成功修订公司《地上钢质燃气管道接驳碰口作业操作规程》，降低了操作复杂度，提高了施工效率，直接或间接地实现经济创收价值超过1000万元。

　　2014年至2015年，黄牛仔带队负责罗湖和盐田管辖片区30多万居民用户以及3000多户工商用户的燃气管道设施日常维修工作。

所在区域存在楼顶乱搭建，燃气公共管道形成包封、暗设等隐患情况，且多处涉及高处作业与临边作业。为及时解决这些隐患，他结合多年工作经验不断探索，降低生产操作带来的高处风险和难度，最终在工具上连接保护绳索，设计出一种简易防坠落的创新方法，在不影响便捷性，不增加成本的前提下，有效降低了因工具坠落所导致事故的发生，从而让风险大、难度高的燃气管道隐患改造工作顺利进行。

同时，他对穿墙管热收缩套操作工艺进行了改进。焊接作业时温度过高易导致热收缩套损坏，致使其防腐功能失效。为了解决此类问题，他通过多种方式进行不断尝试，最终以防火布加水提前对穿墙热缩套冷却降温，在不影响热收缩套性能的前提下，成功地解决了多年的技术难题。就以2014年1月到2015年12月来计算，客户提出的管道改装共800多单，他以独创精湛的技术为公司创收经济效益80万元，整改共用管道各类隐患30多次，避免了安全事故的发生。

2016年，他带头和员工一起在福田和龙华区地上燃气管道抢修维修共200多次。在此期间，他多次应用到自身创新的工艺，多次攻克地上燃气管道抢维修技术难关，实现管道供气安全运行高效化。在技术操作和安全生产中以"无本创新"，即无需增加额外的成本费用完成对原有操作技术的创新改进，给燃气行业管道维修工作带来了不可估量的经济效益和安全生产价值。

甘为人梯，授人以渔

一花独放不是春，百花齐放春满园。"一个人先进不是先进，团队先进才是先进。"黄牛仔深知团队建设的重要性，他本着"甘为人梯、授人以渔"的宗旨,积极弘扬劳模精神,发挥高技能人才的示范带头作用,在班组中坚持开展结对子帮扶活动,对年轻技能人员进行"传、帮、带"。"世间技巧无穷,唯有德者可以其力;世间变幻莫测,唯有人品可立一生!"这是黄牛仔的人生信条,也是徒弟们给他的最高评价。

笔者来到燃气集团开展访谈那天,黄牛仔的徒弟张伟正好等在办公室向师傅请教业务问题。本以为黄牛仔会让徒弟在一旁等候,没想到他礼貌地对我说:"不好意思啊,邵老师,我先帮他去解决一下问题。"并歉意地对我笑了笑,随后他们就到楼下的操作现场去了。我趁机跟了下去,并对张伟进行了简短的采访。提起师傅黄牛仔,他用两个字作了评价,一个是"服",一个是"怕"。

"别以为我们这群在地面作业了10年的管道工能胜任高空作业,我跟你说,我们高空装管一户也装不了。因为高空和地面的差异性和不确定性因素太多,所以提起师傅在装管过程中的各种故事,我们都得竖起大拇指,服!"张伟一脸仰慕地看了一眼师傅,那眼神里全是敬意。

"我师傅啊,年轻人都怕他。他带徒弟的时候,第一遍,他干,徒弟站在一旁看,下一次,就让徒弟自己干,他一边看一边做笔记,出了问题他解决。事实上,他这样带徒的方法,对提高队伍的整体实力、对处理问题及应变能力都有很大的帮助,我们比较理解和支持。实际上,他很爱护年轻人,不吝惜技能,如数传授给徒弟。"

"对于师傅来说,工作是他最大的乐趣。在认识他的这么多年里,他从没有停过,将一颗赤诚的心熔铸在了燃气集团。他用自己的热忱付出、务实奋进,赢得了燃气人的赞扬,被誉为名副其实

黄牛仔在给徒弟张伟做技术指导

的'第一牛人'。而在师傅眼里,每一个成绩都是下一个出发的起点,唯有不断努力,才能不断进步。众多荣誉光环加身的他一直以'归零'的心态在出发。"这是和他朝夕相处了近10年的徒弟给黄牛仔的评价。

黄牛仔经常告诉徒弟,既然已经踏入了这个行业,那就要钻透这门技术活。张伟说:"师傅是这么说,也是这么给我们做榜样的。他告诉我们,管道工一定要学会'眼到、手到、口到'。""眼到",就是要时常去观察比自己技艺高超或有着独特绝活的同行们的手法,加以借鉴并在此基础上取长补短;"口到",就是要怀着谦虚的态度不厌其烦地向师傅或同行佼佼者请教;"手到",就是要勤加练习,反复练习摸索,直到每一次都能令自己满意为止。"师傅还有一个好习惯,每天都坚持做工作笔记,记录经历与心得。20年间,他用过的笔记本有数十本,这也是让我们敬佩不已的地方。"

"听说你也是广东省技术能手，能跟我说说关于那一年参加技能比赛的故事吗？"笔者问张伟。他说，如果没有师傅的言传身教，肯定没有他今天的荣誉，他特别感恩他的师傅。他说："燃气集团一直注重员工的技能，近年来，经常组织燃气管道安装比赛。借着比赛的契机，师傅总能将他所学技能全部传授给新人，每一次只要代表公司出征比赛的员工，都能在公司、省、国家的比赛中都取得优异的成绩。我是2013年在全国燃气行业技能竞赛中取得全国燃气行业技术能手的好成绩，成为'广东省技术能手'。说起那次比赛，在集训期间师傅每天下班后都会陪着我们练习，每一次在现场他都会做笔记，每一个人操作过程的问题，包括流程、手法等技术问题他会及时地提出来，并亲自示范。为了让我们更好地熟悉并应对比赛现场各种状况下的量管技巧和接管技术，他硬是手工帮我们画了100多幅图，让我们每个人都能很直观地明白操作方法和技术要点。不无夸张地说，我师傅在为公司乃至深圳市培育后备级人才上，是做出了很多贡献的。其中付出的辛劳，我们每一个燃气人都知道。"张伟给人第一印象是敦厚老实，不善言辞，可说起师傅来竟然滔滔不绝，跟笔者足足聊了一个多小时。

2014年，黄牛仔被中共广东省委宣传部聘请为"全省培育和践行社会主义核心价值观基层宣讲团"成员，代表广东省高技能人才宣讲他的成长经历。他的一篇名为《机会总是留给有准备的人》的演讲稿激励了一批又一批技术工人不断进取发展，为广东省、深圳市的人才跨越奋力前行。

高空作业险误婚姻大事，十年分居终过幸福生活

如果要从生活的层面来说说黄牛仔，那不得不提到他的妻子。那天因为访谈需要，笔者于夜晚走进了他的家庭。当天他的妻子仍上着晚班，当黄牛仔带着我来到他妻子工作的场景时，他妻子正穿着环卫工制服在村口的工作场地忙碌着。我一边等待，一边和他们闲聊着，看得出来，黄太太是一个非常乐观、纯朴、通情达理的人。

"这么多年来，我觉得他的敬业精神特别能打动我。我欣赏他的毅力，365天，没有落下过一天锻炼，对待锻炼也像对待工作一样认真，在运动的时候不能被任何人打扰。"这是在那个时间段闲聊时，他太太说得最多的话。在她讲这些的时候，黄牛仔就站在一旁笑着："所以没有你的支持，我不可能有今天的成绩。军功章都是你的。"我在一旁哈哈大笑地看着他们的幸福模样。"我能想到最浪漫的事，就是和你一起慢慢变老。"大概也是黄牛仔对太太最美的承诺，也是他太太能想到的最浪漫的事。

本来想着等他太太忙完，我们就在外面闲聊一下，不承想他们特别热情地邀请我去他家里坐坐。穿过一条弄堂，转了个弯就到了他家。打开家门的那一刻，还是被他们的简朴生活给惊着了。一房一厅一个小厨房，房间里放着两个高低床，家里甚至连一张沙发也没有放，两张并排的玻璃桌，既是孩子的书桌也是餐桌。墙上贴满了他们儿子、女儿的各种奖状，还有一张已经模糊的全家福。儿子在读高一，女儿已上大学了。

厅里和房间的地上都堆了几摞书，每本书都是崭新的。黄牛仔骄傲地说，这些书都是他儿子的宝贝，一本也舍不得卖。儿子从小就爱书，平时拿书都不能有一点点折痕，别人也不能碰他的书。黄

太太在一旁轻声地说:"这一点可不就遗传了你,对自己在意的事情认真起来都那么固执,几头牛都拉不回来。"说起儿子,刚毅的黄牛仔整个脸上满是柔情,他说,每天儿子写作业他都会在边上陪着,儿子不睡他就一直在边上看书。他要让儿子知道学习虽然辛苦,但爸爸会一直在身边陪着,无形中是在给他传递一种力量。在陪伴中,黄牛仔告诉儿子,做学生的时候好好读书就是一种敬业。有了这样一份传递,儿子在学校是妥妥的学霸,而且很小就懂得感恩。有一次回老家过年,因为儿子坐车晕车,骑电单车的黄牛仔说好冷,儿子就将小手放在爸爸的膝盖上为爸爸取暖。说起这件事,黄牛仔一脸的幸福。

"嫂子,说说你们的爱情故事吧?"在问这句话的时候,其实我更好奇的是一个分居了10年、带着两个孩子在老家生活的女人有没有过委屈?

嫂子却甜甜地笑了。"我是他姐姐嫁到我们村后给介绍的,当时他们隐瞒了他做高空作业的这件事,只知道他是管道工。结婚后,我们聚少离多,但我一直相信他的能力和人品,他做事专注执着的态度我一直看在眼里。我知道他有他的追求和原则,那时候更多的是心疼,是想能帮他分担一点。所以我唯一能做的,就是照顾好一家老小。要说没有委屈是不可能的,特别是在生孩子这件事上,没有一个女人会不希望自己的男人在身边,但我还是选择了理解,他是为了让一家人生活得更好在打拼,是为了自己心里的信念和热爱的工作在打拼。那些年,一直不知道他从事高空作业,只知道他在安装煤气管道,要是知道了可能也会因为各种担心而带给他压力,让他不能心无旁骛地去拼搏,所以一切都是最好的安排。还记得他把我们接来深圳后,当我知道他是做高空作业那么危险的工作时,我当时真是吓出了眼泪，想想都后怕。万一要是有什么意外，一家人该怎么办？儿子却特自豪地说，原来爸爸是蜘蛛人啊！从此爸爸成了儿子心目中的大英雄。"

黄牛仔看着太太说："军功章都是你的。谢谢你当年愿意嫁给我，还为我生下了一对儿女。邵老师，不怕你笑话，1997年因为这份工作差点找不到老婆，我差点因为个人原因离开这个岗位。结婚后，高空作业10年，我从不敢告诉家人这份工作的危险性。"原来，那一年22岁的黄牛仔到了谈婚的年纪，可是，连着谈了几个女朋友，对方都是因为知道他的工作性质后离开了他。后来他跟家人商量，再给他介绍女朋友，千万不能提高空作业的事。如今，黄牛仔有了属于他的爱情。如果用一句话说他们俩的爱情故事，我想应该是：你在一线高空忙，我在家乡守后方；我不会说什么甜言蜜语，我能想到最甜蜜的事，就是带着孩子翻山越岭去看你，或者你在长假回来看我们仨。

一万次危险的空中太极也没动摇他对职业的执着

高空作业的危险性你永远无法预估，而黄牛仔在上万次的高空演出中，也遇到过大大小小的危险。他说，吊篮作为高空作业的常用工具，在使用时会由四根绳索来牵制，不管哪一根出现问题，都会失去平衡造成危险，所以，很多时候你根本无法预估会发生什么。而就是在这样一个操作面上，黄牛仔还要带着装管的任务。他跟我们说起化险为夷的经历。

"还记得在华富新村一户7楼装管，当时那个屋檐突出来50厘米，防盗网下有一个马蜂窝，当时根本看不见。一脚踏上去，马蜂

黄牛仔在技能人才先进事迹报告会分享他的故事

一下炸了锅,全部朝我飞来。当我从吊篮下来时,安全帽上全是马蜂,拿开安全帽一脑袋的马蜂。我一把一把地抹,当时整个脑袋都嗡嗡的,像要爆炸一般;我不停地拿红花油在脸上头上抹,可根本不起作用;我在车上乱碰,那种剧烈的疼痛几近让我麻木。当车把我送到红会医院后,医生一看直接拒收,然后转到北大深圳医院,那天连续打了3瓶吊瓶。满头的包,蛤蟆一样的脑袋,每天痛得忍不住就大声地叫。领导得知情况后,让我休息一周。3天后,我忍着头痛继续出现在工作现场。"

"还记得有一次在彩田村装管的经历。在某个瞬间,我以为那一次真的会'挂'了。那一天,我在两栋之间的避难层上方操作,没想到快速滑下后,到了架空层,整个人因无墙面等物体的依靠而失去了牵引力,当时绳子足足转了近百圈。我当时真的吓了一身汗，要知道再结实的绳子也经不起在墙体这么高速地摩擦，随时都可能会断掉。因为没有对现场准确地判断，差点酿成事故，虽然逢凶化吉了，但也让我长了一个记性，再一次让我把'苦狠细勤'的四字真经强化了一遍。"

"还记得金利豪苑的一个业主申请改管。当时安排了两三组人过去看了现场，同事出了室内的方案后，业主一直不满意，要求管道一定要走外墙设计，按业主的需要没有人敢接下这个工程。业主住在21楼，那个屋檐飘出去有2米远，下吊篮垂直的位置与墙面距离太远，形成悬空状态。人如果在半空中没有物体的牵引力，很容易出现转动，增加很多的危险系数，操作上更是有极大的风险。当时需要从阳台穿根管，从外墙绕几米再穿根管到卫生间，才能完成这次的改管任务。由于吊篮垂直的角度，人根本靠不了墙边。当时领导建议如果客户搭个架子就帮他改，但成本太大，客户又不想付这个费用。我当时看着客户恳切的眼睛，还是接下了这个棘手又危险的任务。经过探讨，我想出了一个操作方案：'安排4人小组去现场，为了减少晃动，高空作业人的身上绑上3根绳子，一根放下去由一个同事在楼下负责拉紧绳子，保证在空中的人员身体不转。另一根由一个同事在楼顶上拉紧配合高处作业人员的行动，保持上下平衡。第三根绳子，在高空作业人的腰部打一个活结后，再把绳子的两端分别甩给两位户内的同事，他们可以在高空中用绳子左右拉紧来控制两边的横向力度。'有了方案，我们马上实施，由我下吊篮。在高空操作中，人一用力，吊篮在反作用力下就会往外跑，那天我把绳索甩了若干次才成功甩给了户内的两位同事。然后每操作完一个工序，我就给同事指示，左边拉紧，右边松一点，下面拉紧……就这样，在艰难的作业环境下，圆满地完成了那一次的改装任务。客户非常满意，为表示感谢，非要塞个红包向我表示感谢，实在难以推脱，红包收下后，被我交还给公司。"

这样的事情太多了，黄牛仔说得云淡风轻，而在工作中遇到的很多技术上的难题，他说根本用语言表达不出来。可不该在他这个年纪有的两鬓斑白和鱼尾纹中，你还是能感觉到他所吃过的苦和付出的所有的努力。我脱口而出问他："即便是在那些命悬一线的瞬间，您也从没有想过放弃吗？"他笃定地说："越少人做的事价值越高，别人不干的事我干，是一种极大的荣光。所以我从没有后悔过选择这个行业，选择这个工种。"

难怪总经理邱敏东会说，黄牛仔是人如其名。工作中，他无时无刻不在诠释着为民服务孺子牛、创新发展拓荒牛、艰苦奋斗老黄牛的精神的"三牛精神"。他体现着的是一种劳模工匠精神，干一行、爱一行、专一行、精一行，带动一线员工锐意进取、攻坚克难，积极投身集团公司战略转型；一种创新精神，以小发明、小革新、小改造、小设计、小建议的五小创新驱动集团公司高质量发展；一种优秀共产党员的党性修养，一心一意、一以贯之、表里如一、知行合一，说实话，干实事，求实效，冲锋在前，以更加昂扬的斗志、更加坚定的信心为燃气事业贡献智慧和力量。

同样，笔者也就相信副总经理刘建辉给他的评价了："黄老师诚如他的名字：黄牛仔。黄牛，首先体现他干工作时勤勤恳恳，勤学苦练，兢兢业业，吃苦耐劳。我们企业文化的人才理念是崇德尚才，能干者皆有舞台。这些年，他取得了不少成绩，正是他以艰苦奋斗的老黄牛精神一点一滴累积而来的。正如习近平总书记所说，艰难方显勇毅，磨砺始得玉成。黄牛仔后来当上了抢修队队长，有时抢修连续几个小时，没有良好的身体素质也做不了，在现场要焊，要打磨，要指挥，要协调，没有好的身体一般人根本吃不消。他的身体素质不是短时间练成的，是365天不间断的锻炼得来的。不说技术层面，我们从他生活的点点滴滴，都能感受到他的韧劲和勤奋。"

访谈结束后，当笔者问他如何看待工匠精神以及工匠精神在改革开放进程中扮演的角色时，他说，工匠精神就是一种认真细致、严谨精准的工作态度。一名工匠应当具备高度的责任心，几十年如一日，专心把事情做到极致，在实践中练就高超技能，更要不断打破固化思维，勇于创新突破。改革开放40年是中国制造质量持续提升、走向世界的40年，在许多科研制造领域培育了一大批"大国工匠"。只有继续弘扬"工匠精神"，打造高质量产品，才能把中国制造更好地推向国际市场，最终提升改革开放质量和水平。习近平总书记视察广东时强调，要弘扬敢闯敢试、敢为人先的改革精神，立足自身优势，创造更多经验，把改革开放的旗帜举得更高更稳。总书记的重要讲话激励我们新时代工匠不能骄傲自满，要勇于创新突破。我们一定要牢记嘱托，激发创新活力，坚定不移向高质量发展发力。

在组稿时，我给黄老师打去了一个电话，询问能否让两个孩子说说他们眼里的爸爸，没想到第二天黄老师就给我传来了他们的亲笔信。

已上大学的女儿黄慧敏说："我从小至今最崇拜的人就是我的爸爸。小时候觉得他无所不能，无论遇到什么问题，他总能想办法解决。当我们需要什么东西时，他总能凭借自己的双手创造出来。无论何时何地何种情况，他都能乐观自信地面对。长大后，我逐渐明白生活的不易，但他的乐观精神给了我莫大的支持和前进的动力。我知道，爸爸并非无所不能，他所有的本领，都是通过自己的努力，吃下的苦换来的。而爸爸为了我们，也是可以变得无所不能的。

爸爸身上有很多优点值得我学习。首先是毅力，爸爸每天必做的事就是锻炼身体，我也试过和他一起，但我总是由于各种原因而中断，不知不觉中他已经坚持了几十年了，是真的令我佩服；其次是爸爸他很有规划性且执行能力很强，一旦计划好的事，他就会克服一切困难马上行动，这对于求学路上的我来说真的很重要。当然，还要像我爸一样坚持学习，哪怕未来走上社会也绝不能停下学习的脚步。"

儿子黄海华说："爸爸在我出生以来的这十多年里，早已不知不觉中影响了我。当我看到他从一名打工人变身全国技术能手时，我清晰地看到了他的努力和为改变命运而释放出的强大能量。爸爸一直是我的骄傲，他是我心目中永远的了不起的蜘蛛侠。他常告诉我，作为学生，把学习搞好就是一种敬业，就是对自己的负责，我记在了心里。在爸爸的鞭策下，我一直在追求着自我的挑战，只求明天的我比今天的自己进步一点。"

深圳匠魂

唐智金

深圳匠魂

可编程程序控制系统高级技师、电工高级技师、自动化控制高级工程师。曾获全国技术能手证书和广东省技术能手证书。带领团队研究了活塞风压对屏蔽门的影响，并设计了"减少活塞风压对屏蔽门关门的阻力"结构，将原最小行车间隙150秒缩短至90秒，为提升地铁运能、缩短行车间隔周期提供了可靠的保障。主动提出开发一套UPS仿真培训系统。该系统完工投入应用后，先后培训2000余人次，极大提高了广大基层员工的操作技能。

永不停歇的追梦人
——保障地铁安全出行的工程师唐智金

邵永玲

20世纪90年代的深圳,一个当时中国比较发达的城市,也是当时中国最有活力、最有可能发生奇迹的城市。谁不会为它而疯狂?在这里,有更好的就业机会为人生背书,有一流的深造机遇为人生破格,也有难得的适时机缘为人生逆风翻盘。曾席卷网络的《深圳脚步》里有这么一句话:"这里没有天花板也没有终点线。"当时的深圳,正处于所有追梦人的黄金时代。它说:"来了就是深圳人。"于是,他们揣着梦想一路向南,来到了深圳,走进了深圳。

1999年4月,深圳地铁开始建设。

往前一年,深圳又迎来了一批深漂大军,其中就有唐智金。他的脚步踏到深圳,从"工厂男"成长为深圳地铁"内科医生",保障着千万人的出行安全,护送他们通过绵密的地铁网络到达城市的每个角落。他从学徒跨越到拥有2000多名学生的老师,拥有自己的创新工作室,设计了"减少活塞风压对屏蔽门关门的阻力"结构,开发UPS仿真培训系统等,连续荣获全国技术能手、鹏城工匠、深圳国企十大工匠,成为全国五一劳动奖章获得者并享受国务院特殊津贴等。在深圳,唐智金书写着属于他职业生涯中一页页浓墨重彩的新篇章。

走：南下深圳

1980年12月，唐智金出生于四川遂宁一个偏远的小农村。要说起儿时玩伴，对唐智金来说，就属家里的电器了。从小，他就很喜欢捣鼓家里的电器。为了摸索电器的原理结构，他拆解组装了家里的所有电器，也没少被家里人责骂。

12岁那年，唐智金正坐在黑白电视机前看节目，突然，电视机屏幕画面雪花点点闪。唐智金当场拔了插头，把电视机拆个稀碎。回到家的唐妈妈看着这一地的零件，揪着唐智金骂。唐智金仍抓着手里的零件不放，说："我会修好它的。"最终，他找到了问题根源，修好了电视机。见此，他的妈妈也无话可说，并开始支持和培养他的兴趣。这也为他日后的工作打下了基础。

1996年以前，大、中专生由政府统一分配工作，这样的工作是许多学生梦寐以求的铁饭碗。在那个年代里，一家能出一个，全家光荣。1995年6月，面对激烈的竞争，唐智金在众多考生中脱颖而出，考上了从小钟爱的机电一体化专业，也是他们班60人中考上中专的4个学生之一，他成了家里人的骄傲。

那时的唐智金真的以为自己的前途从此一片光明，从事一份稳定的工作，在四川老家有一个小家。但随着教育实行并轨制改革，国家逐步取消大、中专毕业生的工作分配。1996年1月9日，国家颁布《国家不包分配大专以上毕业生择业暂行办法》，各省市开始逐步取消统一分配制度，毕业生分配制度从包分配转向让毕业生自主择业。此后的大、中专毕业生被"赶"入市场，参与轰轰烈烈的经济建设。

于是，本被看好的开局急转直下，就这么看似败了。唐智金虽然难受，但也勇敢地接受了。"不然能怎么办？只能接受，然后再出发。"这时的唐智金便明白命运的反复无常，而为应对变化，唯有初心不变。

1978年，深圳成为我国最早的经济特区之一。一时间，在深圳掀起了一股"淘金热""下海热"，深圳在人们眼里成了"遍地是金"的一个城市。"来了就是深圳人"，人们以"敢闯、敢干、敢为天下先"的精神创造出了"深圳速度"。

权衡之下，唐智金选择随"深漂大队"到深圳去淘金，他相信自己能在深圳闯出一番属于自己的天地，"赚把大钱"。

1998年6月初，不到18岁的唐智金中专毕业。7月13日，他告别家人，信心满满地一个人搭乘坐了105人的大巴车从四川南下，开启了人生的城漂之旅。

不过，刚出发，唐智金就又遇一坎。中途，大巴车坏了，修好没驶多久又发生故障了。就这样，大巴车一路驶一路坏，历时13天才终于抵达深圳。出发时，唐智金的身上带着老爸给的500元，给了车费300多元，下车后的他剩下不到200元。13天的奔波最终还是榨干了他这所剩无几的钱，也几乎耗光了他所有的精力。到达深圳的当天，无可奈何又无力的他只好跟着同车的一个人，与他同住了几天。他用了一晚上的时间给自己恢复能量，但现实立马甩了他一巴掌。他找不到工作，他淹没在"深漂大军"里，普通得不能再普通，让人睁大双眼都难以找到。

20世纪90年代的深圳，我们常常能听到"工厂妹"，却少有"工厂男"，更多的是"工地佬"。作为男孩子的唐智金，对此时的深圳工厂来说,并不吃香,他也不想成为"工厂男",更不想做"工地佬"。一直以来,他的目标就是往机电发展。本来在来之前,唐智金的一位同学告诉他有姐姐在这边做电工,但到了深圳之后一直联系不上。无奈之下,唐智金只好暂时跟着车友到了惠州,进了一家伞厂。

半个月后,一个在深圳宝安的远房亲戚联系他,说他可以来自己的鞋厂干活。

不到两个月,唐智金辞职了。月初来,第二个月月底走,被工厂压了一个月工资,他离开工厂的时候没有拿到一分钱工资。

那时候,唐智金在想什么呢?其实,旁人也不理解他在想什么。一个人来到深圳,没有钱,也没有关系甚密的亲戚,不先赚点钱,存点钱?他们觉得唐智金狂妄了。

"要一直这么下去吗?"唐智金却在不断地反问自己,"好不容易考上中专,如今没脸回去了,就要一直这么干流水线,每天加班到半夜,然后拿着300多元的工资吗?"

"不行。"他必须让自己振作起来,于是毅然辞职了。

这时,唐智金瞄上了隔壁的一个做包装材料的小工厂。刚好,他得知这个工厂的老板是四川老乡,便"屁颠屁颠"地找到这个工厂老板,拉着他,说:"我学过电工,我可以帮忙修理厂里的设备。"

积:量变与质变

接下来的时间里,唐智金一边做着厂里流水线的工作,一边帮忙维修厂里的供电与机电设备。期间,唐智金还因为没有暂住证,曾3次被警察请进派出所,搬家也成了他的常态。显然,唐智金并没有长久待在这里的打算，他需要一个机会，而这个机会该由自己去创造。当下许多人都听说过"三和大神"，这"三和大神"正诞生于深圳龙华三和人才市场，他们居无定所，没有积蓄，常游荡在三和人才市场。当时的唐智金也常"游荡"在人才市场。因为住在宝安，只要一有空，他就去宝安兴达人才市场蹲着，看看在兴达人才市场招工的企业类型、工作种类及工作要求。

"一张门票要10元，但值！"即便对于当时还在担心下一顿饭的唐智金来说，10元很贵，他依然觉得很值。

唐智金还归类了来人才市场找工作的人，发现多数是来找工厂的，招工的企业也多需要普工或者是业务员。渐渐地，这个现实令以为就会这个样子在厂里一直干下去的唐智金手足无措，他起了退缩的心思，想着要不回家算了。

转念一想，就这么回老家后的情景，唐智金瞬时泄气了，只好抱着"好死不如赖活着"的心理，去二手书摊掏了与机电有关的书籍。晚上下班后便是他埋头钻研机电知识的时间，他需要打牢自己的基础，了解当下机电技术的发展。为了搞懂一张电路图，他在草稿纸上反复画出来，并一一做好标注。

脑海里的知识量在一点点地增长，时间在"嘀嗒嘀嗒"地转动，当转动的圈数足够多，足以改变很多事情，滴水成河、积沙成塔，量变带来的是质变。

半年后，唐智金掌握了当时所能掌握的所有机电知识。

2000年，唐智金进入富士康，担任数控机床设备维修维护的工作，期间也换过几个部门，但基本与机电有关。

2006年，唐智金离开了富士康。但是，他并没有贸然地辞职。在辞职前的好长一段时间，他依旧是人才市场的常客，甚至假装求职的人去各家企业面试，把自己作为企业方去了解企业的需求，再试图从招聘者口中的专业问题中挖出当前机电技术发展情况，以及行业发展现状，然后对照自身，查找自己所欠缺的，最后去提升自己。而淘书、上网查阅相关资料等与机电学习相关的动作，唐智金一直都有。如果说这是一个探索、审视自己的过程，那么辞职离开去他处便是一个尝试的过程，也是一个自我的延续，其结果是好是坏，当另说。

"我已经搞懂了富士康当时有的技术，我想多了解下外面的情况，想多学点更多与机电有关的知识，想知道当下的新技术、新工艺，然后去挑战它们。世界很大。"

无论遇到什么困难，无论在多艰难的境遇下，唐智金从来没有放弃过自己，从来没有放下过对技术的追求，从来没有忘记过自己的初心。如果把人生比作一条线，在这条线上标注几个空心的节点，当觉得可以给这个节点填实，那么他就会往下一个节点走去。于是，他那暂停的指针又开始转动了。

学：求人不如求己

不久之后，唐智金选择了一家与香港企业有合作的非标准设备生产公司。正因为非标准设备缺乏一定的标准性，对人才综合素质的要求也相对较高，对个人来说，更具有挑战性，也更能让人成长。在这里，唐智金也曾有过高光时刻。

期间，南海一家公司有一批标价高达120万元的印刷机械设备。唐智金与另一同事假装买方去往对家。在两个小时内，他负责观察电路，同事观察机械的运作方式。回到公司后，唐智金领着同事们

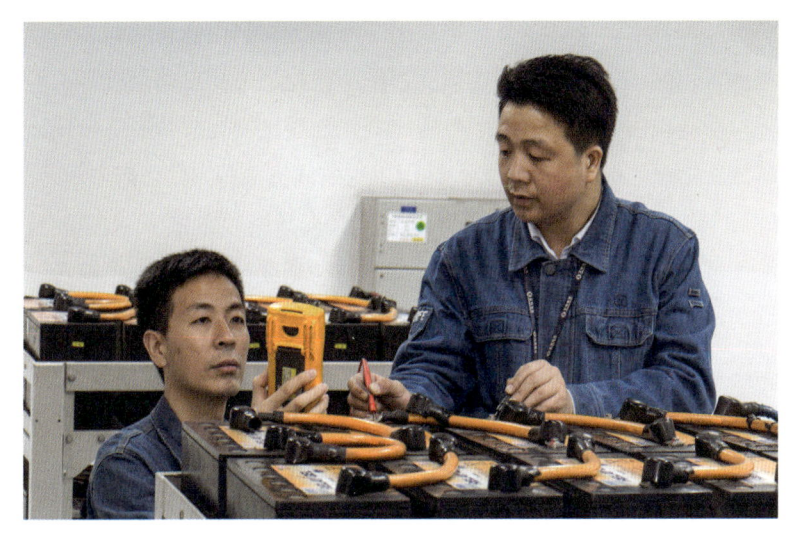

唐智金和同事在做蓄电池性能测试分析

研究对家印刷机械设备的原理，再结合公司现有的技术，用20万元自主研发了一台新的印刷设备。

2008年6月，中国正准备两个月后举世瞩目的北京奥运会，这时的唐智金报名参加由深圳高训中心举办的第六届职工运动会，从700多名选手中脱颖而出，取得第七名的成绩，最终拿到一张本需要花两年来考的技师证。其实，早在2005年，未雨绸缪的唐智金便开始报名参加初级技工证的考试；参加第六届职工运动会前，他刚拿到高级技工证。

比赛完后的唐智金没有立即回到公司，而是走向了比赛举办方的设备单位负责人。他问："我能不能留在高训中心上班？"

于是，2008年10月，唐智金入职普泰科技有限公司，去接触最先进的设备，在教学中学习最前沿的技术理论。2010年，他拿下高级技师证。本需要10年的时间，他只花了短短5年。取得了高级技师证后，唐智金又开拓新的学习领域，利用休息时间，陆续考取了可编程控制系统设计师高级技师技能证书和自动化控制工程师。期间，唐智金还参加了各项比赛，通过比赛挑战和历练自我，解锁新知识，提高应变能力，认识优秀的同行人并向其交流与学习。2014年，唐智金作为特别推荐选手，代表深圳参加2014年中国技能大赛—广东省可编程序控制系统设计师职业技能竞赛，获决赛一等奖。2015年，唐智金代表广东省参加全国第二届可编程序控制系统设计师职业技能竞赛，获得决赛一等奖。

"我惊讶，也为自己感到很自豪。"每一次比赛，唐智金都能感受到这个领域里创新的生机与活力。

话说回来，入职普泰科技有限公司两年后，基于理论层面上的自动化技术认知无法满足唐智金了，他想要更多的实践。稳定是好，但在与稳定的撕裂中，能踏入技术的深部、根部。所以，本就普通的我们，又怎能止步于此呢？唐智金的心中始终有万千丘壑，始终忠于自己。

唐智金常给人推荐《你不努力，没人能给你想要的生活》这本书，他说："没有人能随随便便成功，如标题所言'你不努力，没人能给你想要的生活'，'梦想是你的，生活是你的，世界是你的，但是首先你要努力'，也要为此去做出改变。这盘棋是你自己的，得自己去下，好好下！"

跟他人谈起过去时，唐智金也从不避谈自己的家乡，一个很穷的农村。小时候每天得要早早起床做早餐，然后赶往5千米外的学校。日复一日，年复一年，也许正是如此，才锻炼了唐智金的毅力吧！"没有试过，怎么就知道自己不行？没有坚持，怎么就知道自己不能成功？"唐智金笑了笑。如今，他也常爬梧桐山。

转：明确目标

2011年，曾风靡一时的《中国合伙人》此时还未上映，一个朋友找到唐智金，问他要不要一起合伙创业，出发点很简单：赚钱，赚更多的钱。这也意味着，一直钻研技术的"宅男"唐智金将走上市场的前线，直面世间的浮华，这是一个全新又刺激的挑战。

唐智金拒绝了，他自觉不能应对商场上的尔虞我诈。他对自己的目标很明确，并按照这个目标严格执行。多年以后的他也在庆幸自己没有在半路放弃，没有迷失自己："也许当时放手干了会有另一种未来，比如大家口中的'老板'，但有没有可能，现在的未来本就是既定的未来呢？因为努力了，所以来到了这条线上的这个点。我很喜欢现在的未来。"于唐智金而言，人生没有盲盒。他开玩笑地说道："我甚至都没有预测到深圳房价的变化，没在那会儿多买几套房备着，又如何从容地去应对商战？"

没过多久，刚面试完一技工学校教师一职的唐智金被问："要不要去深圳地铁？"

此时，深圳将迎来第26届世界大学生夏季运动会，这场盛会让深圳变得更加热闹起来了。而深圳地铁3号线地下段即将开通，唐智金兴致勃勃，果断放弃了去学校当老师的机会，当即表达了要去的想法。这时，他感觉到自己的梦想正在发芽：他想以技术员的身份成为一名杰出的地铁人！

然而，学历依旧是他的短板。社会在变化，时代在进步，所幸的是，唐智金早已意识到自己应该跟上时代的脚步，在掌握专业技能知识的同时，也在努力地提升自身素质并通过自考取得本科文凭，也意识到这以后将会是一块敲门砖。2009年,他准备了成人自考,2010年,通过媒体,他知道深圳总工会启动的"圆梦计划",于是报了名。入学"圆梦计划"半年后,在业内人士的推荐下,唐智金去深圳地铁面试。"面试的时候,面试官认为我学历比较低,我告诉对方我正在读'圆梦计划'的课程,对方也认为我是个努力、上进的人,因此成功入职。"

自此,唐智金成为深圳市地铁集团有限公司的一员,迎来了事业的黄金时期。

成:受益者与推动者

深圳地铁为了确保地铁3号线能在大运会举行之前顺利开通,加快了其建设进度。而一条地铁线路在开通前,需要试运行3个月。2011年5月,刚入职的唐智金被分配从事自动化设备维护工作,面对的正是即将开通的3号线地下段。初到岗位,唐智金对待每件事都要花比往常更多的心思去钻研,不懂就问,像海绵一样吸取着知识,直到自己明白才放手。所以,在较短的时间里,他不但完全掌握了自动专业系统知识,还凭自己过往工作经验,快速掌握了地铁常规机电系统专业知识。

在进行调试时,唐智金发现系统在执行隧道火灾模式时,很多区间的隧道风机、射流风机、水泵处于瘫痪状态。为了及时解决问题,唐智金积极与相关承包商沟通协调,督促承包商进行整改。为及时掌握调试进度,他连续7个晚上跟随承包商调试人员在地下段逐个区间地进行测试、排查故障,对15个车站的火灾模式进行了103次测试,优化了150多条不能满足要求或有设计缺陷的程序,并对

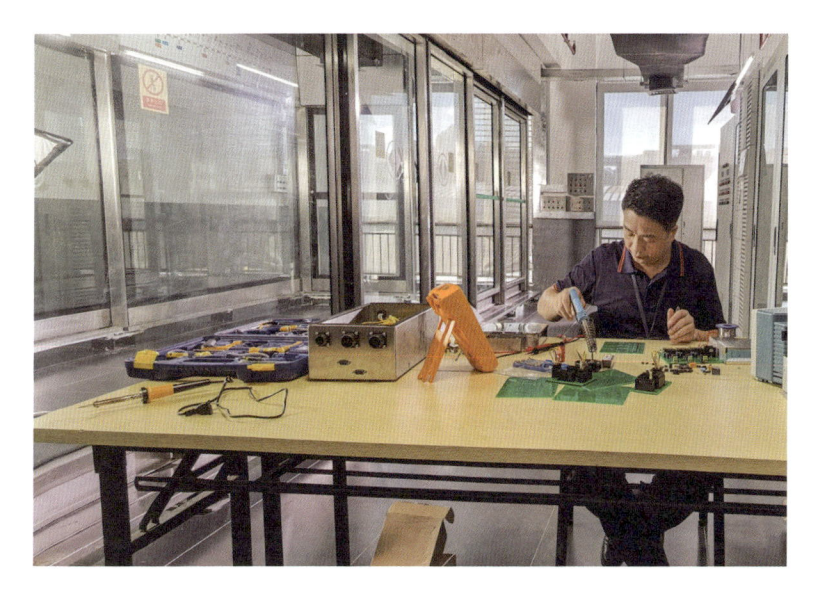

唐智金在研发一块电路板,现场焊接元器件及测试

自动化设备的疑难故障进行了全面的梳理;不管是本专业还是相关接口专业的故障,不论是软件方面还是硬件方面的问题,都得到了全面解决。

"干我们这一行,基本都是夜班。"唐智金成了一名夜色中的"地下守护者"。

地铁设备维护有例行巡检、月检,但需要停电停车的检修占到整体检修数的70%。唐智金曾在3号线下属的5个班组之一工作,每个班组负责4—5个站的维护保障工作。有十七八个人,近一半的人需要白班、夜班轮流倒,每次上12个小时,上够两个班次再休息两天,被大家称为"白夜休休"。

激情总有回落的时候,在极度疲惫的时候,"一度想要打退堂鼓,家人劝,自己的身体也在咆哮"。说完这句话之后,唐智金亮着眼睛说，"我也是改革开放的受益者，我想为国家的轨道交通建设出一份力，把自己的技术应用到更能服务大众的领域。对于普通人来说，地铁或许只是一个乘车出行的工具，但对于我们地铁人来说，它就是我们的事业，地铁不仅承载着我们的梦想，也助力于这座城市的发展。"

对家人，唐智金是愧疚的。他每天早上6点半起床，晚上回到家时家人已经睡着。唐智金的孩子经常会打电话问他："你是不是又出差了，为什么一连好几天都看不到你？"

"为了工作，陪伴他们的时间非常的少，但是努力工作不仅是为了一个小家，也是为了千万家庭的幸福。"起初，家人并不理解他的这种想法，后来，也理解了他，明白了他所追求的事业。

"2016年6月，我老婆也应聘到地铁里面当工作人员，随着对地铁行业的了解，她也逐渐理解了我的工作。"唐智金微笑着说。

2014年，唐智金带领团队对3号线所有车站环控系统的PLC、变频器、软启保护器的程序、参数和控制电路进行了全面的优化，解决了各种工况下不协调的问题，提高了设备的可靠运营，完善了系统的报警功能，还解决了华新、老街和福田等6站变频器在隧道火灾模式下常报警不能启动的疑难杂症。最后还将所有软件和程序进行了备份和注释，向全线各班组维修人员进行讲解和培训。

同时，3号线老街、晒布、龙城广场和南联等站的屏蔽门系统通信故障、塘坑站与综合监控系统的接口等问题，是一直困扰厂家人员和相关技术人员的重大技术问题，多次都未能得到有效的解决。唐智金利用凌晨地铁停运期间，通过几个晚上的排查、仪器检测和数据分析后，成功将各个故障排除。

除此之外，3号线屏蔽门系统的导轮、模式开关和PEDC等重要部件的故障率极高，唐智金接管后通过设备运行记录、到设备现场检查、进行电路研究和数据分析后，对以上部件进行了技术改造，采取了系列防护措施，改善后故障率下降 60% 以上，大幅地提高了设备可靠运行。

2015 年初，唐智金又被委以重任，参与到 9 号线新线建设中。据了解，仅是日常的维护保养工作，一个车站的屏蔽门需要耗时 3—4 个小时，一台电梯需要约 2 个小时，一台扶梯需要约 2 个小时，而对于每一台设备，又分为日检、月检、半年检和年检。

唐智金作为一名机电技术屏梯工程师，全程参与 9 号线的屏蔽门系统设计、制造、安装及调试工作，确保 22 个车站 1380 扇门顺利运行。他虽然不用亲自去完成维护保养工作，但是需要对所有设备的安全可靠确认并负责，在以上设备设施出现故障时及时安排、给出解决方案甚至赶到现场解决。除日常负责 9 号线屏蔽门和电扶梯设备的日常维护及保养工作，他还需编制设备的检修规程、操作规程和工艺卡等，针对各类惯性故障及设计缺陷等制定整改方案，参与新线屏梯设备的设计联络、安装及调试等工作。

在 9 号线调试之初，故障确实比较多，多时能达到每天 3、4 个故障，唐智金必须保证手机 24 小时开机，洗澡时手机都在旁边放着，一旦接到故障信息迅速了解分析，需要他到现场的以最快速度前往。那段时间，唐智金经常带着兄弟们奔波于各个车站之间，常常进去的时候天还是黑的，出来下班后，天已经亮了。期间，有时候甚至几个月也就休了一天的假。

"小区的车停放得比较乱，当走到楼下时才发现我的车甚至连小区都开不出去。"有一天凌晨，他接到抢修电话，大家都尚在睡梦中，谁也不会想要起来挪动小车。时间紧迫，他只好打车赶往现场。到现场后，他迅速判断故障位置和原因，经过娴熟的抢修操作，最终保证列车在6点30分之前正常地出现在乘客的面前。而检修完毕后，接着便是他正常的上班时间了，他只好拖着疲惫的身子回到了办公室。

"虽然工作很辛苦，责任很重大，但是有压力才能鞭策我们不断地进步和成长。"唐智金说道。

功夫不负有心人，经过几个月的故障信息收集和分析，唐智金推进了几项具体而有效的整改措施，在领导的支持下加大力度落实之后，使得故障数目不断下降，终于在2018年2月，传来他所负责的9号线屏系统全月零故障这个近乎不可能的佳音。据统计，在系统设计期间，唐智金对屏蔽门电源系统、控制系统以及机械部分提出整改建议36项，在样机100万次测试期间发现问题12个，在软件测试期间共发现缺陷14项；在系统安装调试期间，检查发现问题358个，并组织开展各类试验150余次，校验系统可靠性；全力组织人员攻关，协调解决，充分保障了9号线屏蔽门系统达到提前2个月开通试运营的条件。他说："这些都是我们地铁人爱岗敬业和无私奉献所结下的硕果，让我感到很骄傲。身为地铁人，我也很自豪。"

2019年初，唐智金开始负责组建6号线机电专业筹备组，并担任负责人。他提出设计整改30余项，发现新线问题2万余个，培养新员工近百名，为6号线的如期开通提供了有力的保障。

在2020年初新冠肺炎疫情暴发初期，深圳地铁的口罩机发生故障，在经多人长时间维修仍然无法恢复。唐智金了解到相关情况，立即赶往现场。检查后，唐智金发现这些机器都比较老旧，有些配件已经没有用了。但面对物资紧缺的情况，他只好利用社会资源去

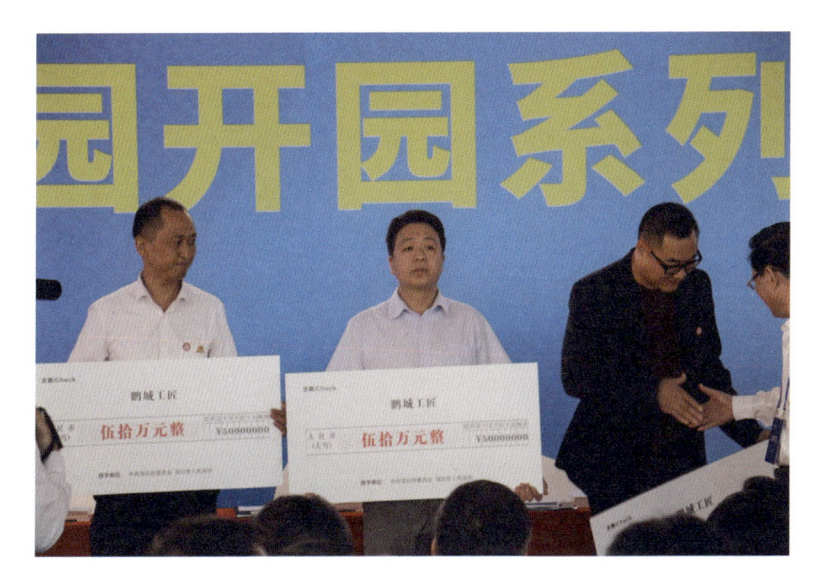

2018年,唐智金以"鹏城工匠"的身份拿到政府补贴50万元购买相关配件。从解密机器控制器密码到设备恢复生产,前后不到一天时间。后续唐智金又解决了一些机械相关的故障,还将口罩的日生产量从3万只提升到6万只以上,为公司员工口罩供应提供了保障。

2022年,上海地铁发生屏蔽门夹人致死事件。唐智金连夜开会,与同事们一同讨论分析上海地铁事故的原因,针对可能存在的安全隐患,全力排查深圳地铁屏蔽门防夹装置,强化地铁安全措施。

"哪里需要我,我就去哪里。"唐智金说。在从事自动化设备维护、屏蔽门和电扶梯设备工程师等工作中,唐智金完成了技术创新20余项,其中5项创新发明获国家专利授权。他设计的"减少活塞风压对屏蔽门关门的阻力"结构,将原最小行车间隙150秒缩短至90秒,为缩短行车间隔周期、提升地铁运能提供了可靠的保障。

走进深圳地铁侨城东车辆段维修楼里,你可以看到一个房间的门牌上写着"唐智金劳模创新工作室"。这是唐智金在2017年创立的一个跨专业、跨部门集技术交流、技术创新、技能培训和技改项目实施为一体的多功能创新平台。工作室目前有11位成员,平均年龄30岁,涉及的业务涵盖了自动化控制、低压配电、综合监控和防灾报警等,致力于解决综合监控系统与各专业接口的疑难通信故障、防灾报警系统设备频繁误报故障、低压配电系统母联备自投程序逻辑缺陷、EPS设备状态信息监控不稳定和屏蔽门设备及供电系统故障影响行车晚点事件的发生、排除安全隐患和提高设备的稳定性。工作室各位成员发挥各自所长,进行了多项课题研究和项目实施。据统计,近三年完成技术标准编制和修订共30余项,申请专利3项,开展QC课题研究10余项,开展技术人才培养300余学时,解决设备疑难故障20余项,节省人工35人,节省约900万元。

再认真一看,你还会发现屋内桌上摆放着一排排经过改造的设备与零件,墙壁挂满了各种荣誉牌与奖章。都说荣誉属于爱岗敬业、敢拼敢闯的人,唐智金于2008年和2011年两次获深圳市人力资源和社会保障局授予的"深圳市技术能手"称号后,又在2013年、2014年连续两年获广东省人力资源和社会保障厅授予"广东省技术能手"的称号,同时还连获由广东省总工会、广东省人力资源和社会保障厅、广东省经济和信息化委员会和广东省科学技术厅联合授予的"广东省职工经济技术创新能手"称号。2014年,唐智金还被深圳市人力资源和社会保障局认定为"深圳市高层次专业人才"。

唐智金2015年获广东省总工会授予"广东省五一劳动奖章",又于2017年获中华人民共和国人力资源和社会保障部授予的"全国技术能手荣誉"称号，2018年，再被全国总工会授予"全国五一劳动奖章"，被深圳市人力资源和社会保障局授予"鹏城工匠"荣誉称号以及被深圳市国资委授予"国企十大工匠"称号。这些荣誉见证着唐智金在平凡的岗位上书写的职业生涯中浓墨重彩的每一篇章。

而当唐智金看到"国企十大工匠"时，他说："当得知这一消息的时候，很惊喜，因为我也是地铁中普通的一员。我们地铁中很多人都是这样做的，甚至有些人做得比我更好。所以，我觉得这个奖认可的是我们地铁人，我只是一个代表。"在他看来，这份殊荣应该属于深圳地铁，属于他们整个大家族里的所有人员。他觉得，工匠精神具备爱岗敬业和无私奉献的精神，不管从事什么工作都要有专注和坚持，还要做到精益求精，不断创新，然后把这种精神传承下去，起到一个模范和带头的作用，让整个团队都强大起来。

教：传承工匠精神

所以，技术之路的终局又会是什么？

那就是传承。

唐智金时常说，是深圳这座城市的发展和身边的领导同事给予了他无私的关怀和帮助，能够让他在这个城市站稳脚跟、成家立业。

所以，唐智金想方设法回报社会，他要将学到的都传承下去，传给更为年轻的一代。大家共同建设，深圳才会更加美好。

但唐智金并不希望只是培养技术优秀、会做事的人，他想要培养拥有技术并且会好好做事的人。他的任务，是将所获的技术和精神，传授给下一代的年轻人，并希望能超越他。那么，什么是"会好好做事"？在他看来，"会做事"和"会好好做事"是不一样的，

唐智金和同事们在现场安装调试、验收电梯

前者是技术，后者更是一种精神或者说是态度。技术可以被超越，而精神、态度没有超越一说，只有好坏。他想把这种"会好好做事"的精神传承下去。唐智金说："不怕他们学到，就怕他们学不到。"

在深圳地铁，每一个新入职的技术员工都需要经过一系列的相关培训，而这个过程需要使用UPS系统。"UPS系统是车站重要设备的后备电源，市电停电、供电设备出现损坏，没有办法提供电源时，UPS便可以提供电源，确保列车乘客准时、安全出行。"入职深圳地铁后，唐智金发现UPS系统对地铁安全运营至关重要，是地铁设备安全可靠运营的最后保障。但这个系统的工作模式较多、操作较复杂，一旦操作错误，可能导致车毁人亡。不但如此，申请一套培训设备需要一年的时间，一套设备大概要60万元，新员工人数又多、地铁运营时间还长，新员工培训一般也只能利用夜间，这大大增加了公司的培训难度。为此，唐智金提出开发一套 UPS 仿真培训系统，一套电脑仿真软件用于在电脑模拟学习，一套按设备实际外形设计用于练习和考核。通过精心设计和规划，唐智金仅用短短一个月的时间就完成了产品的设计、制作和调试。该系统投入使用后，先后培训 2000 余人次，极大地提高了广大基层员工的操作技能。这项技术创新项目还在深圳地铁的 QC 项目上获得技术创新二等奖。

除此之外，在闲暇时间，唐智金经常前往一些技能学校和企业，为学员进行培训与技术交流。他还受邀加入深圳市高技能人才管理与服务中心，为深圳市培养高技能人才。在参与这些活动期间，唐智金先后被评为深圳高训中心和深圳职协的特聘教师、专家、教练和两个工种的高级考评员等。正所谓，科技在于创新，创新源于继承，他作为深圳市高层次专业人才，他为深圳高技能人才的培养做出了应有的贡献。

而使得他至今还在兼做老师的，正是在高训中心时当师傅的那一段经历。这么多年来，他的身份里一直都有"老师"。在同事之间，唐智金也更多地被称为"唐老师"。

要问唐智金给人的感觉，我们可以用一个成语来形容：平易近人。而他的外表看起来也是平和儒雅的，面对他人，他也总是敦厚而朴实地笑着。

"执着，是唐老师开始给我的印象。他一定会把当天该做的事情给做完，他也和我们这么说'不要把事情留到明天，今天能解决的事情就今天解决'。"在普泰科技有限公司工作了 10 年的王斌回忆道。

2010 年 3 月，即将从深圳职业技术大学毕业的王斌来到普泰科技有限公司实习，当时正好与唐智金在同一个部门。当时，公司有个"以老带新"的制度。开始这个师傅是随机安排的，一个月后，王斌可自主选择跟哪个师傅，王斌选择了唐智金。

原来，一来到公司，王斌就碰到难题了。当时，CIMS 柔性制造系统出现通信问题，在上位机不能控制下端设备。他与其他同事讨论了一早上也没有得出一个解决方案，不得已，他们只好找到了唐智金。正好赶上了午休时间，唐智金让他们先去吃饭、休息。他则埋头在设备前，一个点一个点地调试，再逐一排除故障原因……午休还未结束，唐智金最终确定了故障所在，还顺手解决了。

"他太厉害了。作为一个刚入职场的小白，看到这么厉害的唐老师，都会觉得他很有魅力吧，所以我就想'我要跟着他'。"王斌尤其记得那时的心情。没承想，他们从单纯的师徒关系成了如今亦师亦友的关系。

如果说刚入职场的王斌是一张白纸，那么唐智金便是教他如何用好手中的彩色笔。

"你现在先不要太关注高新技术的知识，要沉浸在基础知识里边，熟知基础内容，掌握好基础知识，再延伸到高新。"刚结为师徒关系时，唐智金就对王斌说了这句话。

为什么？

唐智金反问他："你的地基打不牢，你的高新技能再高也容易塌。现在技术更新那么快，没有牢固的地基，怎么去说创新？"

除了技术知识方面的指导之外，唐智金还在生活上给予了王斌不少帮助。

2011 年，唐智金辞职去了深圳地铁，王斌升职为部门主管。

"跟着唐老师学了一年，我成了部门最厉害的人。"王斌笑了笑说道。但技术岗晋升到管理岗后的一段时间内，王斌却有点不知所措，甚至觉得自己可能还不是很适合做管理岗。好在这期间，唐智金仍然给他指点迷津，王斌坚持了下来。此外，2014年8月，在唐智金的指导下，王斌参加深圳市第八届职工技术创新运动会可编程序控制系统设计师竞赛，获得二等奖，并被评为"深圳市经济技术创新能手"及"深圳市技术能手"。2014年11月，王斌参加2014年中国技能大赛广东省可编程序控制系统设计师职业技能竞赛，获得一等奖，拿下"广东省技术能手"称号。2015年12月，王斌与唐智金一同参加全国第二届可编程序控制系统设计师职业技能竞赛，获二等奖，被评为"全国操作技术能手"。而今，10年过去，王斌也辞职去了一家私企做了高管。前不久，王斌还与唐智金见了面。

现在见面都会聊什么呢？

"聊聊机电技术，聊聊现在的生活，也会谈谈人生之道，哈哈。都是朋友了，能聊的事情可多了。"但遇到技术难题的时候，王斌第一时间仍会想到唐智金。工作中细小的疑难点、障碍，在唐智金这里总能得到妥善解决。

用廖安平的话说就是："唐老师没有停止学习，跟着他能了解到很多新知识。"

2011年，在一家公司工作了近6年的廖安平并不认识唐智金，当时只是听说高训中心是一家不错的培训中心。他有心提升自己的技能，便报了名，由高训中心安排老师，是唐智金。一次偶然机会，廖安平发现作为老师的唐智金也在学习其他知识，后来才懂得，深度学习离不开相关知识的融合与支撑，"唐老师对技术一直都有追求，这也影响了我"。所以往后的几年，廖安平一直跟着唐智金学习，在他的指导下参加技术竞赛。2018年，廖安平获评"深圳市技术能手"。

"我很感谢唐老师教会我的一个道理，人就要做一个堂堂正正的人，做一个有工匠精神的人。做事情就一定要做好，不求完美，但要精益求精。"杨小平铿锵地说道。

小时候，杨小平也如唐智金那般很喜欢捣鼓家用电器。后来为了提高自己的技术，在亲戚的介绍下，去了县城一家家电维修店，做了一年多的学徒。"不包吃不包住，早上去晚上回，也没有工资，纯粹当是练手。"杨小平说。

2000年底，19岁的杨小平一个人从湖北来到了深圳龙华，进了一家喇叭电子厂做普工。2010年，杨小平入职富士康，一直从事自动化生产设备电气类的维修和调试的工作，可是维修遇到的是2相220伏的电路和380伏的电路以及开关线路等常规问题。但作为一个初级电工师，杨小平暂时只能接触这类维修问题。一直到2016年，杨小平听说深圳高训中心有公益培训，还都是名师培训。他兴奋极了，便迫不及待地赶去报名。就是那个时候，杨小平认识了唐智金。也是从那个时候起，他开始学习西门子PLC基本逻辑。杨小平说："唐老师总是能在几分钟内解决我们遇到的问题，方法也通俗易懂。"

这之后，杨小平开始接触自动化PCL编程，如今已是一名自动化高级工程师，多次获得区、市、省技术能手称号，获龙华区"十大工匠"、深圳市"五一劳动奖章"、深圳市高层次人才等荣誉。

"唐老师在我的心里，具有巨人般的精神，是他带领着我们往前冲。我们国家太需要像唐老师这样的好老师。他平易近人，热情帮助我们学生，遇到不懂的、解决不了的问题，唐老师都是第一时

唐智金在现场检查设备运行情况

间回复我们，哪怕是晚上半夜……"对于唐智金，杨小平有太多想说的，"可以说，没有唐老师，就没有我今天取得的成就。他是我的伯乐。"

培训有技巧吗？"有。"唐智金毫不犹豫地回答。

针对学生存在的问题，唐智金往往能够一针见血地指出问题，并对症下药，也常常鼓励学生自己动手，主动提出问题，再给他解决，并且用几种不同的方法对应不同的情景去给学生解决，而解决问题正是"教"的最终目的。

到目前，唐智金共培养了2000多名高技能人才和技术工匠。现在，唐智金每天都会抽出一个周末的时间去高训中心。尽管颇受好评，但对唐智金来说，这其实也只是一份职业。"他们交了钱也是为了学东西，我收了课酬，怎么也得好好教，好好把积累的知识教给他们。"他说。

"教"的事业，还在继续。

此外，唐智金还积极参与社会公益活动。截止到目前，唐智金共主讲自动化控制相关的公益技能讲座16次，参加社区服务、地铁安全知识宣传、环境保护以及帮助他人和慈善援助等共计30余次。为了感恩社会，也为了回馈曾帮助过他的那些伯乐。

"路漫漫其修远兮，吾将上下而求索。"回忆过去，20多年来，尽管有诸多变动，但在每一个不确定的因素中都会存在一件确定的事。唐智金对自身的位置一直都很明确，对机电事业执着追求，也明白今天这份成绩的来之不易，所以总是愿意比别人多学一点，多钻研一点，多干一点，创新求进，将爱琢磨、爱钻研的精神深深渗入他工作的点点滴滴。唐智金在用认真诠释热爱，用精细诠释专业，诠释了"会好好做事"的精神。

学无止境，唐智金敢闯敢试、攻坚克难，对工作有着执着的坚持与追求，尽心尽责。13年来，他始终忠诚于地铁事业，是地铁人演绎工匠精神的典范，是新时代的宝贵财富，也是新时期激励社会前行的正能量。

深川匠魂

周创彬

深圳匠魂

核电厂运行高级技师，调试研究员级高工。曾获得"全国优秀共产党员""全国劳动模范""中华技能大奖""深圳经济特区建立40周年创新创业人物和先进模范人物""鹏城工匠"等荣誉称号，享受国务院特殊津贴。获得发明专利19项，其中"一种核电机组的事故监控系统及其监考方"获中国专利金奖，另有两项获中国专利优秀奖。主持和参与"中国改进型百万千瓦压水堆核电自主技术研发与应用"，获深圳市科级进步一等奖；"压水堆核电站热态功能试验技术创新与应用"和"核电站数字化总体运行程序研发与调试验证"，获中国核能行业科技进步二等奖。2020年，领衔的工作室入选广东省"劳模和工匠人才创新工作室"，技术创新和技能人才培养效果显著。

与核共舞的"创师傅"
——记中国广核集团核电运行调试专家周创彬

郭洁琼

从珠江之畔到南海之滨,从特区深圳到东方之珠香港,美丽富饶的粤港澳大湾区众城航班频频、地铁飞驰,高科技企业星罗棋布,城市街道车水马龙,高楼大厦流光溢彩,无数台机器在各个工厂运转轰鸣,万家灯火星星点点,点亮每一个人的生活……这人民生产生活顺畅无忧、繁华盛世鲜花着锦的景象,皆源自稳定的电力供应。

在这繁华景象的背后,在天蓝海阔的深圳城市边缘,有一个头发花白的羸瘦身影,辗转在核电基地办公室、实验室、项目现场之间,注视着数据不停变化的电脑屏幕,倾听着每个阀门的声音,感受着每个部件的呼吸,用自己的智慧、汗水和心血,筑起核电安全运行的稳固防线。他就是中国广核集团中广核工程有限公司调试中心专项试验资深专家、研究员级高级工程师、高级技师周创彬。

以初心写就职业辉煌,以匠心创造非凡成就。从1991年参加工作至今,周创彬在30余年的岁月里扎根大亚湾核电基地,专注于核电运行和调试领域,与技术较真,与核同频共振,从一名只有中专文凭的核电站现场操作员,逐步成长为主控室操纵员、副值长、机组长、调试中心副总工程师、专项试验资深专家,逆袭为核电技术攻关能手、核电运行调试领域领军人物，为保障核电项目工程建设、安全运行和推进国家核电自主化进程做出了卓越贡献。

从乡村到首都，岭南少年与核结下不解之缘

每个早晨眺望大亚湾核电基地前那宽广深邃的大海时，那片蓝色总让周创彬感到无比温馨和踏实。因为安全的一天又已过去，他呼吸着新鲜的空气，新一天的工作又信心满满地开始了。

从跟着"洋师傅"当学徒，到成为"新兵"苦练内功，到走出国门走向世界，在改革开放春潮涌动的40余年里，中国核电以蓬勃的生机活力飞速发展，取得举世瞩目的成就。而最初从大亚湾出发的周创彬，可以说是我国核电事业锐进的亲历者、见证者和创造者之一。从大亚湾核电站到岭澳核电站一期、二期，从深圳、阳江到台山、防城港，周创彬与许许多多的核电人一起付出着自己的青春与智慧，在"与核共舞"的人生旅程中，为实现中国的"清洁能源强国"之梦不懈努力。而这一切的源头，是于儿时就对物理、对科技萌生的好奇与梦想。

有人说，要了解一个人的技艺，就要先挖掘他的记忆，了解他远去的岁月、他的故土带给他的濡养和影响。

那是1970年的冬天，南国的阳光仍暖意融融，在广东汕头潮南区（原潮阳县）溪尾村的一个农民家里诞生了一名男婴，父母为其取名周创彬。

咸水头，淡水尾。地处练江支流末端的溪尾村村寨建筑古朴，别有一番独特风貌。更难得的是，在那物质贫乏的年代，溪尾村还崇尚文化，颇有尚学之风，是远近闻名的文化村。

周创彬的父亲是共产党员，母亲是家庭主妇，朴素的家庭平静而温馨，放养式的养育，孩子们轻松又自在。生活艰苦平淡，父母却没有放弃言传身教，而是谆谆教诲孩子们做人要诚实、勤恳，要有所作为。这朴素的话语蕴藏着深刻的人生哲理，一直潜移默化地滋养着周创彬。

到学龄，初启蒙，周创彬开始踏踏实实地读书。识得了字，就可以看到更大的世界。年少的周创彬热爱上阅读，书籍成为他成长过程中最好的伙伴。虽生活在乡村，阅读资源很是有限，但好在父亲订有报刊，周创彬可以每天从那些散发着新鲜油墨香气的纸张上了解到外面世界的各种信息。

读书打开智慧门。通过书籍和报纸，周创彬对牛顿、爱因斯坦等科学家的故事产生浓厚兴趣，那些伟大科学家对真理的不懈追求、激昂的探索精神像火种一般深深烙在他的心中。随着烙印的日渐加深，周创彬沉浸在水、电、力、光等组成的物理世界，早早地开始关注起 γ 射线、核裂变等知识。当现有读物无法答疑解惑的时候，周创彬就四处寻找科普读物，那些书里遥远又神奇的知识在少年的心里劈开了一条缝，让他迫切想进去一探究竟。

"我不是很聪明的人，知识靠的是平时一点一点的积累。"周创彬回忆自己的求学经历总会这么说。念到中学的时候，周创彬对物理知识兴趣愈浓。他通过报纸了解到，20世纪80年代前后中国进入改革开放历史新时期，作为前沿阵地的广东发展的动力和势能一触即发，珠三角地区的经济建设如火如荼，但却受到电力资源的掣肘。因广东全省的电力装机容量有限，工厂常常每周开四停三，毗邻深圳的香港电力资源同样紧张，建设核电站将成为解决粤港地区能源、电力匮乏的重要出路。而当时的广东缺资金，香港缺适合建厂的地块，于是广东和香港一拍即合，决定在与香港隔海相望的大亚湾筹备建设核电站。

"可能，我这辈子注定就是核电人。"这是后来周创彬经常说的话。当时，从报纸上看到国家准备筹建大亚湾核电站的消息时，周创彬就无数次在脑海里想象核电站的样子，心里充满神奇的向往。到了快中考的时候，学校老师问成绩优秀的他，是否有意愿考中专？周创彬便查询了有哪些中专学校可以报考，查着查着十分意外地在表格上看到"北京核工业学校"这个名字，更听说这所学校将定向为筹建中的大亚湾核电站培养所需要的人才，这简直与自己一直的关注和期待不谋而合。于是，怀着对核电的向往，周创彬报考了这所学校，并以优异的成绩被录取就读该校的"核电站运行"专业。

1987年8月7日，选址在深圳大鹏半岛的我国大陆首座百万千瓦级大型商业核电站、改革开放初期最大的中外合资项目、改革开放的标志性工程——大亚湾核电站主体工程正式开工建设。

1987年8月下旬，周创彬奔赴北京就读。

当时的北京核工业学校，依托中国原子能科学研究院办校。创建于1950年的中国原子能科学研究院，前身是中国科学院近代物理研究所，是我国核科学技术的发祥地和重要的核科研基地，曾在我国"两弹一艇"研制攻关中做出历史性的贡献，有着我国核工业"摇篮"和"老母鸡"的美誉。

但是，初到北京的周创彬却迎来人生的一大考。当时，能考上中专到北京就读在老家是一件非常荣耀的事情，周创彬更成为家乡家长教育孩子的典型案例，成为父母家族的骄傲。但是到了北京后，四周名牌大学环绕，这让就读中专学校的周创彬心理有了巨大的落差，觉得未上高中考取大学，要实现自己的梦想很有困难，这导致他一度厌学，入学后的几次考试成绩都不是很理想。

很快，班主任察觉到周创彬的困惑，找到他耐心地疏导他：上什么学校固然重要，但更重要的是学到真本领，只要你坚持不懈地学习，就能掌握你想掌握的知识，就能实现自己的理想，就同样能为社会做贡献。得遇良师是人生幸甚之事。老师的关怀和谆谆教诲让周创彬豁然开朗，他尝试屏蔽自己的种种不适应，专心向学。很快他就发现，虽是中专学校，但北京核工业学校却拥有中国原子能科学研究院雄厚的专家师资及实验资源，实力不俗。这让周创彬觉得自己十分幸运，求知若渴的他潜心书海、实验室，更不放过每一次实习、观摩的机会。就这样，在北京求学的四年里，周创彬视野得到极大的开阔，打下了扎实的理论知识基础，毕业时踌躇满志的他被分配到大亚湾核电站，正式开启自己的"核匠"之旅。

回归南方，心无旁骛与知识和技术"恋爱"

是人生职业的第一站，也是终生要守护的地方。如今说到大亚湾核电站，周创彬侃侃而谈，如数自己家史那般的热爱和熟悉。

1991年，周创彬中专毕业后，作为定培生被分配到深圳大亚湾核电站，职务为现场操作员。踏入大亚湾核电站的那一刻，周创彬满怀激情、踌躇满志，为自己将从事梦想的职业感到无比自豪，誓要为这份神圣的工作付出毕生精力，做出一定贡献。

但是，初来大亚湾的时候，核电站还在建设当中，并未正式投入运行，周创彬和许多同事就投入继续培训中。当时，担任核电站培训的专家来自全国各地，都是业界有着一定经验的工作人员或高校教授，这让求知若渴的周创彬感觉如鱼得水。

边学习，边看着核电站慢慢成形。很快，大亚湾核电站到了设备移交检查和系统调试的关键时期。生产准备和核电调试是核电站建设中让静态的核电机组变为动态连续运转的机组的工作。作为拟参与调试的工作人员，周创彬全身心投入，不落下任何一节课，不放过任何一个现场观摩的机会。

为了彻底熟悉现场并掌握专业知识技能，周创彬白天拿着图纸，跟着技术工程师和老师傅们钻管廊、爬管道、下地坑，熟悉系统和设备，几乎跑遍了电站的每个角落。休息时间，周创彬就查阅资料文献，有不懂的地方就向专业能力强的同事请教，消化吸收并归纳总结，逐渐对电站现场各式各样的设备了如指掌，为投入核电站运行工作中打下扎实的理论基础。

历史总要回望，才能得到答案。1994年2月1日，历经7年建设的中国大陆第一台大型商用核电机组——广东大亚湾核电站1号机组建成投入商业运营生产。同年5月6日，大亚湾核电站2号机组也正式投入使用，发电功率为984兆瓦的两个机组，每天产生源源不断的清洁电力，除了供应广东，更通过核深线输送到深圳变电站，再经跨海高压线路输往香港的变电站，进入香港的千家万户。这源于大亚湾的"香港生命线"备受世界瞩目。

随着大亚湾核电站的运营生产，周创彬作为中华人民共和国第一代核电人开始了自己的"核岁月"。他清楚地记得，当时初投入运营的大亚湾核电站，设备技术几乎全靠进口，小到一颗螺丝、一包水泥、一罐油漆、一部电话，基本都是来自国外，国产化率几乎为零。文件更以英文为主，且核电站运营初期，多个核心岗位均由外方人员任职，中方技术人员基本没有话语权。

拥有中国自主的核电技术是每一名核电人的梦想，周创彬也不例外。刚开始工作时，面对复杂的核电厂房、成百上千的工作程序，周创彬遇到不少困难。而实践是最好的人员培训，使用是最好的生效验证。周创彬开始硬啃系统设计手册，熟记系统流程图，做到系统设备的位置、重要参数正常范围均能脱口而出。然而在周创彬看来，这些还远远不够。

当时，核电站的很多同事都拥有本科、研究生等学历，有的还是国外留学归来，这让只有中专学历的周创彬很是忐忑。他只有不断地对自己进行心理疏导：学历只意味着一个人工作最初的起点不一样，若从长期看，能持续学到新知识才是最重要的。且前行、且学习，在边工作的同时，周创彬也开始自考电子技术大专文凭。

那时候，自学考试是每年两次，每次考试四门功课。周创彬上班学习实践知识，下班后苦读相关课程，两年后的1994年，周创彬自考科目全部考完，成绩全部合格，前去华南理工大学参加自学考试毕业设计。当时，居住的招待所条件十分简陋，居住的旅客鱼龙混杂，晚上，房间里的旅客要么打牌要么看电视，十分嘈杂喧嚣。周创彬就在那样的环境里潜心伏案写报告，最终顺利取得了电子技术自学考试大专文凭。

学历是证明能力的其中一方面，但并不是最重要的，学习能力及严谨、细致的工作态度更能让人取得成功。"一个核反应堆里有157组核燃料组件，每组核燃料组件由17×17正方形排列的264根核燃料棒组成，每根核燃料棒里，都装载了铀235浓度为4%左右的燃料芯块⋯⋯"作为一名核电人，周创彬觉得就应该如履薄冰，"核电技术复杂，含数百个系统、近千个厂房构筑物、7万余台套设备，专业基础知识一定要扎实。"他拿文凭不是为了镀金，而是深知只有学习和实践相结合，才能不断完善自己；拿文凭不是看上那张纸，而是为了更好地工作，只有塔底铸扎实了，创新创造才不会成为空中楼阁。

在考文凭的同时，周创彬也十分注重工作实践。他总是埋头在乏燃料池旁，在正常余热排出泵房里，在蒸汽发生器下，在主给水前置泵前，在凝结水泵下，拿着图纸，主动寻找问题、思考问题、解决问题。

有一次，周创彬随师傅去测试一个阀门，但试测结果与阀门逻辑不一致，却找不到原因。周创彬便围着阀门仔仔细细地观察，并和继电器架的接线做对比，最终发现原来是连接的线路接错了。他将发现的这一情况告诉了师傅，大家试着重新接好线路，故障就排除了。那一刻，周创彬很是兴奋，自己通过学习和观察成功解决了问题，带给他满满的成就感。

三人行，定有我师。周创彬始终抱着谦逊的态度，心无旁骛地与技术"恋爱"，不停迎难而上、推敲钻研。更重要的是，他逐渐淡化了自己的心理压力，培养出面对困难的耐心和毅力，掌握了学习方法，在日常工作中打下牢固的实践和专业知识基础，还将各方面的知识和经验融会贯通，进而产生出新的知识和技能。1997年，周创彬顺利通过国家核安全局操纵员考试，取得了相应资格。

"创"入核心，成为主控室操作员

都说，世界上有两大工程被公认为人类最复杂的工程，一个是航天，另一个就是核电。众所周知，核电厂的安全稳定运行是核电行业发展的首要目标。

在核电站里，主控室是对核电站进行监督、控制和管理的"中

早期在主控室工作的周创彬

心枢纽",其中的系统及设备更被誉为核电站的大脑,对保障核电站的安全、可靠、稳定运行具有重要作用。

1997年,取得操纵员资格的周创彬正式踏进大亚湾核电站心脏位置主控室,成为一名主控室操纵员,开始每天与核电运行机组打交道。

在周创彬看来,既与核结缘,就得知"核心"了"核意",要保证它的安全,让它为国计民生发挥该发挥的作用。

"看到那个圆柱形厂房了吗?它是核电站第三道保护屏障,内部还有燃料包壳、钢质压力壳两道保护屏障。核电站的心脏部位主控操作室,就设在两个圆柱体中间的位置。"周创彬每每跟人这样介绍自己工作的地方。

主控室是核电站的"大脑",掌控它运行的就是行业里被称为"黄金人"的核电操纵员。可以说,在核电站里,学得最苦的就是主控操纵员，这些"黄金人"要经过5—6年的培训和实践，所学知识必须涉及核电站的所有方面，经过各种高强度的专业考试甚至心理测试，层层选拔后才能获得国家颁发的专业执照，走进主控室24小时监控核电站运行。

主控室岗位没有孰轻孰重，每天会有大堆信息汇总过来，再传递出去，大到机组停机解列，小到某片地面渗水，只要在三角闸内的事情操纵员都要管，这就要求操纵员有超群的沟通协调能力。如通知开展某项工作，主控操纵员就必须采用三段式沟通，在电话中短时间确认工作内容，说明有什么影响，需要注意什么，如何控制风险等，如果没有优秀的沟通协调能力，操纵员就谈不上控制机组和守护核安全。

在主控室，操纵员最基础的工作就是"巡盘"和"监视"。核电站那么多系统，每个系统又有多个控制和显示仪表，而这些设备的运行情况，就需通过主控不断的巡盘和监视来确认。因此操纵员每天都处于战斗状态，工作基本得做到负接口，有时甚至必须几个工作同时开展。而这些工作都有着非常强的逻辑顺序关系，操纵员就必须做到缜密安排、迅速反应，一旦出现需要立即干预的异常，必须在最短时间内判断，做出决策并立即响应，出手时快、准、狠。因此，操纵员必须人人都要操作熟练，顶得住压力，而主控室的副值长、值长更是高级操纵员中最为顶尖的存在。他们带领操纵员以高度的责任心守护核电站的机组，在密密麻麻的仪表数据中实时掌控电站运行状态，在异常出现的第一时间发现端倪，快速介入干预，规避可能出现的问题、产生的风险。

进入了主控室，周创彬既激动，又深知肩上责任更重了。在他心里，做核电站主控室的操作员就好比飞机的飞行员，必须一丝不苟，每个细节都不能马虎，要熟悉每个按钮对应的设备，要时时观察变化数据的电脑屏幕，要熟知每个数据所代表的运行信息，一点小缺陷也不能疏忽。因为稍有不慎，就可能造成不可估量的后果。

有一天，周创彬上夜班，在大亚湾1号机组逼近临界过程中，他碰上化容控制系统容控箱水位仍异常上涨的情况，一回路的稀释流量被迫减少，直到16吨／小时，这与27吨／小时的最大设计稀释流量不符，这说明下泄流只有16吨／小时进入硼回收系统，还有11吨／小时的硼水回到了容控箱。虽然在以前大修临界过程的稀释操作中也遇到过同样的问题，当时认为是化容控制系统的一个三通阀有内漏。

常怀远虑，居安思危。职业的敏感性和责任心让周创彬对以前的"经验"产生质疑：真有这么大的内漏吗？他立即知会技术人员到现场寻找蛛丝马迹，果然发现另外一个安全阀在不断地振动，能清晰地听到该阀门动作的弹簧声。通过进一步检查，最终发现是化容控制系统床前过滤器堵塞所致，这就间接验证了他最初的推断。

发现了问题，就迅速处理，通过与技术人员的通力合作，最终让问题得以完满解决。经此一事，吓出一身冷汗的同事们都说，多亏周创彬的"慧眼"，否则一旦错过时机，主控就再也没有其他信息能捕捉到这一隐患，后果难以估量。后来核电站对床前过滤器压差计进行改造，特别加了压差高报警装置，如果过滤器堵塞，主控室操纵员就能收到相关警示。

事前充分准备，事中细致谨慎，事后归纳总结，这是周创彬几十年如一日的日常。在从事主控室操纵员期间，周创彬深入践行"严慎细实"的工作作风，摸爬滚打练就了一身过硬的核电运行操作技术，先后发现并消除了多项重大设备隐患，确保了机组的安全稳定运行。他经手操作和监护的项目数以千计，从未出现任何差错，以扎实的运行技术功底，让同事们给出了"有他在就放心"的高度评价。

历史的车轮滚滚向前，周创彬的核梦想在大亚湾扎根、发芽、成长，伴随着中国核电的宏伟蓝图一起拓展。在周创彬心中，他就是大亚湾核电站的孩子，他和这个"留洋"回来的父亲一起成长，一起见证我们国家核电发展从全引进到中国制造再到中国创造。

如今，让周创彬深为自豪的是，大亚湾核电站不仅有着天蓝、地绿、水清、湾美的生态环境，还自商运以来安全运营指标稳步保持在国际前列，核电燃料循环不停机连续安全天数持续刷新，机组突破国内无非计划停堆安全运行天数最高纪录，在安全、健康、环境管理方面实现了世界一流水平。

截至2021年9月21日，大亚湾核电站已实现安全运营10000天，累计供电超3800亿千瓦·时，等效减排效应相当于种植近90万公顷森林。大亚湾核电站更持续为粤港澳大湾区供电28年，其中每年为香港供电超过100亿千瓦·时，占香港用电量的四分之一，相当于香港每四个家庭中就有一个被大亚湾核电站"点亮"。电站为满足湾区电力供应、改善能源结构发挥了积极作用，为推动湾区低碳能源转型、生态文明建设做出了积极贡献。

首战岭澳，"创"国内首个核电站数字化总体运行程序

"核电站的安全运行大于天。把事情做好、守护核安全就是我毕生的使命。"入"核"越深，周创彬就越坚定这一执念。

核电站用的燃料是铀。用铀制成的核燃料在一种叫"反应堆"的设备内发生裂变而产生大量热能，再用处于高压力下的水把热能

在以传统模拟盘为主的主控室工作的周创彬

带出,在蒸汽发生器内产生蒸汽,蒸汽推动汽轮机带着发电机一起旋转,电就源源不断地产生出来,并通过电网送到四面八方。这就是最普通的压水反应堆核电站的工作原理。

周创彬说,很多人会担心核电站的辐射,但其实辐射并不是什么稀罕物,它存在于整个宇宙空间,在食物、天空大地、山水草木乃至人体中广泛存在。在核电站,人们可以看到一种圆柱状的建筑物,那就是安全壳,它能承受地震、飓风、飞行物冲撞等各类冲击,并确保核电站的放射性物质无法溢出。因此核电站在运行时候释放的核辐射微乎其微,一座百万千瓦级核电厂周围居民一年接受辐射只有0.01毫西弗,与抽五分之一支香烟的辐射量相当。

在某些层面,核电发电原理和火电雷同,不同之处主要是热源部分,火电站依靠燃烧化石燃料释放的化学能产生蒸汽,核电站则依靠核燃料的核裂变反应释放的核能来产生蒸汽。核电站核反应堆临界类似常规火电厂锅炉的点火过程。但是，1000克燃料铀235裂变产生的能量相当于2700吨标准煤完全燃烧所产生的能量，核能发电不像化石燃料发电那样排放污染物质到大气中，也不会产生二氧化碳气体造成空气污染，从而加重地球温室效应。所以，只要通过技术和管理的改进保障其安全性，核电在成本、效益、环保等层面都远超其他能源发电，发展核电产业对保障国家能源供应与安全、保护环境、实现电力工业结构优化和可持续发展，提高国家综合经济实力、工业技术水平等层面都具有十分重要的意义。

因此，在大亚湾核电站胜利投产之后，国家又在毗邻大亚湾的沿海地带兴建了作为大亚湾核电站的"翻新版""改进版"的岭澳核电站一期。在岭澳核电站一期总体调试期间，周创彬在风险大、重要性高的断电综合性试验中做出了重大贡献。

如一次在进行控制配电盘掉电试验时，原试验方案的防安注措施为拔出保护系统卡件，等试验完成后再行插回。周创彬觉得，试验完成后再将保护系统卡件插回去必须进行大量的再鉴定，不仅耗时，而且风险系数高。当时，周创彬满脑子装的全是试验资料、风险分析，琢磨着这个措施是不是还有再改进的空间。几经推敲，周创彬率先提出了一套新的试验方法，那就是在不影响试验的有效性和机组安全水平的情况下，用运行隔离措施代替拔出保护系统卡件的防安注措施。实践证明，这套新方法不仅简洁实用，能顺利地协助完成试验，减少大量的后续工作，并且对机组安全不造成任何影响。后来，这一试验方法也在岭澳核电站二期和阳江核电站调试启动中得到推广应用。

光明的前景发端于艰辛的探索。随着我国核电技术的进一步发展，中国广核集团在取得优异运行成绩的岭澳核电站一期基础上继

周创彬（右）在数字化主控室

续进行扩建，兴建第三座大型商用核电站——岭澳核电站二期，并开始走自主设计、自主制造、自主建造、自主运营的建设路线，全面提升我国百万千瓦级核电站的自主设计和自主制造能力。

作为我国CPR1000技术路线的示范电站，岭澳核电站二期工程计划以数字化先进主控室取代原有的传统模拟主控室。因为相对于传统模拟主控室，数字化主控室大量采用数字化、自动化和计算机化先进技术，能够降低操纵员的工作负荷、失误概率和工作要求，提高操纵员的情境意识和操作精度。但是运用数字化主控室，就需要自主开发出一套全新的数字化运行程序，这也将成为我国首个核电站数字化运行程序。

工期紧、难度大。为了完成这一艰巨任务，作为党员技术骨干，周创彬主动挑起重任，带领总体程序数字化小组成员，废寝忘食、潜心钻研。在短短的一年时间内，他的头发几近花白。在研发程序的过程中，周创彬克服重重困难，充分运用在主控室工作多年的经验和操纵技能，集思广益吸收法国 N4 核电站的经验反馈和 EPR 核电站（欧洲压水堆）的先进理念，带领着团队成功总结策划出一套具有大亚湾特色的总体程序数字化方法。这国内首个核电站数字化总体运行程序充分发挥 DCS 在信息处理上的优势，并克服了 DCS 在直观性方面的不足，提高了核电机组总体程序的运行效率，方法融合多种优点，数字化过程简单、风险低，解决了核电站数字化操作难题。

周创彬的"核电机组总体程序的数字化方法、系统及 DCS 控制系统"在岭澳核电站二期经受应用考验后，被推广到红沿河、宁德、阳江等核电站，为核电站批量化建设及安全运行提供了可靠保障，更推进了国家核电自主化进程。

岭澳一期 2 号机大修，"创师傅"释放大能量

设备林立的核电站，投入商业运营并不代表责任的结束，每天巡检、监视、周期性试验，精心呵护，才能换来设备的安全可靠运行。而其间所需要的技术和经验，皆来自日日不断之功，来自几十年如一日"扫地僧"般的积累。

功不唐捐。周创彬认为，平时所有的积累总会在关键的时刻起到至关重要的作用，比如岭澳核电站一期 2 号机组大修。

2004 年，岭澳核电站一期 2 号机组迎来第一次大修，这是我国压水堆核电站首次完整的十年大修，其中涉及的"一回路水压试验"特大型、核安全相关的高难度试验项目在国内核电商运机组更属首次，实施过程相当复杂，对风险控制的要求极其严格。

周创彬始终相信自己可以在这些挑战中不断突破自我。在接到高难度的试验项目任务后,他从来没有打过退堂鼓,而是勇于挑起了这项重担。

为克服与核安全相关的最难项目风险,在国内没有现成规程可循的情况下,周创彬在大修前与试验团队去到法国调研取经。在这期间,不懂法语的周创彬通过自学和向多位精通法语的同事请教,硬生生啃下了一本厚厚的法语版操作程序,并依靠自身扎实的技术功底,意会翻译了相关技术资料,为接下来的大修工作打下了坚实理论基础。

回国后,周创彬立刻投入大修准备工作中。为了确保工作万无一失,在短短4个月的大修准备期间,周创彬夙夜匪懈、焚膏继晷,从人、机、料、法、环、测、时七个方面细致准备,对风险进行充分评估,为十年大修新编了近500页的总体运行程序。当时,周创彬组织编写的专用文件包多达138份,共计需要12个文件夹才能装完,任务的艰巨性、挑战性可想而知。最终,他创造性地将运行风险控制编写到程序中,对多项技术难题提出了解决方案,如优化了安全壳打压试验中运行操作的技术方案,为实操提供了技术指导,编制的"一回路水压试验"总体运行程序,更填补了国内核电站大修领域空白。

大修开始了,周创彬与所有技术人员昼夜不息,轮流开展一项又一项的试验。在那段紧张得争分夺秒的工作过程中,周创彬编的十年大修总体运行程序发挥了巨大作用,在保障大修质量的同时节约工期约75个小时。时间就是金钱,岭澳一期2号机组日发电2400万千瓦·时,每个小时发电量200万千瓦·时,75个小时就等于多发电1亿5千万千瓦·时,还有所节约的资源消耗和上千参与大修技术人员的时间成本，这75个小时产生的经济效益和社会效益巨大。

夜以继日、勠力同心。在周创彬的主导下，岭澳一期2号机组大修效率领先于法国同类型机组，相关成果获得国防科技进步三等奖。项目完成后，周创彬将工作经验进行总结，撰写发表了题为《十年大修项目的运行风险分析和风险控制》的科研论文，内容因对国内同类核电站大修具有宝贵的应用和推广价值，获得了国防科工委颁发的"科技进步奖"。

"创"见：核电调试好比飞机试飞

精耕细作，将承担的事做到极致。在中国核电发展实现从"追赶"到"引领"的过程中，就有无数如周创彬的匠人们的创新和付出。从大亚湾到岭澳一期、二期，三座核电站的先后建成投产运营，首个核电站数字化运行程序的面世，都有来自周创彬的"核心""匠心"和"创心"。

一座大型核电厂的建设和运营，包括设计、制造、建造、调试、运行、大修等阶段。调试是使新的设施或现有设施内的新系统、设备或部件投入使用的关键步骤之一，也是综合验证设计、建造质量，发现缺陷、消除缺陷，使设备与系统的性能符合规定要求的重要环节。作为核电工程建设的最后一道技术屏障，调试质量甚至直接决定了核电厂整个寿命周期的运行质量。

从主控室操纵到调试，周创彬从事的工作都是保障核电运行安全中的重要环节。

"核电站调试就好比飞机试飞，非常关键，只有满足所有试验

周创彬在试验现场

条件才能投运,这是核电安全运行的重要保障。"周创彬谈到核电运行调试技术时,总有说不完的话。水压试验、防止安全注射风险、一回路抽真空……不同的调试程序、技术试验,往往涉及各种专业领域。而今天的周创彬掌握着核电调试运行的精湛技能,机组操作运行图似已刻在脑海中,让他有着信手拈来、随机转换的底气和信心。

责任心最重要。每天与核电机组打交道的周创彬深知安全的重要,在他看来核电调试就是找缺陷、消隐患。"越早发现越好,这就需要敏感专注,敢担责任,注重在细节上下功夫。"

核岁月,步步惊心。2009年8月,大亚湾核电基地岭澳核电站二期进入调试高峰期。周创彬带领控制电源失电试验团队,在面临事故程序和DCS重大改进的背景下,每前进一步都困难重重。

有一天,在热试期间进行LNP(220伏交流不间断电源)失电试验时,意外发生了蒸汽排大气阀突然打开的意外动作。这个突发事件让业主公司很是质疑，甚至认为要马上把试验停下来，巨大的心理压力导致同事之中也有人打起了退堂鼓。当时，调试经理慎重严肃地问周创彬："这个试验还能不能继续进行下去？"周创彬直面质疑，顶住沉重压力回答："能。"

看到周创彬胸有成竹，同事们也都恢复了信心，大家一起坚持把试验做了下去。"我相信我们有能力控制风险，通过试验发现隐患。"最终，周创彬带领团队成功闯过难关，实现了试验自主化实施。

就这样，周创彬指导试验团队从操作单、风险控制等细节上下功夫，应对着可能出现的意外动作，闯过一道道难关，完成了岭澳二期3号机试验，不仅完全实现试验自主化实施，还拥有多项专利技术，在多基地的调试中实现了标准化，技术成果达到国际先进水平。

"闻声识器"的创师傅

何为匠心？匠心首先包含着责任心。如在编写规程时，在大修时，在调试时……在几十年的核岁月里，周创彬已将"责任心"这三个字刻入骨髓。

凭着高度的责任心、执着专注的工匠精神和开拓创新的勇气，周创彬攻克了一项又一项技术难关，实现了多项行业零突破。他也从一名现场操纵员逐步成长为运行副值长、机组长、高级技师，多次在重大的核电运行操作和调试任务中挑大梁。许多新员工都喜欢跟着他工作和学习，这年轻一代的核电人亲切地唤他为"创师傅"。

在一线摸爬滚打31年，常年沉浸在核电世界，与技术做伴，周创彬不仅能干能拼，与设备之间更有着一种不可言说的默契。他

周创彬（中）在台山核电站调试现场

能诊断、会开方，有时仅凭听噪声、看振动、观外形就能发现问题。

在大亚湾核电站，很多人都知道创师傅"闻声识器"的故事。

如在红沿河2号机冷态功能试验中，周创彬到现场巡视，在核辅助厂房，他听到一阵异常的声音，立即判断出有安全阀在运行。诸如此类的案例很多，乃至于同事们都说："创师傅与核电设备之间，就如能直达对方心灵的恋人一般，即使在噪声环境下，他也能敏锐地感知问题所在。这种感知来源于对场地的熟悉，对参数的了解，对每个运行环节的了然于心。"

2015年末，台山核电站1号机组冷态功能试验（CFT）即将开始，作为台山冷试专家组副组长的周创彬，与当时的组长赵春光及其他专家组同事一起，临危受命奔赴现场。

刚到台山，周创彬便马不停蹄直奔核岛。他像一位设备系统的"老中医"，十分讲究"望、闻、问、切"，不仅在现场"望"，查看现场系统设备状况等；还"闻"，认真听取相关负责人的汇报讲述；另时常切中要点，一针见血询"问"问题；遇到"疑难杂症"时，则亲自上手"切"脉，在整个试验过程中为大家排忧解难。

作为全球EPR（欧洲压水堆）三代核电机组首堆，台山核电站从系统、控制和设备都采用了很多新设计。新的设备型号让调试工作毫无前例经验可参考，只能"摸着石头过河"。周创彬只能坚持自己惯有的严谨细实的工作态度，发挥自己对系统设备风险点的敏锐嗅觉与丰富经验，一点一点地抠，一项一项地过，这也是他屡建奇功的不二法宝。

一回路水压试验能否成功，安全阀的密封性是其中关键点。一旦出现类似水压试验中安全阀打开的意外事件，其对于压力容器的重大损害将是致命的。当时台山核电站项目所采用的安全阀是一种从未使用过的新型号，这成为周创彬关注的重点。在听取现场负责人胸有成竹讲解安全阀措施时，有着多年丰富经验的周创彬本能地感到有些不放心，便要求详细检查图纸。很快他就意识到其中的关键问题，那就是采用的新型稳压器安全阀的主阀体盲塞水压试验可以达到完全密封，但在水压试验前进行一回路抽真空时，外部空气将通过两侧的间隙进入一回路而导致抽真空失败。

周创彬指出这一点后，当时在场的专家、同事都觉得"创师傅"真是神了。当时的台山核电站调试经理金成毅更自豪地跟法国专家说起此事，对方都不禁大感意外与佩服。

当时，安全阀隐患这一问题的发现，立刻引起了台山核电站项目部的关注。在向国外厂家发出澄清函后，该厂家不得不承认确实存在该设计缺陷，但由于需要重新改进设计与制造，厂家短期内无法提供此类临时部件，这让现场试验一时陷入了僵局。大家只有群策群力，后来改用动态排气的方式暂时跳过此项试验，以便推动后续调试工作持续进行，这才解了现场试验进度的燃眉之急。

因这一事件，2016年2月，在台山核电站1号机组冷试顺利结束后，台山核电合营有限公司特地发来感谢信，感谢周创彬等调试专家们为台山冷试工作所做出的突出贡献。

于寻常之处见功力，于细微之处见真章。从2015年末到2018年，周创彬先后作为冷试专家组副组长、热试专家组组长，多次深入台山核电站现场，对诸多冷试、热试过程中遇到的技术问题，及时提出应对措施及解决方案和建议。

练就一身"硬核"本事，承担多项"硬核"任务。周创彬面对问题有刻苦钻研的韧劲，面对困难有舍我其谁的执念，面对压力有迎难而上的意志。他就是技术难题的挑战者，从未停下开拓进取的脚步，多年来奔波在国家各核电项目现场，深入一线解决技术难题，推进项目进程，不停探索和改进技术方法，为我国多台核电机组的安全稳定运行和建设做出突出贡献。如参与阳江核电站1号机组项目时，面对安全喷淋泵、低压安注泵更换芯包后重新试验的问题，在组织专家讨论后，周创彬积极推进采用简化试验方案完成再验证，节约了大量的人力、物力，有效缩短了工期等。

几度风雨春秋，几度勇搏激流。作为一名运行和调试人，周创彬始终以"稳定机组运行，守护机组安全"为使命，在学习、探索、演练、实践、反思的"熔炉"中反复锤炼，孜孜不倦地学习，踏踏实实完成每一项工作。每每完成一项试验任务后，周创彬拖着疲惫的身体走出核岛，抬头仰望天空，看那满天繁星与夜色下的核电厂房交相辉映，听海浪拍打岩石的动人乐声，任拂面而来的海风吹去浑身疲倦，徐徐归去宿舍的他就觉得肩上那份沉甸甸的责任得到了交付，这足以让他欣慰开怀。

"创"建"华龙一号"调试标准化体系

周创彬一直认为，核电站是国家整体工业能力的体现。

让周创彬感到自豪的是，在30余年核电科研、设计、建设、运行和管理经验的基础上，中国广核集团和中核集团联合研发设计了具有完全自主知识产权的三代压水堆核电创新成果"华龙一号"，在计算分析软件、反应堆堆芯设计、燃料技术、能动和非能动安全技术等方面全面实现了重大突破。自主知识产权覆盖设计、燃料、设备、建造、运行、维护等多个领域，标志着我国拥有了核电自主创新能力。

每台"华龙一号"机组装机容量约120万千瓦，年发电能力近100亿千瓦·时，相当于每年减少标准煤消耗312万吨，减少二氧化碳排放816万吨，植树造林7000多万棵。以"华龙一号"为代表的先进核电技术，与风电、太阳能等清洁能源联合运行，形成互补，共同构建起我国清洁低碳、安全高效的能源体系，对优化中国能源结构、推动绿色低碳发展，助力实现"碳达峰、碳中和"目标发挥重要作用。而满足国际最高安全标准，完全具备批量化建设能力的"华龙一号"，也逐渐成为当前核电市场接受度最高的三代核电机型之一。

从2015年起，随着国家重大工程标准化建设工作的深入开展，周创彬开始带领团队，深入研究和开展我国自主三代核电"华龙一号"调试关键技术和调试领域的标准化体系建设工作。

调试工作如履薄冰，任意设备的缺陷隐患都可能导致不可估量的后果，这要求参与者要具备高度的责任心，练就从运行维护到工程调试等各方面知识的"十八般武艺"，才能灵活应对、处理各种问题。

作为"华龙一号"示范项目负责调试的副总工程师，周创彬用自己的业务专长和技术优势，参与各项调试关键技术研究和决策工作。在碰到形形色色的疑难杂症时，周创彬充足的知识储备派上了用场。他通过诊断、分析确定根本原因，制定行之有效的方案，组织各方努力推动，攻克解决一项项问题，完成"华龙一号"国家重大工程标准化示范调试子专题任务，为我国三代核电机型建设贡献了经验、智慧、力量。

核电技术日新月异地发展，周创彬持之以恒地学习。2018年，周创彬被广东省工会推荐到第一届广东省工匠学院广东省劳模工匠本科班学习，课程由广东省开放大学承接，专业为"标准化工程"。

得到这次学习机会，周创彬十分高兴，因为他正投入国家第三代核电技术"华龙一号"的标准化体系建设工作中，课程相关知识对他负责的《"华龙一号"国家重大标准化示范》调试子专题具有一定助力，为保障调试工作的安全性、规范调试工作有着重要作用。学有所得、学以致用，周创彬也成为"标准化工程"班唯一获得学士学位的毕业生。

深潜"核"心"创"出专利

专心致志，深入"核"心。在核电运行和调试领域深耕核30余年，周创彬书写下许多脍炙人口的"核"故事。随着技术、学识、经验的积累，对技术创新有着执着追求的周创彬攻克多项重大技术难题，先后取得19项发明专利，其中一项获中国专利金奖、两项获中国专利优秀奖。

周创彬很难忘记自己取得的第一个专利——一种核电站控制配电盘掉电试验的防误安注、喷淋方法。他至今清楚地记得获得该项专利的授权日期——2011年4月27日。

在多次牵头担纲核电站总体调试工作的过程中,周创彬根据自己的经验总结出,在对核电站进行控制配电盘掉电试验前,先对安注系统中的浓硼注入箱及喷淋系统中的喷淋泵实施可随时解除的隔离,在所述试验完毕后对该隔离实施解除。采用这样的方法,可以对核电站控制配电盘进行正常的掉电试验,试验完毕后不会出现复杂的后续处理工作,代替原来拔出保护系统输出卡件的措施,大幅度地减小了工作量及设备的损耗。这就诞生了专利"一种核电站控制配电盘掉电试验的防误安注、喷淋方法"。

潜心技术,再接再厉。参与岭澳核电站二期工程计划后,周创彬带领团队致力开发我国首个核电站数字化总体运行程序,并在此项工程中取得多项科研成果。

如适用于核电控制领域的"核电机组总体程序的数字化方法、系统及DCS控制系统"。这一数字化方法的基础专利,通过从纸质程序中与主控室相关的操作分离出来,得到程序主体和多种数字化操作单,通过构建与核电机组总体程序配套的界面,通过程序主体调用数字化操作单,通过数字化操作单调用与核电机组总体程序配套的界面,从而实现核电机组总体程序的数字化,提高了核电机组总体程序的运行效率。对应的欧洲专利申请于2022年5月22日获得专利授权。

如"一种核电机组数字化总体运行程序的进入方法及系统"(总体程序数字化方法重要专利),提供了一种核电机组数字化总体运行程序及其进入方法和系统。所述进入系统包括第一显示装置,用于显示核电机组启停机过程中机组的运行状态信息、总体运行程序的各子程序之间的执行顺序和逻辑关系以及各运行状态之间的切换信息；第二显示装置用于显示总体运行程序的子程序内部的逻辑结构信息。这项专利发明实施通过第一显示装置和第二显示装置清晰显示总体运行程序中用于控制各机组运行状态和任务的子程序之间的执行顺序和逻辑关系，使操纵员建立对机组启动停运的总体观，从而可以快速、便捷地进入总体运行程序，并通过数字化总体运行程序对核电机组的启动、停运进行快速、准确的控制。

如发明的"一种核电机组的事故监控系统及其监控方法"，将核电机组复杂的各类信息进行有效的分类，集中向操纵人员提供快速、准确的系统参数和设备状态，并且充分利用了数字化的特点，只占用一个显示装置，通过对重要参数和重要设备状态的持续显示，避免了数字化带来的控制画面频繁切换而可能产生的控制风险。其通过合理的链接，实现不同监督画面、电子程序画面间的快速导航，保证了对机组控制的流畅，有效地减轻了操纵人员的工作负荷。显示画面更充分考虑了人机结合的特点，通过合理分区、直观的图形符号，在一定程度上避免了人因失误。因为其实用性、开创性，"一种核电机组的事故监控系统及其监控方法"获中国专利金奖。

周创彬常年在多个核电基地奔波，带领开展调试工作，也从中积累累累科研硕果。如在红沿河核电站1号机组和宁德项目1号机组冷态功能试验开始前，周创彬发现500千伏主电源冷试前可用的目标无法实现。吸收岭澳一期良好实践相关经验反馈，通过详细的负荷计算和安全分析，周创彬给出红沿河、宁德项目1号机组在主电源不可用的情况下，使用辅助电源供电进行冷试的供电方案，并针对电源薄弱环节，以详细的操作指令编写了失电操作应急预案，成功实施冷态功能试验，避免核电工程发生重大延误，同时最大限度地提高试验过程的安全性。由此，他发明公开了"一种核电厂冷态功能试验的供电方法"。该项技术革新特别适合我国核电建设冷态功能试验可以开始时主电源往往不可用的实际情况，为工程建设争取了宝贵工期。使用该技术方案更可以在主电源不可用的情况下，也能保证核电工程建设的进度基本不受影响，同时保证试验和设备的安全。周创彬的这一成果也在中国广核集团科技委 70 多位专家答辩中脱颖而出，荣获 2015 年中广核集团技术改进一等奖。"一种核电厂冷态功能试验的供电方法"于 2014 年 8 月 13 日获得专利授权，并获第十八届（2016 年）中国专利优秀奖。

　　边调试，边总结，周创彬还一度创新优化热试技术方案。随着国家核电事业的快速发展，特别是随着设备国产化比例的提高，主设备供货质量问题频发，主设备到货延误更为普遍，进一步加大了调试期间的进度压力。面对热试期间设备质量问题集中暴露、试验项目众多、风险高、技术复杂等多项难题，周创彬经过仔细研究，发明公开了"一种核电站调试启动过程中的瞬态试验控制方法及系统"，用于解决现有技术中核电站机组的 SOP 在处理单一核电事故时程序复杂、导向点多、操作单多、执行效率低，而造成在核电站瞬态试验过程中整体事故处理效率低，以及对于调试启动期间特有的无堆芯余热等情况，一回路温度和压力下降较快，SOP 不能及时进行控制，不能完全适应试验需要的技术问题。"一种核电站调试启动过程中的瞬态试验控制方法及系统"于 2017 年 5 月 3 日获得发明专利授权，并获第二十二届（2021 年）中国专利优秀奖。

　　在一回路水压试验中，针对失电等问题，周创彬发明公开了"一种核电厂一回路水压试验失电控制方法和系统"，方法包括：S1,

实时诊断一回路水压试验供电电源的供电状态并获得当前失电模式，每一所述失电模式对应辅助电源和／或应急电源的一种自动切换状态；S2，根据所述辅助电源和／或应急电源切换状态导向对应的操作单；S3，根据当前操作单分别对一回路水压试验的设备和供电电源执行相对应的操作。本申请通过执行操作单的操作任务，将一回路操作和电气操作相结合，完成失电控制操作，限制和缓解失电后果，可望迅速进行电源恢复，继续进行水压试验，避免出现大瞬态。当电源恢复时，操作模块又可根据操作单控制启动相关设备，避免设备无序启动而给机组造成新的瞬态。"一种核电厂一回路水压试验失电控制方法和系统"于2018年3月9日获得专利授权。

同样基于一回路水压试验，特别结合"华龙一号"调试实际，周创彬以自己的发明专利技术提供了"核电厂一回路水压试验的供电方法和系统"。在CPR1000成功技术的基础上，周创彬研究"华龙一号"技术特点，在辅助电源供电下依次运行三个分别用于加热一回路及循环一回路流体的主泵，并对与所运行的主泵在同一列进线上的设备进行负荷限制；在辅助电源失电时，自动启动的其中一列进线上的柴油机带动相应列进线上的上充泵、设备冷却水系统、重要厂用水系统；通过多道屏障的风险防范技术和失电控制方法，解决调试阶段供电环节薄弱、失电风险高的问题，保证试验过程的安全。周创彬根据"华龙一号"技术特点布局、特别适用于"华龙一号"的"核电厂一回路水压试验的供电方法和系统"具有多道屏障的风险防范功能，于2019年6月5日获得英国专利授权，成为国内调试领域首件英国专利。

2014年5月21日，"核电站汽轮发电机组启停控制方法、装置和DCS控制系统"获发明专利授权；2014年6月4日，"核电机组的蒸汽发生器水位控制方法、装置及核电站"获专利授权；2016年6月22日"核电站失电事故分析方法和系统"获发明专利授权；2016年8月17日，"核电站一回路排气方法"获发明专利授权；2017年7月11日，"压水堆核电厂厂用电源切换试验的控制方法及控制系统"获发明专利授权；2017年10月31日，"一种核电站主泵轴封压力平衡装置及方法"获发明专利授权；2020年5月15日，"一种核电厂机组启动和停运报警的处理系统和方法"获发明专利授权……就这样，周创彬在工作中仔细观察，及时发现问题，并独辟蹊径寻求解决问题的办法。这些解决办法很多在国内、国际都属于原创，由此诞生的19项专利多次填补国内核电技术领域空白，为中国核电安全发展带来新的思路，创造新的效益。

"创"办工作室，传帮带核电新人

突破自己过去的成就，享受每一次新的发现，在周创彬清瘦的躯体里似蕴藏着随时迸发的创新活力，让他实现多项行业零的突破，在大亚湾核电站这幅美丽画卷上绘就自己的"硬核"人生。在数十年的辛勤跋涉过程中，周创彬一步一个脚印，不断超越自己，斩获多项荣誉。

2019年1月，在国家第十四届高技能人才表彰大会上，周创彬荣获我国技能人才领域政府最高奖项"中华技能大奖"。此奖项旨在肯定高技能人才在推动经济发展和社会进步中发挥的不可替代、不可或缺的重要作用，奖项获奖者更被誉为"工人院士"。周创彬获此项荣誉，也是深圳在技能人才国家最高奖项的历史性突破。

2020年10月13日，中共深圳市委、深圳市人民政府公布了《关

周创彬参加第十四届高技能人才表彰大会

于表彰深圳经济特区建立40周年创新创业人物和先进模范人物的决定》，周创彬的名字荣列其中。对此周创彬表示，能伴随深圳经济特区一起成长是很幸运的事情，这些年核电建设的桩桩往事历历在目，自己只有继续立足本职岗位，发扬敢闯敢试、开放包容、务实尚法、追求卓越的新时代深圳精神，才能为深圳建设中国特色社会主义先行示范区、为实现核电强国梦再立新功。

2020年11月24日，全国劳动模范和先进工作者表彰大会在北京人民大会堂隆重召开，周创彬荣膺2020年"全国劳动模范"。面对这一殊荣，周创彬认为这是国家和社会对劳动精神和工匠精神的肯定，是至高荣誉，更是一辈子的责任。"我为生活和工作在这个新时代感到荣幸，也为能投身于中华民族伟大复兴的历史潮流而感到骄傲和自豪。我只有继续努力工作，积极回馈社会，才对得起'全国劳动模范'这一称谓。"

在核电运行和调试的工作岗位上，周创彬数十年如一日践行着自己在入党申请书中写下的承诺："我将牢记入党誓词，把每一件事情做到最好最优，将毕生精力和才华奉献给祖国的核电事业。"2021年，在全国"两优一先"表彰大会上，有着20余年党龄的周创彬获评"全国优秀共产党员"荣誉称号。他表示，未来将以强烈的责任心，继续勇挑重担，攻坚克难，在党和人民需要的地方发光发热。

"全国技术能手""中华技能大奖""全国劳动模范""全国五一劳动奖章""全国优秀共产党员""南粤工匠""鹏城工匠""广东省劳动模范""深圳经济特区建立40周年创新创业人物和先进模范人物"，享受国务院特殊津贴专家……多项荣誉加身的周创彬始终如穿梭在核电设备中那般淡定。在他心里，荣誉是对过去的肯定，也是全新的起点，没有什么值得骄傲，也不能因为这些"高光"就改变初衷；如何将自己的荣誉化为号召力，吸引更多的人参与对保障国计民生有着重大意义的核电工作中来，才是他认为最应该思考的问题。

目前，作为中国广核集团专项试验资深专家，周创彬既对重大试验承担技术责任，还需对负责范围内的科研队伍建设做出规划和引领。周创彬说，他喜欢能沉浸在核电世界与技术做伴的年轻人，希望将自己在一线摸爬滚打30余年积累的经验和知识传授给年轻一代核电人，为他们的成长和工作提供更多助力，让他们少走弯路，有更快的进步和更多的创新成就。

周创彬始终牢记核电是一个高科技集成系统，必须依靠团队力量，在实现自我超越的同时，也要"传、帮、带"，育新人。针对核电调试队伍员工普遍年轻、调试经验相对缺乏的情况，周创彬就经常想办法激发他们的工作积极性，带领年轻员工熟悉现场，努力为他们提供学习锻炼的机会，事无巨细，一一传授，培养锻炼年轻员工思考问题、解决问题的能力。因为他认为这一代年轻人接受的知识多，只要克服浮躁，静下心来专注踏实地去做事，必然会比老一代核电人做得更好。

在当每个班的时候，周创彬都会抓住休息时间，不放过任何机会去引领新人、培养新人。这些事情在他看来都不是额外付出，而是这个技术密集型行业的要求，每个核电人都必须时刻提醒自己，紧跟机组状态持续学习。就这样，周创彬在日常工作过程中通过授课与师徒制相结合的教学方式，培养了一支90多人的具备整机启动的调试值班工程师队伍。

在核电站一线技术青年徒弟眼里，周创彬思维灵敏开阔，做人做事低调谦逊，平时经常穿着劳保服穿梭在办公室、项目现场和实验室，遇到问题时可随时打电话向他请教，或者直接将他请到现场指导，因为"创师傅"从来都是来者不拒、耐心细心、毫无保留。周创彬也时常到现场和年轻人一起熬夜做试验，一起蹲在设备边吃盒饭，赠送工作笔记给年轻核电人，鼓励他们潜心科研、探索创新，临走还不忘嘱咐"有问题随时找我"。

除了"带徒弟"，周创彬多年来在完成本岗位各项工作任务的同时，还充分发挥个人在运行领域丰富的经验，兼任在岗培训教员。最高峰时期，周创彬每年授课达200多课时，培养的一批批优秀人才就职于中国广核集团各个重要岗位。2017年，周创彬被中国广核集团评为"优秀部门级培训教员"。

2015年12月，在深圳市工会的支持下，周创彬与团队创建了

"周创彬劳模创新工作室"。工作室依托平时的工作开展培训教学，且不仅仅限于培养人才，解决问题、创新研究等都是工作室的内容范畴。

2020年12月22日，"周创彬劳模创新工作室"入选"广东省劳模和工匠人才创新工作室"。作为工作室领衔人，周创彬不仅在中国广核集团内部传道解惑，还积极参加"劳模工匠进校园"等社会活动，多次受邀赴深圳职业技术大学、广东南华工商职业学院等各类技术院校开展讲座分享，宣讲劳模、工匠精神，希望以自己的正能量点燃青年学子们的逐梦热情，鼓励他们奋发进取、报效社会，自觉成为国家未来发展的生力军。

裂变：核电事业跨越式发展

1955年1月15日，中共中央书记处召开扩大会议，提出了中国建立和发展原子能事业的战略决策，中国核工业扬帆起航。

20世纪70年代起，我国核工业保军转民、寓军于民，进行二次创业，实现了核电零的突破。

1987年8月7日，大亚湾核电站主体工程正式开工建设。

1991年12月，我国自行设计建造的第一座核电站秦山30万千瓦核电站并网成功。

1994年2月6日，大亚湾核电站1机组投入商业运行，当时的核电设备国产化率仅1%。

2003年1月8日，岭澳核电站一期建成投入商运，整体国产化率达到30%。

2011年8月7日，岭澳核电站二期建成投入商运，实现了"自主设计、自主制造、自主建设、自主运营"的目标，形成自主品牌核电 CPR1000 技术路线，两台机组整体国产化率分别达到 50%、70%。

2011 年日本福岛核事故后，我国致力于持续提升核安全及核应急水平，新建核电项目按照全球最高安全标准推进。

2013 年，修订版《国家核应急预案》发布，国家核应急响应能力不断增强。

2015 年，中国广核集团、中核集团联合研发出具自主知识产权的三代核电技术"华龙一号"，设备国产化率超过 85%。

2020 年，我国在运核电机组达到 5800 万千瓦。

从 30 万千瓦到 60 万千瓦，再到百万千瓦，中国核电自主建设能力实现"三级跳"，目前已建立起包括铀矿地质勘探、铀矿采冶、铀纯化、铀浓缩、元件制造、核电、乏燃料后处理、放射性废物处理处置等环节的完整核工业体系，核电规模和全产业链能力有了跨越式提升，开始走向更广阔的国际舞台。

筚路蓝缕 30 余载，中国当年那粒在秦山、大亚湾种下的核种子，如今已成长为一棵参天大树。目前大亚湾核电基地已拥有大亚湾核电站、岭澳核电站一期、岭澳核电站二期共 6 台百万千瓦级核电机组，为粤港澳大湾区的繁荣发展做出重要贡献。

从大亚湾核电站连钢筋水泥都需要进口，到如今"华龙一号"示范工程防城港二期设备国产化率 86.7%，从 40 年前的"小学生"，到将自主三代核电技术出口到老牌核电强国……时间之笔清晰记录着中国核电的发展历程，时间之潮也将周创彬一路走来的脚印冲刷得一步深似一步。如果说中国核电已造就长城，那里面一定有周创彬砌下的砖；如果说中国核电蓝图已铺展至更广的世界，那里面一定有周创彬绘下的一抹色彩。

"核能是清洁、安全、绿色的能源，作为一个人口众多、能源和环境问题十分突出的国家，积极发展核电是我国能源发展的长期重大战略选择，是解决中国能源可持续发展的重要途径。而核电事业既要发展又要安全，这就很需要工匠精神。"梦想的力量，让周创彬披荆斩棘、砥砺前行。

是的，核电是以人为本的美丽事业，它是科学技术发展的产物，是人类文明进步的标志，也是为人类所共享的财富。核电人周创彬将职业赋予的光荣与梦想，沉淀为砥砺的锐气。这位白发日多的"创师傅"一路"裂变"产生出巨大的能量，这能量将为更多人带去光明、安全和温暖。

深圳匠魂

高峰

深圳匠魂

中共党员，现任深圳拓匠印前科技有限公司技术总监。

正高级工程师、高级技师，曾获"全国技术能手""南粤技术能手""鹏城工匠""深圳优秀技师""深圳技能标兵""深圳地方级领军人才""深圳卓越工程师""福田英才""光明科学城杰出工匠""全国自动化杰出工程师""全国十大印刷工匠及最美科技工作者"等荣誉称号，是国家级印刷技能大师工作室和深圳高峰计算机直接制版技能大师工作室学科带头人，享受国务院和深圳市政府特殊津贴。迄今为止，获得30项授权专利，在国家级专业期刊发表文章200余篇，出版有关计算机直接制版的专著3本，专注印刷制版设备智能化和印刷过程视觉检测技术及数字印刷技术，积极参与印刷行业工业4.0技术推进。曾供职于深圳雅昌彩色印刷有限公司和柯达（中国）投资有限公司，长期奋战在一线的高技能人才，经常为职业院校和社会提供各类公益技能培训，用科技知识发扬传承"四大发明"之印刷术，为推动印刷行业设备智能化发展和培养新型高技能印刷人才作出了卓越贡献。

不为繁华易匠心
——解码国家级印刷技能大师高峰

朱熳青　陈玺如　辜婧尧

印刷术是人类历史上一项重大的发明，它改变了人类文明的传播方式，让知识的传播变得更加快捷方便，是人类文明演进的重要里程碑。这项重大发明，让历史悠久、博大精深的中华文化得到广泛传承，让东西方文化得以融会贯通，加速了科技的飞跃发展，对我们的生活、经济和环境产生深远的影响。

印刷术是中国古代劳动人民的发明之一，初期的木刻印刷，唐朝的雕版印刷术，到毕昇的活字印刷术。15世纪德国人古登堡开发了可自由移动的铅活字印刷，并改进印刷制作工艺。印刷技术经历了漫长的发展历史，到20世纪90年代普遍使用的平版印刷、手摇油墨印刷机，再到后来的激光印刷、数码印刷、以及最新的3D打印技术等，完成了从半手工制作到工业化的演变。

印刷技术的应用在我们的生活中，航空、医药、通讯、纺织、包装、食品、服装、玻璃陶瓷用品、家具以及室内装修等，我们的生活已经离不开印刷技术。先进的技术是一代又一代能工巧匠们智慧的结晶。印刷术随着西方的文化复兴和全球四次工业革命不断地突破与发展，目前在这个领域，德国的技术处于世界领先地位。印刷术作为中国文化发展和传承中非常重要的一环,改革开放以来,中国经济蓬勃发展,各领域人才涌现,中国的印刷技术也不落人后,这是中国印刷人作出的贡献。我们要介绍的正是这样一位在印刷领域作出贡献的时代标兵——高峰。

高峰,印前技术先锋,CTP 设备维修大师。他拥有正高级工程师职称和高级技师资格;从事一线印刷技术工作30年,从一名普通的打工者成长为全国技术能手,获得"全国自动化杰出工程师""南粤技术能手""鹏城工匠""深圳技能标兵""深圳地方级领军人才""深圳卓越工程师""深圳百优工匠""全国十大印刷工匠""最美科技工作者""光明科学城杰出工匠"等荣誉称号,是国家级印刷技能大师工作室和深圳高峰计算机直接制版技能大师工作室学科带头人,享受国务院和深圳市政府特殊津贴。

读完这份简介不禁让人肃然起敬。以高峰为代表的一批杰出工匠通过在岗位上磨练出来的品质、能力,与这个时代碰撞出璀璨的光,已赫然成为中华民族伟大复兴征程上不可或缺的重要力量。他们身上很难被复制的是业务水平,但可以借鉴的是他们的努力、付出、自我要求和处事标准,以及他们的拼搏精神和工匠精神。所有这些模范工匠,或许不追求名利,但他们为行业所作的贡献,有目共睹,得到社会的广泛认可,他们得到了应有的荣耀、尊重以及美好的生活。

六月的深圳是蓝天白云的宠儿,身着黑色棉质衬衫的高峰朴素沉稳,他接受了《深圳匠魂》的编著单位——旧风车书轩的采访。本书的主编辜承福先生早已在办公室等候多时。寒暄过后,辜总说:"'山高人为峰',你这名起得真好,父母一定寄予了厚望。"高峰笑着说:"你们不知道,我被拉进一个高氏家族群,结果发现和

高峰在旧风车书轩办公室接受采访

我同名同姓的人就有7个！"大家不约而同地笑了。采访交流在香醇清甜的茶香中浸润开来，盈盈谈笑间，淡忘了时间。

这位广受业界推崇的人物，为同行排忧解难，把自己日渐修练成印刷技术行业的标杆，多年的奋斗，其中的甘苦唯有自知。听高峰娓娓道来，谈笑间无不透着敦厚谦和的气韵，语气从容淡定，眼目有光，有逸群之才。

"破冰南下"实不易

高峰于1973年出生于山青水秀的湖北省蕲春县。蕲春县位于湖北省东南部，是著名的"教授县"，人才辈出，其中历史上最著名的是明朝中医药学家李时珍。高峰是他们家的第六个孩子，排行最小，上有三个姐姐，两个哥哥。父母温良敦厚，兄弟姐妹手足情深，一家人经年累月承星履草，仍是无力改变贫寒之家的困境。

父亲是个干农活的好把式，凡事认真细致，还是个特别注重干净整齐的讲究人。高峰从小就有这样深刻的记忆：他家的田埂从无杂草，总是被父亲修葺得整齐有序，为全村人所称道。高峰从小就从父亲身上得到潜移默化的教育，这种井然有序的家风，对他后来从事的技术职业大有益处。

在山村的晨曦微光中，有咽炎的父亲每天咳着嗽早早起床，一边咳嗽一边在地里干活，咳声阵阵仿佛也成了定时闹钟，高峰的母亲也一同早早起床，在厨房忙碌着烧火做饭，让几个上学的孩子带着咸菜，背着粮食和书包去学校报到。那时候高峰父母大字不识几个，对于儿女的教育他们也尽力支持，只要孩子们愿意读书，读到哪算哪。大姐高中毕业留乡任教，是家里学历最高的孩子。一家人生活清苦，却也家风淳朴，团结友爱。面对一贫如洗的家境，懂事的高峰心疼父母，读到初中就辍学，早早外出打工。当时的高峰14岁，才1米6高，体重不足100斤，当同龄人还在父母庇护下快乐成长，他这个懵懂少年就要自谋生路，柔弱的肩膀就要扛起生存的重担。

有次高峰去建筑工地打工，可怜的农村娃，当看到比家里池塘的水要清澈见底的石灰水，就迫不及待地跳进去洗澡，导致全身大面积的皮肤被灼伤，体无完肤，经过几个月的治疗才慢慢恢复。后来在村长的指引下，又去县城的水利工程项目做些体力活儿，瘦弱之躯担着近50公斤沉重的沙石，每天来回要走上百趟，从来不叫苦不叫累。冥冥之中他一直有一个信念：知识就是力量，我要多读书多了解世界。因此在干活儿的间隙，他都会拿本书来读，他坚信努力多学点东西，以后总会有用得到的地方。当时无奈自己学历低，又身无长技，只能做些简单的体力活来勉强糊口，日子一眼就望到了头，每每想到自己长此以往看不到出路的未来，不免悲从心起。

命不能争，运可以造，他不甘心认这个命，好男儿志在四方，当有青云之志。他决心要走出这个穷乡僻壤，闯出一片新天地，改变自己的命运。

18岁的高峰，做过好几份工，渐渐对未来有了清晰的想法，于是和父母商量，说自己想去外面学点养殖技术，也算有个手艺，再回来创业，改善家庭困境。知子莫若母，母亲特别支持他的想法。穷家富路，母亲就谋划着多备些盘缠给高峰出远门，于是养了两头小猪仔。2年后，母亲把辛辛苦苦养了两年的母猪卖了400元，准备都给高峰做路费。哪知临行前，发生了一件事。村里来了一个贩卖生活用品的人，父亲看上了一件军大衣，因价格过高，就说出了一句戏言："如果4件军大衣100元，我就买。"本以为不可能成交，哪知对方较真了，一言为定，愿意成交。此时父亲也就遵守"君子一言，驷马难追"的古训，用100元买下4件军大衣。母亲艰辛为他攒下的400元，因此事花费只剩下300元。然而这件事对他影响至深，父亲言而有信的做法，也让他将信守承诺作为人生准则。

高峰一直难以忘记那年冬季，正月里天寒地冻的清晨。1993年正月初八，那是一个黄历上标记着"适远行"的日子，故乡还飘着雪花，大家还沉浸在春节的喜悦中。因要去看看外面精彩世界而一夜无眠的高峰早早起来，背上早就打点好的行装要远行了。天刚蒙蒙亮，20岁小伙儿高峰就跟着几个同乡出发了。他穿着过年的新衣——一套耐磨的牛仔服，行囊里既有他简单的衣物，也装着他的远行之梦。从管窑镇南征湖乡出发，他们要先步行十几里，再到县城去搭长途大巴车。

而去县城必经之地有条河，须摆渡才能过去。高峰一行到河边时，河面上冰还没完全融化，只见对岸停着一条渡船，春节期间摆渡人还没上工。时间不等人，高峰一咬牙，脱了鞋跳进寒冷刺骨的河水中破冰前行，硬是把船拉回岸这边，将同行小伙伴们全部运到对岸。就此，他离开了食不果腹的故乡，一路南行，抵达传说中的淘金之地——深圳。

时光荏苒，30年过去了，沉浸在回忆中的高峰眼内泛光，仿佛那种冰冷的、刺骨的感觉一直未能消褪。高峰叙述道："当时我真顾不了那么多，脑子只有一个想法——刻不容缓，必须离开这穷山沟，去外面闯一闯。"如此决绝，如此义无反顾，也促使他在之后深圳打拼生涯中，敢于直面让人疼痛的艰辛岁月，勇于穿越湍急的生命险滩。

他揣着剩下的300元，姐姐为他买的新毛毯，带着父母赐予的诚信踏实，家人的希冀和满满的爱出发了，向着自己的理想奔赴。俗话说"人挪活树挪死"，他坚信只有走出这穷山恶水，才能闯出一条活路。那一天他费尽周折，终于坐上了去深圳的长途大巴。一路要经历数十小时的颠簸，破冰前行几乎耗光了力气，彼时他满脑子装着的兴奋、不安都被摇晃的大巴给颠得昏昏欲睡，恍惚中，他好像做了一个"长途大巴上的梦"，这也是曾经采访他的导演给纪录片取的片名。

高峰总说："我的人生前20年，对我影响最大的人就是父亲。他勤劳朴实，善良诚信，替人着想，只要说出什么，就一定会做到。"为了提升自己，从来深圳的第一天开始，他每天早起，从不午睡，一如父亲当年收拾庄稼一样面对学习。

面对帮助，他感恩惜福，真诚回馈，也像父亲一样善待每个与自己擦肩而过的人。30年来，故乡在改革开放中从贫穷慢慢变得富裕，高峰对家乡的怀念总难割舍，忘不了自己挖凿的水井，忘不了浓浓的乡音和记忆中的童年。一想到"家乡",高峰就会瞬间充满力量——"尤其是难过失意时,来自家人的问候总能让我充满力量。"

初生牛犊不怕虎

世界上有一条叫作"梦想"的漫漫长路,一堵叫作"现实"的高墙。高峰自从踏上深圳这条梦想之路,同时也踏入了残酷现实的泥潭。只有初中学历,无一技傍身,仅靠满腔热血,想在深圳获得一席之地,是远远不够的。初来深圳的高峰,被朋友介绍去位于水贝工业区的一间铁皮厂房工作。厂房主营业务是做一些印后加工业务,如:粘纸盒、粘啤纸盒、裱瓦楞纸、切边角废料的纸块、捆扎打包等。不但工作辛苦繁杂,生活环境也很差,20个人挤在一间不足10平方米的小房间里,里面除了床铺什么都没有。

睡在上铺的高峰,更是连腰都直不起来,床距铁皮天花顶还不到半米高。洗澡则是全厂共用的一间小房,上厕所要到后面的山上,到了夏天,不但如同蒸笼,更是蚊蝇丛生,蟑螂乱飞。在深圳湿热的环境下,这样的生活是多么令人窘迫不安。

繁杂的体力劳动消耗很大,年轻的体魄需要食物补充能量,最难的是"吃不饱",当时工厂楼下有间小饭馆,高峰每天的早饭,都是2元一碗的炒米粉,便宜实惠,只是分量稍有些不足。那时候高峰每天最希望就是掌勺的大厨能多加一点米粉,偶尔能一解饥肠就很开心了。高峰经常只能顶着饥肠辘辘,完成繁杂的工作。饿了,喝自来水;渴了,也喝自来水。自来水是饭后的"汤品",是解渴的"饮料",是饿了的"零食"。有时候都不用杯子接水,直接用嘴怼着水龙头喝个饱。本来收入就不高,哪舍得花钱买一瓶水喝,他哪知喝自来水竟带来了健康隐患，十多年后高峰身体有恙，各项检查做了3年始终没找到原因，后来听从朋友建议去传染病医院检查，才知道是喝自来水导致体内寄生了大量肝吸虫。苦难的生活经历带来身体的损伤，需要慢慢调养。

不管环境多恶劣，高峰做任何事都特别勤快，每天下班后还主动找活儿干，看着地上凌乱的纸屑，他会把地先扫得干干净净，然后再打开水龙头冲刷一遍，把各种裁切物件摆放整齐，他感觉心舒了，才会下班走人。每天最开心的就是午休时间，吃过中饭，可以坐在裁切台边看书学习，刚开始坐在那，都不知道要学什么，只要是书，什么内容都爱读。直到有一天晚上，高峰下班后在翠竹北和水贝路交界的地方闲逛时，发现了一家书店，他信步走进去，一本叫《电工基础知识》的书吸引了他的目光，本就对电工技术很感兴趣的高峰，毫不犹豫地买下了这本书。这是他来深圳后买的第一本书，就是这本书，改写了高峰的命运。

在铁皮厂房的仓库里，在昏黄的裁切台灯下，只要有时间，高峰就会拿出这本书反复地看，这本书仿佛给他打开了一扇新世界的大门。无论忙碌了一天后的身体多么疲惫，只要开始看书，他的心就感觉非常踏实，所有的精气神仿佛瞬间就回来了。那段日子里，他如饥似渴地汲取着书中的知识。高峰开玩笑地说，他当时特别"憎恨"那些要午休的工友。因为他们一关灯，他就没法再看书了。他争分夺秒地学习，他甚至认为午睡是纯粹浪费时间，至今他都没有睡午觉的习惯。他说"一勤天下无难事"，他就是用"勤"换来了很多人对他的关注和认可。就这样，每天一份炒米粉，一肚子自来水，一本《电工基础知识》，让高峰在深圳度过了许多年，渐渐掌握了电工入门的基础知识。

有一次，单位有一台机器坏了，维修人员恰好有事外出，而工厂生产是容不得半点儿耽误的，否则延误产品正常出货，后果很严重。正当大家一筹莫展焦急万分的时候，高峰向厂长主动请缨让他一试。经过他的一番调试，高峰发现机器并没有出什么大问题，只是机器的保险丝烧了，还有其他的小毛病。于是他迅速地换了保险丝，顺便检修了一下机器，机器很快就恢复了正常运转。牛刀小试就一战成名，这下全厂都知道高峰懂得一些电工及设备的维修技术，从那以后，只要公司的照明、电路、机器等出现问题，厂长第一时间就会让高峰去维修。通过大量维修实践，他积攒了不少经验，无论是实际动手操作能力，还是对电工的基础知识，都有了更深、更细致的了解，这也激发了高峰探索知识的激情和热情，从此确立了他钻研技术的学习方向。

一次，工厂老板碰到他中午在车间微弱的灯光下学习，下班后主动把厂房收拾整齐，把地板冲刷干净，觉得他做事踏实认真，为人靠谱，就给他换了个人少的宿舍，四五个人住一起，这待遇一上去，学习劲头就更足了。那时候，高峰中午看到机械师修机器马达，就特别想学维修技术，谈好免费给人打下手，一天去绕一小时线，回家就自己看图纸、画电路、做笔记，对机器电路产生了兴趣。那时的高峰心里只有一个简单朴实的梦想：刻苦学习，掌握一技之长；好好工作，让父母过上好日子。工作半年间，他的两次经历提升了他的安全意识，一次是切纸机掉下来差点把左手废掉，留下心理阴影，直到现在噩梦醒来，都会下意识摸摸自己左手；还有一次是扳手挂机器上忘拿就启动电源，飞出去的扳手把客户的小腿砸得鲜血直流，现在想到都觉得血腥。在以后的维修作业时，他都会先将安全系数看得十分重要，细心观察多次检查，不放过任何一个隐患。

即使如此，在加工厂工作半年多，生活没有一点起色。每月工资才300元，每天还是饿得慌，此时的高峰身高170厘米，体重才108斤，脸色灰暗，身体瘦弱，前途渺茫。

1994年，高峰是在深圳过的春节，这是他出生以来独自在外过的第一个年。他给自己买了一双便宜的新鞋、炒米粉、自来水，加餐二两肥肉皮，算是犒劳自己的年夜饭。吃完后，他只能躺在床上，脑子里全是以前在家时的画面：帮老爸老妈贴春联，一家人围坐在一起吃丰盛的年夜饭，开心地聊天……不是不想回家，只因代价昂贵，不仅是票价，还有回家过年的时间和体力。"那时没高铁，飞机根本坐不起，那时的春运期间，火车票、飞机票一票难求，要回家只能坐绿皮火车或者大巴，长时间僵硬的坐姿，气血不畅还会导致腿脚肿胀，无论哪一种交通，至少要花27小时才能颠簸到家。"高峰说，每次回趟家都要"脱层皮"。

穷则思变，他想换个工资高点儿的事做。春节过后，高峰就开始在外面找新工作。为了省些路费，只要不是特别远的路，去面试他基本都是步行来回。但有时候地方太远，路又不熟就会很辛苦。那段时间高峰可以说是用脚一步一步丈量着深圳的大街小巷，脚走得起泡的同时，顺便也熟悉了角落的路名和许多大厦。节后不久，他惊喜地接到了一家制药公司的电话，要他去面试电工。于是他带上一袋面包和一瓶自来水，一大早坐车从水贝出发，从东往西越城而过，等到了位于蛇口的那家制药公司时，已是下午3点多，轮到他面试时，一没学历文凭，二没专业电工证，对方连面试机会都不给，直接就将他赶了出来。

从制药公司出来后，高峰没有沮丧，更没有埋怨自己遭受的待遇。他只是一遍遍告诉自己，打铁还需自身硬，一定要在最短的时

阅读是高峰最好的精神享受和放松方式

间内拿到专业的电工证。那一天,他从蛇口走了三十多公里回到水贝,踏出的每一步,都有他下定的决心;流的每滴汗,都是增强了自己的信心。后来,又经过多次的投简历和面试,屡屡碰壁而归。又经过半年时间的努力,他终于得到了上步工业区一家印刷公司的面试机会,他们要招仓库管理员兼电工,且面试有服装要求。面试那天,高峰发现自己竟然没有鞋子穿,平时一双人字拖走遍深圳,到正式场合却派不上用场。

正当高峰发愁时,一位叫骆占天的同事把自己的皮鞋拿出来给他穿,正好合脚。1994年6月8号,连双袜子都没有的高峰光着脚丫穿着同事的皮鞋出发了。到现场一看,发现这个岗位有几十人应聘,面试官提的问题他一大半都回答不上来,他仅有的一点儿电工知识在这群人中更是显得毫不起眼,他非常沮丧地回到厂里,觉得这次肯定又没戏了。直到面试官后来成为了他的同事，高峰问他，您当时怎么会选中我？同事说："你还记得自己那天满手油污的吗？当时我还问你来着，你说是因为前一天晚上刚加完夜班机油洗不掉，就因为这双黑乎乎的手让我选中了你，觉得你肯定是个能吃苦、有干劲的实在人。"也许这就是命运，这一次，他从几十人中脱颖而出，这家公司就是后来在中国印刷行业名声响当当的雅昌公司。

高峰觉得是骆占天那双皮鞋赋予了他幸运，多年后，他去台湾出差，千里迢迢带回一双鞋，心里想：只要我能找到他，这双鞋我一定要送给他。（骆占天，你在哪里？还记得你的工友高峰吗？诚恳地邀请看到此处的朋友若有认识骆占天请告知他，高峰一直在找他。）现在这双鞋还被他珍藏在家里，没事都会拿出来看看，铭记在那艰难岁月工友传递的这份温暖，几十年后回想起来他依然觉得弥足珍贵。而那位招聘他进雅昌的面试官，在后来的日子里，只要有机会，高峰一直尽他所能，去回报这位对他有知遇之恩的"伯乐"。每每想起这些他生命中的贵人，他觉得因为他们的存在，自己的人生倍受幸运之神眷顾！

明明找到工作是件喜事，然而还没来得及高兴，还没等来雅昌公司的入职通知，就收到当时任职的加工厂老板冷酷无情的逐客令，让他连夜拎包滚蛋。高峰抱着唯一的行李——姐姐给他的毛毯，泪洒深圳街头。说起这一幕高峰仍不免哽咽，到现在也没觉得自己内心有多强大。在公园里、桥洞下留下了高峰落寞的身影，没有人知道"退堂鼓"在他耳边打得震耳欲聋，令他特别想念家乡想念亲人，真有负气回家再也不来深圳的冲动，只是一想到母亲殷切期盼的眼神，姐姐满怀希望的祝福，他苦涩地摇摇头，走不得，还是要坚持留下来。幸运的是流浪汉生活仅持续了两天，就接到雅昌公司上班的通知，真是苦尽甘来。露宿街头的经历让他留下了心理阴影，后来出差在外，没有把住宿安排好的行程都会让高峰不安，因为会令他想起那一天的漫漫长夜。

高峰一路走来，正应了《纳瓦尔宝典》里那句话："专长无法被教授，但可以被学习。"一个没有背景的普通人，想要成功逆袭，无论是选择打工还是创业，都必须找到自己的天赋所在，积累自己的专长。而想要找到天赋专长，还得从挖掘自己真正的兴趣和热爱着手。只有热爱才能让你在枯燥乏味中坚持下去，在无尽地困难与阻碍中想尽办法去取得胜利；只有热爱才会让你感觉成长的过程不是无尽的吃苦劳累，而是痴迷钻研，就像游戏通关一样令人着迷。没多少人生来就是天才，也没办法一开始就找到自己内心真正的热

这双被高峰一直收藏的鞋，是若干年前高峰买来准备送给骆占天的，每年他都会拿出来看看。

2016 鹏程工匠留影

爱，但是我们永远都可以从现在开始主动学习，在不断地实践和摸索之中，去观察、认识这个世界，去发现去与我们的天赋相遇。这一刻，采访者不禁发问，属牛的高峰又是如何能成为深圳的一名"拓荒牛"的呢？

日拱一卒久为功

到了雅昌公司，在有条不紊地开展工作的同时，高峰继续钻研起《电工基础知识》，晚上工友都睡了，他仍在不断思考总结，在密匝匝的电路板和复杂的使用说明书中获得内心的充实和安宁。畅读书中的知识让他有了心向光明的满足感，也让他受益匪浅，而他也珍惜每次为公司修理电路、处理设备故障的机会，提升自己的电工技能。这段时间里，他报考了电工初级技能考试，没有上一天培训课的他，凭借自学的扎实理论知识和海量的实践打底，顺利地取得了初级电工证书。

当然，他不会只满足于一个初级职业技能证书，他从初级电工到技师，拿遍了这个领域5个级别的技术等级证书。在这个过程中，他没有接受过一次相关部门的职业技能培训。值得一提的是高峰取得微软认证的工程师证书的过程，很多人经过几年漫长的技能培训，然后在一次次考试中积累经验，最终勉强通过考试。但高峰通过自学，仅一次就拿到了微软认证的证书。劳动局的工作人员在和高峰慢慢熟悉后，都会好奇地抛出心中疑问："从没见你来上过一天的课，怎么就能逢考必过？是不是有什么秘诀？"

高峰将自己的成功归纳为：自律、刻苦、钻研。在旁人看来，高峰一路过关斩将，轻而易举拿到了这个领域的最高技术等级证书，但其中的艰辛和付出，又有谁知道？水滴石穿非一日之功，学无止境，行以致远。高峰一直把学习当成一种生活态度、一种工作责任、一种精神追求、一份职业的使命。

在雅昌公司呆了一年后，高峰开始接触电脑。当时公司领导希望仓库实行电脑管理，接通网络，于是给办公室配了一台"286电脑"。刚接触电脑的高峰，真的是一窍不通。他的生命里从没有"我不会"，贯穿始终的是"我在学"，为了练习电脑操作，他用纸板自制一个键盘，模拟练习DOS操作，一天一个命令字符地开始死记硬背。领导看到了他的学习热情，就给了他一把办公室钥匙，让他可以早起去仓库用电脑实操，只要不影响领导日常办公就好。于是高峰每天都会提前两三个小时到公司学习，半年后，他对电脑的操作越来越熟练，开始思考电脑能让他干什么。他又开始在电脑的世界里寻求各种知识和技术的突破，一年后他学会了编程。

1997年起，随着业务的不断拓展，公司开始购买不同的进口机器和设备。机器是买回来了，但有的机器在运行过程中故障频出，公司常常要花高额费用从国外请维修专家。高峰清楚地记得，当年从德国进口一台几百万元的设备，每次设备只要一出现故障，公司就要从国外把专家请来，最少也要花10多万元的维修费用。高昂的酬劳，让工资才1000元的高峰瞠目结舌，同时也让高峰看到了技术的价值，他心里种下一颗更大的种子：成为这个领域最牛的专家，有一天也要"开着宝马去维修"。

他从不错过任何一次可以提升自己专业能力的机会。每次有外国专家来，高峰都会在一旁认真观察学习，心摹手追。晚上，就着昏黄的灯光，再做好当天的整理笔记，并反复琢磨、实践。经过长年累月的经验积累，高峰很快成了这个行业顶尖的设备维修师，掌握了很多新设备的维修方法。他能搞定所有的疑难杂症，"有问题，找高峰。"这是最初雅昌公司全体员工的口头禅，如今更是成为整个印刷业界的口头禅。公司没有电工值夜班，只要有机器出现故障，就会有人到宿舍来找他，而且常常在大半夜，停工事小，生产损失事大，来找高峰的人在宿舍外大声喊着他的名字，毫无疑问，高峰无数次成为临危受命的专家，但也成了惊扰整层宿舍美梦的名人。

因为这样那样的设备问题，熬通宵维修设备对高峰来说早已是家常便饭，但他从没觉得苦过累过，还乐此不疲，他的专业自信也是在无数次维修培养和建立起来的。在不断的学习和实践中，他的维修技术渐渐有了质的飞跃。公司请来的设备工程师都搞不定的问题，他正能发现问题本质，慢慢地，就连专家都会反过来向他虚心请教了。

印刷技术在不断地更新，从传统的文字排版过渡到激光照排，图像制版从电子分色过渡到整页拼版，再到计算机印前处理系统；而印刷从铅印过渡到胶印等，这些变革提高了印刷质量和印刷速度，增强了时效性。印后加工，从半机械化、机械化到自动化的转变，各种联动线的推出大大推动了整个印后工艺的进步，提高了生产效率。包装印刷的发展也非常迅速，正朝多样化、自动化方向发展。而与之相配套的新材料、新技术的推出也将导致整个印刷体系的变革。今天，数字化与网络化的发展更是给印刷业插上了腾飞的翅膀，CTP 技术、按需印刷、按需出版、网络出版、跨媒体等技术让印刷产业变得光彩夺目，熠熠生辉。

科技进步进行到现在已是第四次工业革命，第一次是蒸汽机时代，第二次是电气化时代，第三次是信息化时代，如今第四次是智能化时代。第四次工业革命利用物联信息系统，将生产中的供应、制造、销售信息数据化、智慧化，最后达到快速、有效、个人化的产品供应。高峰也一直紧趋时代的步伐，在印刷技术学习上顺应时变，从不甘落后，什么印刷科技最先进，他就学习研究什么。数字印刷机的出现是一个划时代的进步，到全智能数码电脑制版印刷技术，机器维修已经从硬件机械走向了前沿的科技软件。

为了让自己走得更远，高峰学习了电子分色机的核心技术。由于此类机器是比较昂贵的设备，只有出国参加培训的工程技术人员，才有机会动手进行简单的维修，所有技术完全依赖于国外。高峰争取到维修机会，通过实践钻研，不但掌握了相关设备的维修，还在国内推广了后端的激光再生技术，应用十分广泛，节省了印刷企业巨大的设备维修费用。

软件是印前技术的灵魂，高峰深谙此理，他学习了最重要的印前常规制作软件 Adobe 系列课程，并取得相关证书，同时获得了微软公司系统认证的工程师，无线电技术及网络技术的认证，并对印前流程系统进行了深入研究和学习。而光栅处理技术这个软件的应用，又是印前电脑发展的高端技术，高峰认识到光栅处理器在整个印前领域的重要性，于是系统学习了此类软硬件技术，并在国内印刷企业中推广，对各类光栅处理技术进行了大量的应用。正是由于此技术的应用，为后来的计算机出版提供了很好的平台，让计算机直接出版技术在应用上少走了弯路，对国内 CTP 软硬件技术的应用有很大的推进作用。

雅昌这个工作舞台造就了他成全了他，他的事业成长之路也是从这里启航。言语间他充满了感恩之情，如同孩子感念母亲的抚育。他始终记得在雅昌工作时的一些细节，董事长万捷去外地或者国外，看到好的计算机类杂志、书籍，总会买回来送给高峰。而雅昌公司的高层给了他在不同设备上可以大胆尝试的机会，让他能积累丰富的实践经验，才得以实现维修技术的突飞猛进。正所谓天助自助者，高峰正是凭借自己踏实的为人，过硬的专业技术，赢得公司高层，以及业界的尊重与赏识。高峰的成就，是一步步踏踏实实走过来的，是一点点勤勤恳恳奋斗出来的。

在访谈中，高峰反复提到，雅昌是他人生中的第一所社会大学，也是最重要的一所大学。他人生的转折点皆从此开始，与他相濡以沫的妻子也在这里认识。妻子是一名来自山东菏泽的优秀设计师，性情温和内敛，是典型的贤妻良母；他是一名出色的技术能手，俩人的行业交汇相融，共同话题多，情投意合，而且生活习惯也相似，都讲究整齐有序，彼此惺惺相惜，共同携手走过事业与家庭最初艰难困苦的时期。当时，爱情也成为他的原动力，他誓要为妻子创造暖衣饱食的生活环境,好在当时的他,已有长技在身,可以凭借一双勤劳的手为心爱的家人创造更美好的幸福生活。他在2002年就倾其所有,购下一间108平方米的商品房,结束自己多年的漂泊生活,为妻儿搏得一份安稳和美的生活,真正实现了在深圳扎根安居乐业的理想。他的行与言可用庄子的一句话概括"大丈夫处其厚,不居其薄;处其实,不居其华"。大丈夫当做个踏实解决实际问题的人,而不图虚浮表面。

亚里士多德曾说过一句话:"我们每一个人,都是由自己一再重复的行为所铸造的。"单一短期的行为,也许微不足道,但时间会放大所有的努力。就像高峰从不午睡坚持学习,凡有问题都做记录的习惯,简单的事情坚持做、用心做、重复做,日积月累,总会有意料之外的惊喜。高峰说,自己的资质和聪明不沾边,但他相信勤能补拙,学东西向来只会下苦功,别人一二遍几遍就懂的知识,他可能要花上几十遍上百遍的功夫去消化研究,技术上当然就比别人更熟练,自然而然就成为别人眼中的行家。就像世界上最快的捷径,是不走捷径;世界上最高的回报,是脚踏实地;能长久成功者,必然是长期主义者。

果然夺得锦标归

2002年,柯达(中国)投资有限公司深圳分公司以技术专家的职务向高峰抛出了橄榄枝,由于高峰毫无英语基础,无法和外籍同事沟通交流,他没能接住这次机会。高峰毫不气馁,又拿出当年学DOS命令的劲头,日拱一卒地自学背英语单词和语法。这么多年,哪里跌倒就从哪里开始学,高峰屡试不爽。从此他每天早上一本《新概念英语》在手，在阳台念念有词地背英语单词，隔壁邻居都以为他发狠心要考研还是要考博。他不管不顾就当自己是台人工复读机，"不疯不魔不成佛"，一点点啃着英语这块硬骨头。一年以后，柯达公司技术专家的职务依然空缺，朋友再次推荐了他，面对着同一个面试官，高峰能顺畅地用英语跟他交流，面试官被他的自学能力深深折服，很快发出邮件确认由他来担任这个技术专家。天道酬勤，为他赢得向上发展的机会。

2003年高峰入职柯达公司做资深工程师，作为一个从没接受过专业技能培训的工程师，开始给行业内众多的维修人员进行专业技能培训。高峰没有一点发怵，他选择胸有成竹坦然面对。这种自信也延续到后面申请各级技能证书，以及市里，省里，乃至全国的工匠评选中。

2004年年底深圳4号地铁开通，他正好看到深圳新闻播放"百名技师乘地铁"的画面，看到技师在热闹的庆祝仪式后，佩戴着大红花笑容满面地作为四号线首乘代表坐上地铁，高峰觉得非常光荣，于是也萌发了拥有这份荣耀的心愿。他很快填报了全行业百名优秀技师的申请表，结果没评上。第二年还是没评上；到了2006年12月，历时3年终于评上深圳市百名优秀技师。从此评选以后高峰的人生就像"开了挂"一样，接下来每年都有进阶的巨变，之前所有吃过的苦，好像都在为未来的成功打下基石。

高峰仿佛听到了竹子拔节的声音，竹之所以三五年不长枝叶，是因为根部在地下盘根错节匍匐蔓延，成片竹林的根系最长可以铺几里，在方圆几平方公里的土地上，竹子可以轻而易举地获取自己需要的营养和雨水。所以，当我们忽然觉得困顿、卡壳了，这时我们应该学习竹子的扎根过程，安静下来学习。

从 2003 年至 2014 年的这 11 年期间,作为柯达重要的技术专家,他成为"空中飞人",技术服务的足迹遍布国内外,有一天跑遍珠三角的经历,去最多的是加拿大、以色列和东南亚国家。"时间就是金钱,效率就是生命"也是这个行业的一条铁律。一旦设备出现问题,不及时解决,带来的损失往往无法估量,解决问题刻不容缓,而高峰就做了这个行业舍己为人的急时雨。有一次,他六点半起床自驾去广州,两个小时内解决了客户的问题,再驾车去珠海处理下一个问题,在珠海处理完问题后已是深夜,他又赶到东莞处理下一个客户的设备问题,等解决完问题往家赶时,就见到第二天的太阳升起来了。像这种 24 小时在路上抢修设备、工作连轴转的事情经常发生。

2004 年 10 月 31 日这一天,对高峰而言又是一个特别重要的日子,他守在医院迎接女儿的出生,当天晚上焦灼与喜悦的心情交织。公司设备恰好在此时出了故障,机器不能停转,生产不能耽误,领导迫于无奈拨通了他的电话。时间紧迫,他初步判断问题是自己能及时解决的后,就立马飞奔到故障现场。3 个小时后他又心急火燎地赶回医院,继续陪伴照顾妻女。至今,他都特别感恩妻子这么多年对他的理解包容,对他学习和工作的鼎力支持,才让他在追求事业的路上没有了后顾之忧。

时间的列车行至 2009 年,生活步上正轨,日子越来越有盼头的时候,高峰却因为肠胃病住院。多年的闯荡生活里,饮食起居没有规律,还有长年喝自来水、学习和工作劳累过度,透支了他的健康,损伤了肠胃系统。他体内寄生虫严重超标,影响了脏器,医生立刻安排他第二天做手术。9 月 24 日,他刚做完手术,此时噩耗传来,高峰的父亲去世了。这一消息仿若晴天霹雳,躺在病床上的高峰忍受着术后的疼痛，想到慈爱的父亲就此永别人间，与他天人相隔，他悲恸欲绝，涕泣如雨。他几度拔掉正在打点滴的针管，挣扎着起来喊着要买票回老家，但终究被医生强行留院观察。家里的大哥也打来电话安慰他，劝他安心养好病，再回家尽孝。高峰说："依我们当地的风俗，父亲去世，儿子即使没有送终，也要送上山安葬。作为儿子，我没能尽孝啊！"悲伤仍旧会在记忆里汹涌，这一幕成为了高峰心中永远的痛。

2010年1月，高峰化悲痛为力量。他参评广东省人民政府举办的"技术能手"，经过多轮筛选及考核，一路过关斩将，获得了"广东省南粤技术能手"称号，由广东省领导亲自颁奖。2010年9月，获得深圳市人力资源和社会保障局颁发的"深圳市第三届技术能手标兵"证书；时值父亲去世一周年的日子，高峰用行动、用成绩告慰父亲的在天之灵，高峰能有今天的成就，是父亲言传身教的勤奋、诚信、善良、感恩这些品质的默默指引，让他在找准方向后，努力坚持日臻完善，冥冥中感到父亲从未走远，一直在关注着他，护佑着他这个最小的儿子。

2012年11月，高峰被深圳市总工会评选为"深圳十大读书成才职工"，深圳市领导在该届读书会上高度评价高峰是"印刷的受益者，印刷的推广人"。2014年他获得深圳市政府特殊津贴。2015年2月，获深圳市人力资源和社会保障局颁发"深圳市高层次专业人才证书"。

2016年，深圳坚持"高端引领"培育新时代技能领军人才，充分发挥大师、大家、领军人才在技能攻关、技术革新、人才培养等方面的引领示范作用。深圳技能人才最高荣誉当属"鹏城工匠"。"鹏城工匠"每年评选10人，予以每人50万元重奖，获得者由深圳市人力资源保障部门授予"鹏城工匠"荣誉称号并颁发证书,同时,在申请设立技能大师工作室等技能培训类政府资助项目时将被优先考虑。选拔标准非常严格。看完选拔标准后,朋友们都说这个奖简直是为高峰量身定做的,只要满足其中一项就能参评,而高峰六项全部满足。幸福似乎来得太突然了,高峰第一次评选就顺利获得了"鹏城工匠"的殊荣。

在评选国务院政府特殊津贴时,高峰觉得比评选技能标兵还来得容易。以至于在去评职称的时候,高峰直接从"零"评到了"正高级",这几乎是评选历史上绝无仅有的案例。评委说:"你能从那么低的学历,一步步走到获得国务院政府特殊津贴,已经创下奇迹,我们给你通过也是实至名归。"最后,评审会更像是一次现场技术交流分享,老师们都在询问他有关印刷行业的所见所闻和昂贵机器的维护技巧等。如今,高峰与全国印刷行业大专院校的知名专家教授保持着密切的技术交流,并走进了深圳职业技术大学和东莞职业技术学院等院校做知识传播和技术分享。

纵有浮名不系心

随着深圳经济总量的增大,经济转型及产业结构调整,深圳对高技能、新技能人才的需求越来越大,城市对深圳高技能人才越来越重视,高峰的高光时刻终于到来,2003年高峰获得深圳市优秀技师称号的同时作为高精技术人才拥有了深圳户籍,让他真正从一个农民工成为了深圳市民,2003年他还加入了中国共产党,成为一名光荣的中国共产党员。

2014年,作为印前技术专家的高峰"下海"了。那一年,珠三角印刷业风起云涌，高峰的职业轨迹也发生重大改变。他赶上了一个"大众创业、万众创新"的时代，他赶上了互联网、移动互联网飞速发展的时代。他创办了深圳拓匠印前科技有限公司，他想尽心尽力为传统印刷企业继续提供高质量的技术支持，也想乘互联网东风，探索制造业服务O2O新模式。

创业后，随着印前技术的快速发展，很多传统印前设备渐渐退出市场，计算机直接制版技术在国内大多数印刷企业中广泛应用，但这一技术主要掌握在国外知名的印前设备制造商手中。高峰通过不断地自主学习，对其有相当深入的了解，可完全独立处理CTP设备遇到的各种难题，独立完成主流CTP激光器和主板的芯片级维修，扭转了国内CTP维修技术依靠国外厂商的局面。而且高峰还将几十个专利应用到印前CTP设备中，特别是两项发明的运用，有效提高了颜色识别率和降低了设备的损坏率，每年为CTP用户节省一笔不菲的费用。

随着科技的发展，从传统制版设备，如照相机、显影机、拷贝机到桌面出版系统，如电子分色机、照排机、RIP系统，再到电脑直接制版，按需印刷的数字印刷机等印刷技术的提升和发展，今天的印刷已与往昔不可同日而语，高峰一直是技术的跟随者和创新者，以超强的学习能力和创新精神，一直致力于各类设备的改造革新，攻克了一个又一个技术难关。

为了更好地服务客户，他囤积了各个时期的计算机直接制版机零配件，这些零配件满满当当占据了他在光明区200多平方米的库房。各个时期的电脑制版机都很昂贵，随着近年科技的突飞猛进，设备更新淘汰得快，但旧机器曾经也是大投入，虽然老旧只要还能正常运转，客户也不舍得丢弃。有些小问题，只需换个零配件就能解决故障，但厂家早已停止生产，市场根本找不到淘汰机型的零配件。在印刷业界，这样的难题，只要你认识高峰，这一切都不是问题。

高峰坦言，他很享受通过自己的钻研解决问题后的成就感。在他看来，"执着追求，不断钻研，努力把每一项工作都做到极致"就是所谓的"工匠精神"。而成为一名集技术、知识、创新为一体的新型技能工人，一直是他追求的目标。"对我而言，做好本职工作就是解决客户的每一个难题，让客户用上好设备，让设备发挥出更好的性能。"高峰一直在用自己的行动践行心中的"工匠精神"，并不断向自己的目标迈进。

在访谈中，高峰说起当初国内印前技术不受外资企业老板待见的艰难时光，仍感慨万千。他清楚地记得，当时樟木头一家上市公司的印前设备出现故障后，印刷机全部处于待机状态，这意味着后期的产品不能正常生产，面临巨大损失和信用影响，客户心急如焚，一波一波的维修人员都无法排除故障，最终找到了高峰。当时他对这种型号的机器也不是很熟悉，晚上他一遍又一遍地看着相关技术资料，假设着各种问题，寻求各种解决方案。第二天一早，他赶在客户上班之前到了维修现场。检查一遍机器后，根据设备情况给客户制定了一套系统维修方案，仅5步就解决了设备故障，并免费为客户检修了设备的其他运行情况。当他跟客户说明这次事故的原因和预防方法时，客户非常惊讶于他超强的专业能力，激动地握着他的双手，一再感谢高峰帮他解决了燃眉之急，为他挽回巨额的经济损失。他用自己的专业态度一次次打动着客户，令自己声名远播，并与多家外资企业建立了合作关系。

客户哪里知道高峰为了这一次的维修任务夜以继日耗费心神做了多少功课，有多少呕心沥血的付出。维修行业是很弱势的行业，

高峰老师和高训中心首期 CPT 技术培训的学员合影

很多人说维修行业"水很深"那是因为不了解这个行业，维修工程师要从复杂的电路中精准找出故障元器件，中间要掌握很多综合知识，所花费的时间和精力是相当大的，需要十年甚至几十年的经验积累。在维修设备的时候，甚至要把设备看成是一个有生命、有灵气的生命体，要用心跟它进行交流，跟它建立起一种难舍难分的情结，与它同运作共行止。印刷设备电器出现同样的故障现象，不同故障部位的故障情况是非常多的，这早已不像当初在加工厂里换个保险丝那么简单，不可能天天碰上自己正好维修过的"通病"，积累这些经验需要维修人员付出巨大的时间成本。维修工程师长期闻着燃烧的松香，使用重金属的焊锡给身体带来伤害，导致很多维修技术人员都有职业病。高峰就是在这样的工作环境下一次次技术实践，用实力让设备运转，收获越来越高的业内声誉。他的技术服务费早已超过了他曾仰慕的德国专家。

"择一事,终一生。不为繁华易匠心。"这是高峰终其一生的坚守和热爱。2020年11月24日,习近平总书记在全国劳动模范和先进工作者表彰大会上所说:"劳动是财富的源泉,也是幸福的源泉。人世间的美好梦想,只有通过诚实劳动才能实现;发展中的各种难题,只有通过诚实劳动才能破解;生命里的一切辉煌,只有通过诚实劳动才能铸就。"高峰走过的路都在诠释着"干一行爱一行"的精神,"择一事终一生"的专注,"偏毫厘不敢安"的一丝不苟,"千万锤成一器"的追求,让他在劳动中体现出最大的人生价值。

以书为马有时达

三十年来,高峰一直在印刷行业坚持做技术开发及维护服务,在深圳乃至全国印刷行业中有着良好的技能和口碑。他追求卓越的创造精神、精益求精的技术水平、用户至上的服务精神,为传承印刷文化和印刷技术作出了巨大贡献。从一个农民工成长为享受国务院政府特殊津贴的技能专家和全国技术能手就是其坚持努力的最好见证。

在这漫长的路途中,他在自己热爱的技术领域充分发挥着超强的自学能力,一直立于印前技术的潮头,不断提高自己诊治疑难杂症的能力,如同一个懂得望闻问切的设备名医,在业内成为印前技术领头羊。业界有句话:"遇到疑难杂症,别人解决不了的问题,找高峰一定能行。"

经过无数次现场考验的他,全面掌握了电工技能,不但对印前领域的系统设备了如指掌,对处于行业领先水平的海德堡公司、柯达公司、网屏公司的全套印前系统得心应手，再不用花高昂的费用从国外请专家，经其技术改造节省的维修费用每年高达5000万元。

当初，雅昌公司请国外专家来维修设备时，高峰抓住一切机会学习，将学到的、看到的、实践过的，一点一滴都记下来。这一记就成了一种习惯，条件艰苦的时候，只能跪在地上写，一年半时间写了7本手写稿，字数达20万字，记录的全是每天工作中遇到的各种技术问题、难题和技术服务报告。在入职柯达后，高峰也未改初心，一直坚持记录每一天工作中遇到的问题、难点、卡点以及各种问题故障的解决方案和技术服务报告等。在柯达的10年里，高峰共留下了3000份技术服务报告。

2008年，在全国印刷类技术征文大赛中，高峰凭着一篇《CTP机器故障处理九步法》获得了一等奖，这无疑是对他技术实践和理论的全面肯定。他想起《广东印刷》杂志为他刊登第一篇文章《电分机的维修》时的情景，他说，当时他为客户解决一个设备故障，并写下了这个问题的解决方案和过程，没想到就是这么一个豆腐块的内容，让他发现，原来他也有写作的潜质。

成功从来都是青睐有准备的人。从业数十年来，高峰前前后后，写下了上百万字的工作笔记，出版社知道后，跟他约稿，将工作笔记整理后付梓成书，于2015年出版了《CTP故障排除及维护》这本书。书中将各种技术问题罗列，并配上解决方案，那些一看就懂的技术难题的破解方法，深受业内从业人员的欢迎。做工作笔记的好习惯完全是无心之为，稿费虽然是薄酬，但能出版成书并对行业有所贡献，他倍感欣慰。图书的出版传播，影响力非常惊人，再次出乎他意料，看似只是无心之举，却总能有所收获。特别是这本书出版后，经常收到海外华人的电话，请高峰远程解决问题，解决技术问题的酬劳早就远远超出了稿费的几百倍。

后来，高峰又整理出版了《CTP数字化流程》《CTP全能制版师》两本专著，为行业技能人才提供了良好的培训教材。说起出书，高峰还回忆起他与《印刷技术》杂志的不解之缘，一开始他只是在杂志中找自己需要的内容。后来，尝试着把自己的维修心得写成文章，发表在国内各大知名印刷类刊物上，与更多热衷于维修的行业人士分享心得，提高了理论知识。没想到从此一发不可收拾，杂志社为他开设"高峰专栏"，开启了印刷知识分享。这么多年过去，单是在《印刷技术》杂志上，就已陆续发表了上百篇文章。并在各类印刷行业举办的全国征文大赛中，荣获印前技术类一等奖及数码印刷类二等奖等诸多奖项。评正高级职称时，他的技术文章出版数量远远超过规定篇数，也让评委对他刮目相看。

如今的他，已成为多个市级、国家级等技能人才专家评审团的评委。也是CTP高级考评员，深圳印协、职协及人社局指定专家，深圳市CTP技能大赛评委及世界技能大赛专家。所获奖项包括印刷技术全国征文大赛一等奖、二等奖及优秀奖。培养出行业技能人员500多名，在劳动局和总工会组织活动中培训人员5000人次。

在众多的荣誉面前，他仍然坚持本职工作，埋头苦干在印刷技术的第一现场，努力学习，走在技术的前沿。他说"只有不停实践，才能在高速发展的印刷技术面前提高及体现一个人的技能和卓越的工匠精神"，时刻用坚持书写记录对印刷技术的热爱。对自己一身的技能，高峰毫无保留地"传帮带"，利用业余时间积极为企业和行业开展技术服务工作。同时和深圳职业技术大学、深圳技师学院、东莞职业技术学院、广州轻工学院合作开展师带徒的新型学徒制培养专业技术人员，在2017—2021年度CTP技能竞赛中带领的学员获得前六名，为培养实用新型印刷人才和推动印刷行业发展作出了卓越贡献。通过多年的坚持，高峰在收获技术的同时，也得到了政府和同行的认可，2015 年为其设立了"高峰计算机直接制版技能大师工作室"。

什么是真正的光荣？并非生而不凡才算光荣，从黑暗中走出来才是光荣，照亮过许多人才是光荣！高峰终于把自己活成了一束光，高峰说："既然你是大树，就应当守护行业的种子，李时珍的《本草纲目》在去世后三年才印刷出来，却被后世广为流传；欧阳修的学生有好几位是唐宋八大家。"传承，是中国文化中源源不断的动力。他作为"鹏城工匠"讲师团成员，也经常参与一些论坛，向年青人分享传授自己的成功经验，他说每个人的成长环境不一样，成功的模式不可复制，他分享自己的成长经历，愿意作为一盏灯一座航标，激励现在的年青人。

如今他成了印刷设备"名医"，如他救死扶伤的李时珍一样名扬四方，通过读书学习、写书分享、教书育人，他一步步改变了自己这个农民工的人生际遇，立在了印刷行业的潮头，真心希望，高峰的每个学生和徒弟都能在未来的行业发展中传承精神和工艺技术，成为大巧若拙的工匠。

闲情逸志皆参禅

2011 年出版的《乔布斯传》高峰看过许多遍。乔布斯创造的 Macintosh 开启了图形界面、个人电脑及移动互联网时代，iPhone 改变了智能手机的概念，iPod 则改变了人们听音乐的方式。乔布斯对平板电脑、数字出版等产业以及全球通讯、娱乐和生活方式的改变也具有深远影响。

乔布斯是高峰心中的英雄，这位前沿科技的发明人充满智慧与传奇的一生，一直激励着他前行。书本上许多话他都用笔作重点划记，他依然清晰地记得这些话。如"请跟随你内心的声音，他们已经知道你想成为什么样的人了"。高峰亦是如此，一直跟随自己内心的声音，经过不懈努力，成为行业的精英。如"成为卓越的代名词并不是因为他有多么聪明，而在于他有多么勤劳。"高峰也以勤学苦练获得卓越成就。"专注和简单一直是我的秘诀之一，简单可能比复杂更难做到：你必须努力理清思路，从而使其变得简单。但最终这是值得的，因为一旦你做到了，便可以创造奇迹。"高峰对印刷事业的高度专注，择一事终一生的工匠精神，不断挑战学术难度创造奇迹，成就自己的一番事业。

其实，高峰与苹果的缘分早在多年之前就缔结下了。

故事回到 1995 年，那时高峰在雅昌工作不久，一次帮朋友搬运仓库存货时，发现了一台朋友淘汰的苹果电脑。那是苹果早期的 Lisa 电脑，外观很迷人，高峰只看一眼就被吸引住了，朋友见状便把电脑送给了他。高峰说，当时那台电脑还能开机运行，他花了好几天反复拆装、研究构造，看它到底是怎么制造的。正是这种对产品设计的天然喜好和当初对电工技术自学实践的经历，让他从此迷上苹果电脑，开始了他的疯狂收藏。如今高峰已经收藏有 500 多台苹果电脑和相关产品，2018 年为了让这些收藏有个去处就在中山买了一套三居室，成为一枚超级"果粉"。

起初，高峰收藏苹果电脑主要都是从旧货市场和网上淘，还有就是亲朋好友送的淘汰电脑。他是个有心人，平时没事就去旧货、电子市场淘货，在网上搜索产品信息，有时候花几十块钱就能买到心仪的淘汰的苹果电脑,很多苹果电脑都是他在各地出差时辛苦淘来的,也是节衣缩食省出来的。1998 年,他通过朋友辗转,买来一台在别人看来没什么用处的苹果早期定制机。他说,这一个"宝贝"花了他两万多元。1998 年到 2005 年期间,他几乎用去一大半的收入疯狂淘货,这期间的淘货占到了目前总收藏的四成。

回想起当年疯狂的收藏岁月,他觉得真的很愧对家人,要知道那个时候他刚刚投入所有资金买下房子,生活相对艰难,但碰到自己喜欢的电脑,总是心瘾难忍沉迷其中。当然,他也非常感谢他的妻子,两个人从来没有因为这件事发生过矛盾。迄今为止,他在收藏电脑上的花费已有几十万,因为这份爱好,这个超级"果粉"一定还会不断刷新收藏数量。

高峰说起 2012 年在北京举办的业内颇为知名的 Macworld 大会时,仍然很激动。那一次大会是专门展示苹果产业链、周边及配件新品的行业展会,从而被全球"果粉"所关注。当时,高峰带去了收藏不足五分之一的苹果电脑,在展会"果粉"交流区一露面便被围观,成为全场人气最大热点。有同他探讨专业技术的,有向他了解收藏经历的,也有好奇他个人经历的。无论从哪一方面,他的故事都被现场观众或羡慕或惊叹着。那一次的亮相,让他再一次感受到了收藏的意义和价值。他说,这也算是对他收藏的一种特别的认可和奖赏。

如今,依仗苹果公司在电脑行业的地位以及全球海量的狂热"果粉",早期古董苹果电脑也成了收藏界的"香饽饽"。据媒体报道,2010 年,一台苹果第一代电脑卖出了 17.4 万美元的高价,一台可正常使用的苹果 Lisa 电脑,在 eBay 网站上可以卖到 2.5 万美元。在高峰看来,有些电脑可能会值点儿钱,但对他来说这些电脑都会关联起他在那个特定时间节点的内心感受，每一段旅程背后的酸甜苦辣，每次收藏它们的前因后果，每个赠送者的深情厚谊。这其中的价值是无法用金钱去衡量的。

他说，或许以后能和政府、苹果公司合作建一个博物馆，更好地保存这些电脑，同时做公益展览，向公众开放。眼下，他联系了拍摄者，先出微信公众号短视频推送，给"果粉"一个小小的惊喜，溯源整理苹果机的各种特点、时代背景等等。他想让更多的人知道，科技进步是如何一次次改变社会面貌、商业模式，又是如何改变一代代人的生存模式和社交状态。而对于我们这些旁观者来说，看到一代代产品永久谢幕后，有人以极致的热爱将他们妥善收藏，让我们可以有幸与40多年间的科技历史对话，又是多么热血沸腾、鼓舞人心的一件事。

人过五十天过午，高峰认为是时候让自己沉静下来了。他说，平时喝喝茶、弹弹古琴、听听古乐、看看书，他的心就特别惬意安宁。

闲暇之余，高峰也是书迷，除了专业理论书之外，涉猎的名人传记、历史、政治、科技、文学等也是他喜欢的阅读类型。一直以来他的枕边书就是《乔布斯传》，甚至自费买了很多本送给朋友和同行，这本书很多时候能让他灵光四溢，豁然开朗。因为热爱，他一直清楚地知道自己的追求，我们中的大部分人也许穷其一生，都不会达到乔布斯这样的境界，但我们仍能从乔布斯跌宕起伏的人生经历中学到些什么。也许是对事情保持高度的专注，也许是对事物怀揣无与伦比的热情，也许是拼尽全力去做自己热爱的事，也许是对事物从头至尾的责任感，也许是永远保持求知若渴的人生态度。这些无疑都是值得我们去好好学习的。

他还特别喜欢看医学方面的书籍，作为中华传统瑰宝的中医更让他爱不释手，他认为中医的"望、闻、问、切"和设备诊断技术有异曲同工之妙，中医的医德和仁术也让他深有领悟，对自己提高技术有莫大的帮助。

　　喝茶也是他心头的喜好。由于长年令他困扰的胃肠病，刚开始以茶当药，为了养胃喝上红茶和普洱茶。哪料渐渐爱上这喝茶的雅趣，到了一日无茶不欢的程度，在书房静心学习自然也是少不了一壶香茗在手，三五知己相约也是喝茶去，饭后妻儿相叙仍是一道茶。茶以清心，涤烦益思，每当他汲取这天地精华，一缕馨香在手，中国茶道的哲学精神，都令他在茶中遁世，体验大隐隐于市的人生之妙；如若受了一番洗礼，令他再次面对纷繁世事时，又有了澹然的心境去面对。

　　近些年他更痴迷上古琴，跟着网络视频里的高人学习，静心聆听以感受天地人之间的音律之美，让自己从繁忙的世俗工作生活中抽离出来。他不刻意拜师求艺，他只是爱上自己抚弄琴弦，亲手撩拨出来那份悠远深沉的丝音。一曲《高山流水》，抑或《潇湘云水》，还是《平沙落雁》……仿若令他穿越时空，成为茂林修竹间一名遁世的隐士，天地明月琴声悠扬，此刻超越红尘纷扰，世事洞明皆参透。

　　工作累了倦了，他会在书房，泡上一壶红茶，打开音响听古琴名曲，沉浸于美好中，拂去喧嚣俗尘的疲惫，回归心灵片刻的悠游自在，感受生活的禅意之美。他享受这份闲情逸志，风雅慢生活带来的意趣之美。在铮铮琴声中，他不时会沉浸于对往事的追忆，沉醉于古琴艺术带给他内心清、微、淡、远的宁静。

　　无论是收藏苹果电脑，抑或品清茶和抚古琴，与高峰对印刷技术的执著追求一样，都是源于他内心世界的精神渴求，唯有与这些事与物连接在一起，才能让他徜徉于心的后花园。他在自己的世界

高峰和他收藏的"果宝"

里,摸一摸这些心爱的宝贝,是茶、是琴、是书、是机器、是文字或字符……匠人匠心匠魂合一,物我两忘,应了佛家所言"喜悦自在",人生何尝不就是为了这四字真经呢。

30年的时光如白驹过隙,高峰早已将深圳当成自己的"第二故乡",他把人生最灿烂的青春年华都奉献给了这座城市,谱写了他精彩的人生剧本,让他从一个仓库保管员到现在的印刷技术专家、深圳市高层次专业领军人才、国务院政府特殊津贴获得者……对于深圳,高峰始终抱着感恩之心:"深圳给了我从零起步的空间,给了我施展技能的舞台。我们这一代人好不容易洗脚上田,脚上还有泥土的印记,我的孩子则要从我的肩上起飞。"所以他从来不"卷"孩子,只"卷"自己,无意中成了最好的教育。女儿从小耳濡目染父亲读书考证钻研设备的匠人精神,基因里也融入了勤奋和自律,

高峰与采访人辜婧尧合影

2023年参加高考,成绩名列前茅,即将去英国求学,父辈创造的优越条件,让她的人生之路有了更广阔的选择。

采访期间,他说在深圳打拼的片段,时不时如电影镜头频频闪过,有时走路开车,一个场景就闪现脑中,比如空着肚子喝自来水时,或是独自走在大街小巷时……那些或明晃或暗沉的光,或燥热或寒冷的感觉,都成为了烙在生命里的印痕。回头有一路的故事,低头有坚定的脚步,抬头有清晰的远方,他想写一本他在深圳的回忆录,把自己和深圳这座城市一起成长的故事变成铅字。

高峰在印刷领域打拼的30年里,先后有《深圳特区报》《深圳商报》《深圳晚报》《晶报》《南方都市报》《广州日报》、深圳电视台都市频道、深圳电视台DV频道对他做过专题报道。高峰记忆最深的不是那些荣誉,而是刚来深圳时对技术的执着与坚持,让他相信在鹏城这片热土上,只要付出就一定会有回报。今天,他仍将以炽热的心,做一名坚定的技术匠人,不为繁华易匠心,坚持以"技能知识改变命运"的初心,延展自己的"深圳梦",在未来的旅途不断攀越高峰,继续做一个有信仰的技术大师。

跋

为匠人立传,给百工存史,今之往古,几稀。

当手艺人技仅糊口,当工匠无暇养家,挣扎的不仅是一个工种一个行业,扭曲的是世道人心。国力因之而损,民族竞争力由此而弱。

对工匠的凉薄,对技艺的不屑,究其原因,或在孔孟之道。儒家将劳心与劳力割裂开来,"劳心者治人,劳力者治于人。"也许还可以在更早的时代找到病根,有学者在考证"口"字后认为,后人常说的"君子动口不动手"的观念源自夏朝。

旧念未除,新的鄙视链悄然形成。在重投机、重快钱、重虚拟、重倍数效应的现在,轻视工业、轻视工匠的现象依然存在。

开风气之先的广东,正在实行影响深远的"粤菜师傅""广东技工""南粤家政"三项工程。细看三项工程,都与产业相连,背后是满满的"工匠精神"。"粤菜师傅"与粤菜产业协同发展,"广东技工"与广东制造共同成长,"南粤家政"与现代服务业相互促进。其目的,不仅在缓解"就业难、技工荒"的就业结构性矛盾,对深圳来说,更非一般。

深圳是中国工业第一城,工业是深圳经济的"定海神针"。工业稳则经济稳，工匠优则经济优。对深圳工业的心魂相守，需要政府层面的号召，社会层面的氛围，企业层面的需求，个人层面的磨砺一起努力，更需要关于工匠的社会叙事和大众传扬。发掘并传承深圳的工匠精神，对今日深圳科技创新，则有着更重要的意义。

深圳报业集团出版社和深圳市旧风车传媒发展有限公司、深圳市职业技能培训指导中心、深圳市职工教育和职业培训协会、深圳市企业家联合会、深圳市企业家协会、深圳市工艺美术协会、深圳市高科技企业协同创新促进会一群具有使命感的有志之士联合行动，为深圳工匠立传，为工匠精神树碑，因此有了这本厚重的《深圳匠魂》。放大来看，它是在为工业立心，为城市立命。

如果说，在古代中国，工匠是无名的大多数。那么，在大力弘扬劳模精神、劳动精神、工匠精神的新时代，《深圳匠魂》是在行补天之工，冀望工匠成为实名的大多数。

唯愿，为匠人立传，给百工存史，今之而后，繁盛。

丁时照　深圳报业集团党组书记、社长

2023 年 9 月 12 日